Werner Wöckinger

Blute sanft

Kriminalroman

federfrei
www.federfrei.at

Etwaige Ähnlichkeiten mit lebenden oder verstorbenen Personen sind rein zufällig und nicht beabsichtigt.

1. Auflage
Marchtrenk, 2023
www.federfrei.at

Umschlagabbildung:
© Robert, Adobe Stock
Lektorat:
E. Reisinger
Satz und Layout:
Verlag federfrei
Printed in EU
ISBN 978-3-99074-264-8

Werner Wöckinger

Blute sanft

Kriminalroman

I. Abschnitt

1

»Gute Nacht!«

»Gute Nacht!«

»Gute Nacht!«

»Gute Nacht!«

Die vier Herren mittleren Alters wankten über den unbefestigten Vorplatz zu ihren Fahrzeugen. Die Fernbedienungen liefen auf Hochbetrieb. Die Karossen blinkten, die Außenspiegel klappten sich auf. Nacheinander kämpften sie sich in ihre Wägen und klemmten sich sturzbetrunken hinters Lenkrad. Nur einer, Dr. Brunnmeier, torkelte über den geschotterten Parkplatz und steuerte geradewegs auf die große Linde zu, die schon seit vielen Jahrzehnten hier thronte.

Sie gab dem Wirtshaus *Zur Linde* den Namen. Leni blickte ihnen angewidert nach, zog die Tür zur Gaststube zu und schloss ab. Sie lehnte sich mit dem Rücken gegen die schwere, hölzerne Eingangstür mit dem kleinen karoförmigen Glassegment. Es war überstanden. Aber sie musste unbedingt mit ihrem Vater reden, denn so konnte das nicht weitergehen.

Leni knotete die Schürze auf und legte sie auf den Tresen. Endlich hatte sie die vier honorigen Herren dazu bewegen können, sich auf den Weg nach Hause zu machen. Wie jeden Freitagabend waren die vier, Dr. Brunnmeier, Direktor Lemmerer, Andreas Obauf und Filialdirektor Reifeltshammer, die letzten Gäste gewesen, hatten noch lange nach der offiziellen Sperrstunde gesoffen, geschwatzt, Karten gespielt und, sobald alle anderen Gäste gegangen und die Außenbeleuchtung ausgeschaltet worden war, Zigarren gepafft.

Vater hatte sich einst auf diesen Deal eingelassen. Schließlich handelte es sich bei den vieren ja nicht um irgendwen, sondern um die Crème de la Crème der Stadt. Da konnte man schon ein Auge zudrücken.

Seit Leni fünfzehn war und die erste Schulstufe der Hauswirtschaftsschule abgeschlossen hatte, ließ der Wirt seine Tochter zu später Stunde oft allein in der Gaststube arbeiten. Früher einmal war das die Aufgabe ihrer großen Schwester gewesen.

»Ich muss morgens früh raus«, hatte der Vater seinen Gästen erläutert. Und das stimmte auch. Am Samstag stand er stets um sechs Uhr morgens auf und fuhr mit dem kleinen Kastenwagen nach Linz, um dort als einer der Ersten am Südbahnhofmarkt frisches Obst und Gemüse sowie Fisch und Fleisch einzukaufen.

Leni stellte die vier Gläser in die Spüle, leerte den Aschenbecher und schaltete das Licht in der Gaststube ab. Dann öffnete sie die Verbindungstür zum Privatbereich mit einem erleichterten Seufzer und ließ den ganzen Mist hinter sich. Ihre um ein Jahr ältere Schwester Brigitte, die die letzte Stunde im finsteren, kalten Stiegenhaus gesessen war, huschte auf leisen Sohlen in ihr Zimmer.

Leni wusste das. Sie konnte es fühlen. Sie besuchten beide dieselbe Hauswirtschaftsschule. Gitti glänzte aber seit Längerem mehr durch Fehlstunden als durch erbrachte schulische Leistungen und würde das Schuljahr wohl oder übel wiederholen müssen. Dann konnten sie die restlichen Klassen gemeinsam besuchen und sich gegenseitig unterstützen. So wie Gitti ihr seelische Stütze war, indem sie hinter der gläsernen Verbindungstür mit der blickdichten Folie darauf im muffigen Treppenhaus wartete.

Diese honorigen Herren, wie sie ihr Vater zu nennen pflegte, waren in Wahrheit vier Scheißkerle ohne Anstand und Manieren. Kaum hatte ihr Vater die Gaststube verlassen, begannen sie, Leni mit Anzüglichkeiten zu beleidigen. Wenn sie dann eine frische Runde Bier brachte, musste sie damit rechnen, dass ihr der eine oder andere auf den Arsch klatschte, begleitet von Gegröle und Gelächter. Was war daran witzig, fragte sich Leni jedes

Mal und versuchte so schnell wie möglich wieder den nötigen Sicherheitsabstand herzustellen.

»Komm, hol dir ein Bier und setz dich zu uns«, winkte der Jurist nach ihr.

»Ich mag kein Bier«, erwiderte Leni.

»Dann nimmst dir halt einen Schnaps oder … wie heißt das? … Ein Alkopop … das trinkt ihr jungen Leute doch, oder?«

»Nein, danke!«

»Kannst es eh auf meinen Deckel schreiben!«

»Trotzdem nein«, ließ sich Leni nicht erweichen.

»Wir verpfeifen dich auch nicht beim Herrn Papa«, versuchte es der Schuldirektor auf seine süßliche Art. In der Schule hatte er auch immer eine Dose mit Süßigkeiten am Schreibtisch stehen gehabt, erinnerte sich Leni, und hatte damit versucht, jeden Streit zu schlichten.

»Ich will nichts. Und ich muss noch ein paar Gläser trocknen«, blieb Leni standhaft. Die vier reagierten sauer, prosteten einander dann aber doch zu und ließen das Mädchen in Ruhe, bis sie schließlich zum Abkassieren kam.

»Genug ist genug«, hatte sie gesagt und die Rechnungen auf den Tisch gelegt.

Nur widerwillig griffen die alten Herren nach ihren Geldtaschen.

»Vier Bier und drei Schnaps? Echt jetzt?«, wunderte sich der Schuldirektor.

»Und einmal einen Steifen holen«, zerkugelte sich Brunnmeier vor Lachen und fasste Leni wieder an den Arsch. Sie schlug ihm auf die Hand und wich einen Schritt zurück.

»Jetzt sei nicht so«, verstand der Anwalt ihre prüde Art nicht. »Deine Schwester hat früher nicht so herumgezickt!«

Dann steckte er ihr einen Hunderter ins Dekolleté.

»Warum lässt sich die Gitti nicht mehr bei uns anschauen?«, wollte der Bankdirektor wissen.

»So halt«, blieb Leni einsilbig und sammelte die Zeche ein. »Gute Nacht!«, machte sie wieder einen Schritt zurück und starrte zur Ausgangstür.

»Dein Papa muss dir mal ordentliche Manieren beibringen«, musste auch der Versicherungsvertreter noch seinen Senf dazu beitragen, ehe er ihr einen Kussmund zuwarf und den anderen nach draußen folgte.

Jetzt war der Spuk für diese Woche vorbei. Leni tapste auf leisen Sohlen im Dunkeln die Treppe hoch in den Schlafbereich. Sie wollte ihren Vater nicht wecken.

Die Männer starteten nach und nach ihre Vehikel und rollten gemächlich Richtung Hauptstraße. Der Anwalt öffnete den Hosenschlitz und holte mit der Rechten seinen kleinen Freund hervor. Mit der Linken stützte er sich am mächtigen Stamm der alten Linde ab.

»Pass halt auf, dass keine Bestie aus den Sträuchern springt und dir dein bestes Stück abbeißt, hahaha«, hatte Leo Lemmerer, der Direktor der örtlichen Mittelschule, sein Seitenfenster heruntergelassen.

»Schleich dich«, versuchte ihn Brunnmeier zu verscheuchen und hätte dabei um ein Haar das Gleichgewicht verloren. Grinsend stieg der Direktor aufs Gas. Dr. Brunnmeier sah noch die Bremslichter der deutschen Limousine durchs Unterholz blitzen, ehe diese auf die Hauptstraße abbog.

Der Jurist schloss die Augen und konzentrierte sich. Die Harnblase war so prall gefüllt, dass es in den Eingeweiden schmerzte. Trotzdem dauerte es, ehe der Urin in strammem Strahl Richtung Baumstamm spritzte. Er merkte noch, dass seine Hose einige Tropfen abbekam, als er ein knirschendes Geräusch in seinem Rücken vernahm. Dann kam der stechende Schmerz. Für einen Moment wurde ihm warm ums Herz, schließlich aber nur noch schwarz vor Augen.

2

So leise wie irgend möglich schlich sich der Bankdirektor in sein Schlafzimmer. Ein wohliger Geruch nach Vanille und Melone drang an seine Nase. Er tappte an sein Bett heran und sah bestätigt, was er bereits vermutet hatte. Ella und Timon hatten es sich unter seiner Bettdecke gemütlich gemacht. Seine Gattin lag auf der anderen Hälfte des Ehebetts und schnarchte friedlich vor sich hin.

Enttäuscht griff er nach seinem Wecker am Nachttisch und schlich hinaus. Eine Tür weiter hatten sie ein Gästezimmer eingerichtet, in dem ein gemachtes Bett auf ihn wartete. Er warf seine Kleider über einen hölzernen, uralten Stuhl, der an einigen Stellen bereits abblätterte, den er aber aus sentimentalen Gründen vor dem Sperrmüll bewahrt hatte. Er hatte ihm beim Hausbau gute Dienste geleistet.

Nur mit einer Unterhose bekleidet schlüpfte er unter die Tuchent und starrte zur Decke hoch. Wehmütig dachte er an die Monate, da seine kleine Familie noch aus Emma und ihm bestanden hatte. Sie hatten jedes Zimmer ihres neuen, mit eigenen Händen errichteten Eigenheims auf ihre Weise eingeweiht. Und jetzt?

Dann fielen ihm vor Müdigkeit die Augen zu und er schlief sofort ein.

Lemmerer schrak aus seinem wirren Traum hoch. Er konnte sich nur noch schemenhaft daran erinnern. Einzelne Bildfetzen zogen in seinem Gehirn vorbei. Er war im *Gasthaus zur Linde* gewesen, sah Leni mit ihren kleinen Brüsten und dem kindlichen Becken. Er fühlte seinen erigierten Penis und den erhöhten Puls.

Der Schuldirektor wälzte sich aus dem Bett und tapste ins Arbeitszimmer. Der Parkettboden war kühl und ließ ihn ein wenig frösteln. Er nahm in seinem Drehstuhl Platz, ohne das Licht anzumachen. Der Laptop brauchte, nachdem er das Passwort eingetippt hatte, nur wenige Sekunden zum Hochfahren. Mit der Rechten bediente er die Mouse, die Linke schob er in seine Unterhose.

Die Adern an seinen Schläfen pochten, die Halswirbel knackten. Die Bilder waren nur ein schwacher Ersatz. Er schloss die Augen und versuchte sich das kleine, unscheinbare Ding aus der *Linde* wieder vor sein geistiges Auge zu holen, stellte sich vor, was er mit ihr anstellen wollte.

Seine Börsengeschäfte liefen prima, konnte Obauf feststellen. Die New Yorker Börse hatte mit einem Allzeit-Hoch geschlossen, seine Papiere, alles Blue Chips mit vergleichbar geringem Risiko und hohen Renditen, waren ausnahmslos im Plus.

Er las eine knappe Stunde Insider-Tipps und News diverser Online-Analysten. Er war mit sich und der Welt zufrieden. Es konnte ruhig so weiterlaufen. Je unsicherer alles wurde und je ängstlicher seine Mitmenschen, umso besser liefen seine Geldgeschäfte. Das Spiel mit der Angst beherrschte er perfekt.

Obauf stellte sich den Wecker auf neun und hüpfte noch schnell unter die Dusche. Morgen würde ein weiterer guter Tag beginnen.

3

Der alte Professor in seinem Rollstuhl saß vornübergebeugt an seinem Tisch und versuchte, ein Kreuzworträtsel zu lösen. Oder war es ein Sudoku? Alois konnte das im Vorbeigehen nicht erkennen. Er schob den Tragsessel an den Lift und holte ihn aus dem Erdgeschoß. Aus den Augenwinkeln bemerkte er, dass ihm der Professor zuwinkte.

Alois wandte sich um. Ja, er war gemeint. Alois zögerte. Der Aufzug meldete akustisch, dass er im zweiten Stock angelangt war. Die Tür ging auf. Der Professor winkte heftiger. Schweren Herzens ließ Alois den Sessel in der Aufzugstür stehen und trat an den Tisch des alten Mannes. Er beugte sich hinunter, hielt sein Ohr an den sabbernden Mund des Professors.

»Ich weiß, wer es getan hat«, flüsterte dieser. »Du kannst mich retten. Ich weiß, wer die Mörderin ist.«

»Schon gut, alter Mann«, klopfte Alois dem senilen Greis auf die Schulter. »Ich komme morgen vorbei und dann erzählst du mir, was dir am Herzen liegt.«

Dann ließ er den Professor in seinem Elend zurück, schob den Sessel in den Lift und drückte auf Erdgeschoß. Die Tür schloss sich in Zeitlupe, der Professor hatte zu weinen begonnen.

Der Lift setzte sich in Bewegung.

»Auf dich ist kein Verlass«, hörte Alois ihre Stimme. Erschrocken drehte er sich um. Susanne blickte ihn vorwurfsvoll an. »Du Mistkerl! Ich hab dich geliebt, aber du lässt alle im Stich. Statt in deinem Selbstmitleid zu ertrinken, solltest du mal für einen kleinen Moment an die anderen denken und überlegen, wie die sich fühlen.«

»Aber …«, wollte Alois erwidern, aber Susanne war nicht mehr da.

»Aber!«, schrie Alois und saß aufrecht in seinem Bett.

Diese verdammten Albträume. Er schlug die Bettdecke zur Seite und stellte die Füße auf den kalten Boden. Er stemmte die Ellbogen auf die Oberschenkel und begrub seinen verschwitzten Kopf in den Händen. Am Vorabend hatte er bei den Anonymen wieder einmal über seine Dämonen reden müssen. Danach war es besonders schlimm.

Alois schlurfte mit rasendem Puls und schlotternden Beinen, die wie Mus unter ihm nachzugeben drohten, ins Badezimmer und hielt den Kopf unters Wasser. Er trank einen Schluck und trocknete sich ab. Dann schaute er in diese grässliche Fratze, die ihn aus dem Spiegel anstarrte.

Jetzt mit dem Kopf den Spiegel zerschlagen und sich dann mit einem Stück der zerborstenen Scheibe die Pulsadern aufschneiden, das wär's.

Als Sani wusste er, wie er es anstellen musste. Aber sogar dazu war er zu feige. Oder zu selbstverliebt? Er befand sich in einem seltsamen seelischen Hohlraum zwischen Selbstzerstörung und Selbstverliebtheit.

»Ich bin seit zwei Monaten und acht Tagen trocken«, erzählte er dem Spiegelbild. »Und es geht mir richtig scheiße!«

Es half alles nichts. Er musste dagegen ankämpfen. Tag für Tag, Nacht für Nacht. Musste sich das Positive ins Bewusstsein rufen. Es gab noch einen Funken Hoffnung. Wofür und wozu auch immer. Jeder neue Tag war ein guter Tag, redete er sich ein, ohne daran zu glauben.

Der Wecker riss ihn aus seinem traumlosen Schlaf. Hans Lackner drückte den Alarm ab und schnellte aus dem Bett hoch. Sanft strich er über das Totenbild seiner Gattin, das auf seinem Nachtkästchen stand und über ihn wachte.

Dann öffnete er die Vorhänge und ließ das fahle Mondlicht ins Zimmer. An der gegenüberliegenden Wand stand ein hölzerner Kleiderkasten, der einst als dekorative Antiquität galt. Mittlerweile war es ein wurmstichiges, altes Teil, dessen Scharniere beim Öffnen und Schließen quietschten und knarrten.

Im Stehen aß er ein Brot mit Aufstrich und trank eine Tasse schwarzen Kaffee. Die Küche war blitzblank geputzt. Auf seine Töchter konnte er sich verlassen. Über dem Herd prangte ebenfalls ein Foto seiner Frau, die früher die Chefin in der Wirtshausküche gewesen war. Es schnürte ihm das Herz zu, wenn er daran dachte.

Hans Lackner stellte die Tasse in die Spüle und wollte schon zur Tür raus, eher er sich besann und noch einmal die Treppe hochschlich. Es wäre nicht klug gewesen, ohne zu pinkeln das Haus zu verlassen, dachte er und hielt vor der Badezimmertür.

Das Plätschern des Wassers überraschte ihn. Waren die Mädchen auch schon wach? Er drückte den Griff und merkte, dass das Bad abgeschlossen war.

»Leni? Gitti?«, flüsterte er, bekam aber überraschenderweise keine Antwort.

Er probierte es noch einmal.

»Leni? Gitti?«

Erst jetzt fiel ihm auf, dass der Teppich unter seinen Füßen nass war. Er stutzte für einen Moment, dann begriff er. Mit einem Schritt Anlauf warf er sich gegen die versperrte Tür, die zwar ein wenig erzitterte, aber nicht nachgab.

Lackner lief geistesgegenwärtig hinunter in die Garage und holte den Werkzeugkoffer. Mit einem Schlitzschraubenzieher öffnete er die Verriegelung und stürmte ins Bad. Mittlerweile war Leni von dem Lärm aufgewacht und taumelte hinter ihrem Vater Richtung Badewanne.

Gitti, ihre ältere Schwester, hatte sich in der Wanne die Adern an den Handgelenken aufgeschnitten. Das Wasser war blutrot gefärbt. Während Leni die Wasserzufuhr stoppte und den Ablauf öffnete, zog ihr Vater das spindeldürre Mädchen heraus und trug sie in ihr Zimmer zurück.

Alois dachte auf dem Weg zur Arbeit an Susanne und ihre Kinder. Er blinzelte gegen die aufgehende Sonne, die ihm ungeschützt auf der Hornhaut brannte und seine Augen tränen ließ. Mit den Gedanken ganz weit weg und im Blindflug steuerte sein Unterbewusstsein den Wagen zur Arbeit.

Er zog die Handbremse an, obwohl der Parkplatz nicht abschüssig war. Dann kletterte er aus dem Auto und sperrte ab. Er legte den Kopf zur Seite, dass die Halswirbel knarzten. Aus dem Augenwinkel erkannte er zwei zwielichtige Gestalten hinter einem der Wagen am Eck, wo die Mülltonnen standen.

Ohne genau hinzusehen wusste Alois, dass es Julia sein musste, die einem der neuen Zivis die Zunge in den Hals steckte. Sie konnte es einfach nicht lassen. Bei jedem Einrückungstermin wurde die Lage neu inspiziert und ein Favorit auserkoren. Und mit ihrem gewinnenden Charme gelang es ihr auch jedes Mal, den Gewinner herumzukriegen.

Der Arme, dachte Alois und ließ den Schlüsselbund in der Hosentasche verschwinden. Fünf, sechs Wochen Maximum, dann gehörte er sicher zum alten Eisen und die Fühler wurden wieder nach Frischfleisch ausgefahren.

Alois schüttelte den Kopf und versuchte mittels Fingerprint die Eingangstür zu öffnen. Seit er mit dem Zigarettendrehen begonnen hatte, waren seine Fingerkuppen abgenutzt und wurden oft nicht erkannt. Also zündete er sich einen Glimmstängel an und wartete darauf, dass ihm jemand die Tür öffnen würde.

Der Zivildiener, wenn er sich nicht täuschte, hieß Konstantin. Er kam um die Ecke geschlichen, begrüßte Alois mit einem schüchternen »Hallo!«, und huschte ins Haus. Alois inhalierte genüsslich die Zigarette und sog den Rauch in seine Lungen, die sich bis in die letzte Alveole aufblähten.

Keine Minute danach trat Julia vor ihn hin.

»Alois? Wie geht's?«, begrüßte sie ihn mit heiserer Stimme und fuhr sich unsicher durchs Haar.

»Sicher nicht so gut wie dir«, erwiderte er und trat seine Zigarette aus.

Sie wartete auf das Summen der Tür und drückte sie auf. Alois folgte ihr.

»Du solltest das ein wenig kaschieren!«, deutete er auf ihren Hals, an dem ein riesiger Knutschfleck zu erkennen war.

»Ups!«, kicherte sie wie ein ertappter Teenager.

Er musste dringend ein ernstes Wort mit ihr reden. Sie war kein junges, unschuldiges Ding mehr, das ein Freiwilliges Soziales Jahr absolvierte und somit von der Hierarchie auf einer Ebene mit den Zivildienern stand. Als Berufliche sollte sie ein wenig Abstand gewinnen. Andernfalls würde ihr das womöglich zum Verhängnis werden.

»Papa! Aufstehen«, hüpfte Ella im Bett herum und machte einen Höllenlärm. Ihr Bruder Timon zog dem Vater die Bettdecke weg.

»Lasst mich in Ruhe, ihr Monster«, grummelte Raffael Reifeltshammer und zog sich die Decke über den Kopf.

»Papa! Aufstehen«, ließ Ella nicht locker und zerrte am Stoff.

Timon kletterte zum Bettende und legte Vaters Beine frei, um ihn an den Fußsohlen zu kitzeln.

»Stopp!«, schrie dieser und setzte sich im Bett auf. »Raus jetzt. Das ist nicht witzig!«

»Sorry«, stand seine Frau im Türrahmen. »Ich konnte die beiden leider nicht aufhalten.«

»Hm«, starrte er sie böse an.

»Kommt, Kinder! Papa ist noch müde. Ich spiele mit euch«, versuchte sie die beiden Quälgeister aus dem Zimmer zu treiben.

»Aber Papa hat es versprochen!«, stemmte Ella die Hände in die Hüften.

»Genau, Papa hat's versprochen«, spielte Timon den Papagei.

Ihre Mutter zuckte mit den Schultern.

»Gebt mir fünf Minuten«, resignierte Reifeltshammer und schlug die Decke zurück.

»Also, Kinder. Ihr habt's gehört!«, schob sie die beiden hinaus in den Vorraum.

»Hab dich auch lieb«, fluchte Reifeltshammer.

Er wusste, dass seine Frau die Kinder dazu angestiftet hatte, ihren Vater zu wecken und an sein Versprechen vom Vortag zu erinnern. Das Wetter war perfekt. Sie wollten einen Ausflug mit den Fahrrädern machen, Timon sein fast neues Rad, das er zu Ostern bekommen hatte, ausprobieren.

Reifeltshammer stellte die Beine auf den Schafwoll-Bettvorleger und vergrub seinen Kopf stöhnend in den Händen. Einmal ausschlafen, das wär's, dachte er, während er nach seinen Pantoffeln suchte. Aber daraus wurde nichts. Wenn ihm vorher einer gesagt hätte, dass sein Leben mit einem Schlag vorbei sein würde, hätte er sich gegen die Gründung einer Familie entschieden.

Von wegen *das größte Glück auf Erden*, von wegen *die Erfüllung für jeden richtigen Mann*. Wie beneidete er doch seine Freunde, die alle kinderlos ihren Hobbies frönten. Obauf und Lemmerer standen fast täglich am Tennisplatz und Brunnmeier hatte mehr Sex, als er sich je erträumen konnte.

Schnaufend taumelte er ins Bad. Was gab es Schöneres, als mit seiner lieben, tollen Familie durch die Pampa zu radeln, kleine Nasen zu putzen, hungrige Mäuler zu stopfen und quengelnde Nervensägen zu beruhigen?

Grußlos klemmte sich Alois hinter das Lenkrad und startete den Rettungswagen. Julia sah ihn irritiert von der Seite an.

»Ist was?«

»Samstag. Was soll sonst sein?«

»Keine Ahnung. Du bist heut anders.«

»Bin bloß müde«, gähnte er demonstrativ.

»Müde bist du immer«, lachte Julia. »Aber heut ist irgendwas anders.«

»Wenn du meinst«, schaltete Alois auf Drive und ließ den Wagen aus der Garage gleiten.

Er hatte sich noch immer nicht mit dem Automatikgetriebe anfreunden können. Gerade in seiner momentanen Stimmung hätte er sich eine Gangschaltung gewünscht, um erst bei knapp viertausend Umdrehungen höher zu schalten. Die moderne Technik machte ihn zum Passagier.

Wenige schweigsame Minuten später hielt er vor dem angegebenen Haus, in dem sie Brigitte Lackner abholen sollten. Das Navi hatte sie durch eine enge Siedlungsstraße, vorbei an einem Trafo und schließlich rechts auf einen nur mäßig befestigten Waldweg zur angegebenen Adresse geleitet.

Auf einer Lichtung befand sich das *Gasthaus zur Linde*. Der Parkplatz war nur teilweise befestigt und von tiefen Schlaglöchern übersät. Das Haus hatte auch schon bessere Zeiten gesehen. Der Putz bröckelte an manchen Stellen ab und Efeu rankte die Hauswand empor. Auch die Fenster wirkten wie aus einem anderen Jahrtausend.

Ein junges Mädchen winkte den beiden zu und führte sie über einen Nebeneingang die Treppe hoch ins Obergeschoß. Die Stufen knarrten unter ihren Stiefeln. Die Wände waren kahl und lieblos weiß gekalkt. Julia fiel auf, dass es keinen Blumenschmuck gab und keine Vorhänge in den Fenstern hingen. Sie vermisste jegliche Art von Deko im Wohnbereich. Alois freute sich, dass keine überdimensionalen Blumenvasen im Stiegenhaus im Weg standen, die den Abtransport von Patienten erschwerten. Da fehlt eine Frau im Haus, die ein Händchen für so etwas hat, dachte Julia und fröstelte ein wenig.

Alois preschte vor und trat in das angegebene Zimmer. Der Vater saß am Bettrand und hielt die Hand seiner Tochter. Sie starrte die Sanitäter mit leeren Augen an.

»Oh!«, war Alois peinlich berührt.

Die Patientin saß, nur mit einem pinkfarbenen Slip und einem grauen Trägerleibchen bekleidet, unter dem sich kleine Brüste wölbten, am zerknüllten Bett. Am rechten Unterarm konnte man zahlreiche Schnittverletzungen erkennen, der linke war verbunden. Die marmorierte Haut zeugte davon, dass das Mädchen fror und an mangelnder Durchblutung litt. Die Oberschenkel waren dünner als Alois' Oberarme, die Haut klebte an den abgemagerten Knochen.

»Die Kleine sollte sich dringend warme Sachen anziehen«, trat Julia in das Zimmer.

»Geht weg! Geht weg!«, schrie die Patientin.

»Beruhig dich, Gitti«, versuchte der Vater zu beschwichtigen.

»Könnt ihr noch einen Moment draußen warten?«, bat er die Sanis.

»Natürlich«, wichen die beiden zurück.

Alois wandte sich an die Einweiserin. »Ist das deine Schwester?«

»Ja.«

»Wenn sie nicht freiwillig mitfährt, brauchen wir die Polizei und einen Amtsarzt. Wir können sie nicht gegen ihren Willen mitnehmen«, erläuterte er.

»Ich weiß. Sie wird sich gleich beruhigen. Sie fährt immer freiwillig mit.«

»Immer?«, wunderte sich Julia.

»Sie hat immer wieder solche Schübe … leider.«

»Wie oft hattet ihr das schon?«

»Weiß nicht. So alle zwei bis drei Monate.«

»Und die kriegen das im Krankenhaus nicht auf die Reihe?«, ärgerte sich Alois.

»Sobald sie die Tabletten nicht nimmt, wird es wieder schlimmer«, kullerte eine Träne aus dem linken Auge der Schwester.

»Wird schon wieder«, versuchte Julia zu beruhigen und legte

ihr den Arm auf die Schulter. Das Mädchen war vielleicht fünfzehn Jahre jung und fast einen Kopf kleiner als die Sanitäterin.

»Habt ihr den Arzt gerufen?«, wollte Alois wissen.

»Ja, wir haben es versucht. Aber unseren Hausarzt haben wir nicht erreicht und der Nachtdienst hat gleich gesagt, dass wir euch rufen sollen«, zuckte das Mädchen mit den Achseln.

»Alles klar«, nickte Alois. Es wurde immer schwieriger, einen Arzt außerhalb der Ordinationszeiten zu erreichen.

»Ihr könnt wieder reinkommen«, hörten sie den Vater rufen.

Die Patientin hatte sich eine abgenützte Jogginghose und einen Kapuzenpulli angezogen und stand nun auf wackeligen Beinen in ihrem Zimmer. Erst jetzt fiel Alois auf, dass das Zimmer mit Plüschtieren, rosa Elefanten, Diddlmäusen und weiterem Kinderkram vollgestopft war. Es erinnerte eher an das Reich einer Zehn- bis Zwölfjährigen. Die Patientin wurde in wenigen Wochen siebzehn Jahre alt, konnten die Sanitäter der E-Card entnehmen.

Ein bisschen jünger als meine Tochter, dachte Alois und sah Vanessa vor seinem geistigen Auge. Die schminkte sich, seit sie fünfzehn war, und verfügte schon über ausgiebig sexuelle Erfahrung, wie Alois leidvoll hatte erleben müssen.

»Gehen wir?«, riss Julia ihren Kollegen aus seinen Gedanken.

Alois griff nach dem gepackten Rucksack mit einem Einhorn vorne drauf, den ihm die Schwester in die Hand gedrückt hatte, und stapfte die Stiege hinunter. Julia stützte die Patientin, die blass und gebrechlich wirkte. Die beiden ließen Brigitte im Rettungswagen Platz nehmen und gurteten sie an. Brigitte Lackner war besänftigt und ließ alles geschehen.

»Komm bald wieder, Gitti!«, rief die kleine Schwester, ehe Alois die Schiebetür zuschlug und sich hinters Lenkrad setzte.

Frau Groß pilotierte ihren Rollator hochkonzentriert über den Gehsteig. Ihr treuer Hund, ein gescheckter Beagle mit schlappen

Ohren, lief einige Schritte voraus und wedelte freudig mit dem Schwanz. Die Hitze der letzten Wochen hatte Sissy, der kleinen Hundedame, ziemlich zugesetzt. In der Nacht hatte das zartbesaitete Ding kein Auge zugemacht, weil ein heftiges Gewitter mit Blitz und Donner übers Land gezogen war. Jetzt, am frühen Morgen, erinnerten die langsam auftrocknenden Wasserlachen an die Niederschläge. Der Asphalt dampfte. Der Wetterbericht versprach einen wunderschönen, heißen Sommer.

Sissy schnüffelte an jedem Zaunpfahl und markierte jedes Bäumchen. Frau Groß hatte alle Hände voll zu tun, ihren Rollator und die Hundeleine unter Kontrolle zu halten. Plötzlich stoppte Sissy und begann zu kläffen. Frau Groß blieb stehen und blickte auf.

»Was ist denn los, Sissy?«, verstand die Hundebesitzerin die Aufregung nicht.

Das Hundefräulein hatte das Gewicht auf die Hinterbeine verlagert und bellte einen unsichtbaren Feind im Gehölz an.

An der Südseite der Wohnstraße wurde die Häuserfront von einem kleinen Wäldchen unterbrochen, das die Siedlung vor neugierigen Blicken versteckte und den eigentlichen Charme ausmachte. Auf der gegenüberliegenden Straßenseite reihte sich ein Haus an das andere.

Frau Groß rollte weiter und stoppte einen Schritt vor ihrer Hündin, die sich noch immer nicht vom Fleck rührte.

»So beruhig dich doch, Mädel«, versuchte sie ihr Ein und Alles zu besänftigen. Erst jetzt fiel ihr Blick ins Unterholz und sie erkannte Sissys Aufregung. Ein übergewichtiger Mann lag bäuchlings zwischen den Sträuchern, die Hose verdeckte nur ansatzweise sein Hinterteil, die Jacke war blutdurchtränkt. Frau Groß begann hysterisch zu schreien und hielt sich dabei die Ohren zu.

4

Ein langer gläserner Gang führte zur Ambulanz, die Tür war verschlossen, eine Glocke hing daneben. *Hier läuten*, stand auf einem laminierten Blatt Papier, das darüber an die Wand geklebt war. Vor der Tür warteten vier Stühle im Gang darauf, dass sich ankommende Patienten in Warteposition begaben.

Julia drückte die Glocke und tippelte ungeduldig von einem Bein aufs andere. Alois starrte durch die Glasfront in einen Park hinunter, der leer und düster vor ihm lag. Am Nachmittag würden dann unzählige Patienten und Mitarbeiter über die Kieswege flanieren und Frischluft tanken. Alois jonglierte mit seiner nächsten Zigarette.

Gitti hatte sich auf den erstbesten Besucherstuhl gesetzt und stierte vor sich auf den Fußboden. Wie konnte man gerade hier einen Boden im Schachbrettmuster verlegen, fragte sich Alois und schloss die Augen, denn die Bilder drehten sich in seinem Kopf. Sein Kreislauf war um diese Uhrzeit noch nicht auf voller Betriebstemperatur.

»Guten Morgen«, öffnete ein Pfleger, ganz in Weiß gekleidet und mit einer John-Lennon-Brille auf der Nase, die milchige Glastür.

»Hallo«, erwiderte Julia. »Wir haben ein junges Mädchen für euch.«

»Hm. Überweisung?«

»Keine Überweisung. Wir kommen direkt von zuhause.«

»Ohne Überweisung vom Hausarzt geht gar nichts«, schüttelte der Krankenhausbedienstete bedauernd den Kopf.

»So, jetzt hör mal ganz genau zu, Spaßvogel«, explodierte Alois. »Wenn du mir hier und jetzt auf die Schnelle einen Praktischen Arzt schnitzen kannst, der vor sieben Uhr morgens seinen Arsch aus dem Bett bewegt, dann überreiche ich dir höchstpersönlich eine Überweisung und mal dir noch ein süßes Herzerl drauf. Haben wir uns verstanden?«

»Du musst ja nicht gleich persönlich werden. Ich hab die Regeln nicht gemacht«, hob der Pfleger die Arme wie der Pfarrer beim Segensgruß.

»Regeln sind was Tolles«, versuchte Julia zu vermitteln. »Vielleicht können wir mal 'ne Ausnahme machen. Schließlich ist Gitti bei euch keine Unbekannte.«

»Das ist was anderes.«

»Na also, geht ja«, kam es von Alois wieder in rauem Ton.

Der John-Lennon-Verschnitt machte einen Schritt auf Brigitte Lackner zu und schnappte ihre Tasche.

»Komm!«, forderte er sie in emotionslosem Ton auf ihm zu folgen. »Wir schauen uns die Sache mal an.«

»Alles Gute!«, wünschte ihr Julia, dann rauschte sie mit ihrem Kollegen ab.

Kaum auf der Straße, entzündete Alois seine Zigarette und inhalierte einen tiefen Zug.

»Mann!«

Julia sah sich ein Video auf ihrem Handy an.

»Was hast du da?«

»Ich hab den Gang, die Tür, dieses sterile Ambiente gefilmt. Und diesen esoterischen Typen«, hielt sie ihm das Handy hin.

»Kennst du den Unterschied zwischen den Patienten und den Mitarbeitern auf der Psychiatrischen?«, fragte Alois.

Julia verneinte stumm.

»Die Mitarbeiter haben einen Schlüssel«, lachte Alois. Ein Lachen, das in einen Hustenanfall überging. Ein riesiger Brocken Schleim landete an der Hausmauer.

»Mann, du bist so krank«, ekelte sich Julia.

»Hirnkrebs im Endstadium«, grinste Alois.

Julia klatschte ihm die flache Hand auf die Stirn. »Alter!«

Dann holte sie einen Energydrink aus dem Handschuhfach und öffnete die Dose.

»Armes Ding«, nahm Julia einen großen Schluck.

»Hm.«

»Sie hat sich schon des Öfteren geritzt und einmal hat sie sich mit einer Überdosis Schlaftabletten vergiftet. Was geht in so einem Mädchen bloß vor?«

»Ich weiß es nicht«, blieb Alois wortkarg.

»Kurz nach ihrem fünfzehnten Geburtstag hat ihre Leidensgeschichte begonnen, hab ich der Krankenakte entnommen«, konnte Julia nicht abschalten. »Was ist da vorgefallen? Was war der Auslöser?«

»Vielleicht solltest du es mit Psychologie probieren, wenn dich das so fasziniert«, murmelte Alois und zündete sich eine zweite Zigarette an.

»Du hast recht. Für Medizin war ich zu blöd, vielleicht reicht es für eine Psychotante«, erwiderte die junge Kollegin süffisant.

»Musst ja nicht gleich herumzicken. Ich mein ja bloß.«

»Was ist mit dir eigentlich los heute?«, sah sie ihn besorgt von der Seite an.

»Oh, werd ich jetzt auch noch analysiert?«

Julia trank ihre Dose leer und warf sie aus zwei Metern Entfernung etwa einen Meter neben den Mistkübel.

»Alle Achtung«, musste Alois schmunzeln.

»Ich hab dir immerhin ein Lächeln ins Gesicht gezaubert.«

»Gratuliere!«

»Also red. Welche Laus ist dir über die Leber gelaufen?«

»Ach, gar nichts. Ich leide schon immer unter Gemütsschwankungen. Gibt ja nichts zu lachen auf dieser Welt, oder?«

»Was ist mit deiner Susanne?«

»Es gibt keine Susanne.«

»Ups, falsches Thema«, hielt sich Julia entschuldigend die Hand vor den Mund.

»Lass uns fahren«, trat Alois die Zigarette unter dem Stiefel aus und setzte sich in Bewegung.

»Na, das kann ja heute noch heiter werden«, murmelte Julia und stieß sich von der schmutzigen Mauer ab.

Die Kollegen der Streife hatten die gesamte Siedlungsstraße weiträumig abgesperrt und ließen niemanden an den Tatort heran. Chefinspektor Krammer parkte seinen Wagen am Gehsteig und drückte einem Polizisten den Autoschlüssel in die Hand, für den Fall, dass sein Dienstauto im Weg stehen sollte. Die abgesperrte Siedlungsstraße war voller Einsatzfahrzeuge.

»Machen Sie unauffällig Fotos von allen Schaulustigen, die sich herumtreiben«, flüsterte er ihm dabei zu und schlüpfte unter der Absperrung durch. Der Angesprochene nickte stumm und holte sein Mobiltelefon hervor.

Der Chefinspektor beugte sich über die männliche Leiche. Ein halbes Dutzend Männer in Schutzanzügen huschte um ihn herum. Er hätte sich einen Moment der Ruhe gewünscht, um wie einst Columbo die Szene betrachten und seine eigenen Schlüsse ziehen zu können. Doch diese Ruhe war ihm nicht vergönnt.

Stattdessen fühlte er sich am Tatort unerwünscht. Die Kollegen der Spurensicherung verfolgten jede seiner Bewegungen mit Argusaugen. Er würde ihnen womöglich Spuren vernichten. Aufgrund des nächtlichen Gewitters gab es ohnehin nur wenige.

Der stattliche Mann lag vornüber im Gebüsch, die Beine Richtung Straße. Die Jacke war voller Blut, der kleine Ausschnitt des Gesichts, das aus dem hohen Gras lugte, wirkte hingegen blutleer.

»Was wissen wir bereits?«, wollte der Inspektor vom Polizeiarzt wissen.

»Männliche Leiche, Mitte fünfzig. Tod durch Fremdeinwirkung. Mehrere Messerstiche in den Rücken. Der Tod trat etwa um ein Uhr nachts ein, plus minus eine Stunde.«

»Konnten wir den Kerl schon identifizieren?«

»Dr. Sigmar Brunnmeier«, meldete sich sein Assistent zu

Wort, der mit Handschuhen das Portemonnaie des Opfers geöffnet und durchsucht hatte.

»Ein Arzt?«, horchte Krammer auf.

»Jurist. Er wurde übrigens keine hundert Meter von seinem Haus entfernt aufgefunden«, ergänzte Holubek.

»Was?«

»Die fliederfarbene Villa da vorne mit dem Mercedes vor der Garage gehört ihm«, deutete der Assistent die Straße hinunter.

»Sieh an!«

Krammer kletterte aus dem Straßengraben und putzte sich die Hosenbeine ab, an denen eine Menge Blütenstaub hing.

»Das Auto müsst ihr auch auseinandernehmen und natürlich sein Haus und seine Kanzlei«, forderte er den Leiter der Kriminaltechnik auf.

»Natürlich!«

»Holubek! Wir brauchen schnellstmöglich einen Gerichtsbeschluss, um all seine Akten einsehen zu dürfen. Da werden wir den Täter finden«, beauftragte Krammer seinen Assistenten. »Und ein paar Beamte müssen alle Bewohner in der Siedlung abklappern. Irgendjemand muss etwas gesehen oder gehört haben heute Nacht.«

»Wird erledigt!«, entfernte sich Holubek, um alles Notwendige zu veranlassen.

»Haben wir es hier mit dem Tatort zu tun?«, wandte sich Krammer wieder an den Doc.

»Schwer zu sagen. Es hat in den frühen Morgenstunden geregnet. Einerseits spricht einiges dafür«, deutete der Pathologe auf das halb entblößte Gesäß. »Andererseits findet sich hier relativ wenig Blut im Verhältnis zu den vielen Stichwunden. Ich muss das noch genauer analysieren. Auch mit den Totenflecken und so weiter.«

»Okay. Was meinen Sie? Da muss viel Wut, viel Hass im Spiel gewesen sein.«

»Das sehe ich genauso. Das war was Persönliches!«, nickte der Arzt und nahm die Brille von der Nase. Mit einem Stofftaschentuch wischte er die Brillengläser sauber.

Der Inspektor kratzte sich das Haupthaar. Was sollte er von der Sache halten? Fühlte sich ein Klient bei einem verlorenen Rechtsstreit schlecht betreut? Weiters mussten auch private Motive in Betracht gezogen werden. Also galt es, das Umfeld des Anwalts zu durchleuchten.

»Habt ihr einen Schlüsselbund bei dem Toten gefunden?«, wollte er wissen.

Der Kriminaltechniker verneinte und widmete sich wieder der Spurensicherung.

»Also gut. Wenn ihr noch was für mich habt, ich bin beim oder im Haus des Toten«, ließ er die Kollegen wissen und marschierte die Straße hinauf zu der Villa. Fliederfarben, ging ihm durch den Kopf. Wie kam Holubek auf so etwas? Er hätte das Haus einfach lila genannt. Egal.

Es lag hinter einer dichten Hecke versteckt. Der Mercedes stand ordentlich geparkt in der Auffahrt. Durch die Heckscheibe erkannte Krammer, dass der Schlüssel im Schloss steckte. War der Anwalt in der Nacht nach Hause gekommen und von einem Angreifer überrascht worden? Würde dann der Schlüssel noch im Schloss stecken? Vielleicht kannte er den Täter, der vor der Haustür auf ihn wartete? Dr. Brunnmeier war ausgestiegen und hatte den unerwarteten Besuch begrüßt. »Was machst du hier mitten in der Nacht?«, hatte er ihn gefragt. Dann hatte der Besucher zugestochen.

Nein, das war Blödsinn. Erstens hatte der Täter dem Anwalt in den Rücken gestochen, ihn also von hinten angegriffen, und zweitens hätte er hier vor dem Haus eine Menge Blut finden müssen. Regen hin oder her.

Krammer öffnete den Wagen und nahm den Schlüsselbund an sich, an dem einige weitere Schlüssel hingen. Der Chefinspektor wandte sich der Villa zu. Vor der Haustür drehte er sich um. Von hier konnte man den Fundort der Leiche nicht einsehen. Die Hecke war zu hoch und zu dicht. Wieso lag die Leiche da vorne im Straßengraben? Was sollte ihm das sagen?

Sturz über Stiege, stand am Terminal. Julia spielte sich mit dem Handy, während sich Alois durch den Verkehr quälte. Er war versucht, das Blaulicht und das Sondersignal zu aktivieren, um schneller voranzukommen, ließ es aber bleiben. In den amerikanischen Filmen wurde immer einsatzmäßig und am Anschlag gefahren. Aber Studien hatten erwiesen, dass dies mit der Zeit abstumpfte und die anderen Verkehrsteilnehmer nicht mehr auf Einsatzfahrzeuge Rücksicht nahmen. In Österreich wurde das Sondersignal sparsam eingesetzt, dafür aber mehr respektiert.

In den letzten Jahren war am Stadtrand eine Betonsilo-Siedlung errichtet worden, die billige Wohnungen für kleine Verdiener beinhaltete. Es dauerte eine Weile, bis die beiden Stiege F und Wohnung 43 gefunden hatten. *Russ/Lueger,* stand am Türschild. Julia betätigte die Klingel und nahm den schweren Notfallrucksack von den Schultern.

In der Wohnung war es still, zu still, wie Alois feststellte. Er drückte neuerlich auf den kleinen, runden Knopf. Die Wohnungstür nebenan wurde geöffnet, eine ältere Dame mit Lockenwicklern in den Haaren guckte heraus.

»Wollt ihr zu Frau Lueger?«, flüsterte sie.

»Oh, haben wir uns in der Wohnung geirrt«, nahm Julia den Rucksack auf.

»Nein, nein. Ihr seid schon richtig. Der brutale Kerl hat seine Lebensgefährtin wieder grün und blau geschlagen. Ich hab's durch die Wand gehört, obwohl ich den Fernseher laut aufgedreht hab.«

Alois versuchte durch den Türspion nach innen zu sehen, was natürlich nicht möglich war.

»Wenn niemand aufmacht, dann müsst ihr die Polizei holen. Sie ist ganz sicher zuhause. Ich bin zum Müll runter und da ist sie mir voll bepackt mit Einkaufstaschen im Stiegenhaus über den Weg gelaufen.«

»Vor oder nach dem lautstarken Streit?«

»Danach. Sie hatte einige Schrammen und Blutergüsse. Ich hab sie gefragt, ob sie von ihrem Freund geschlagen worden ist.«

»Und was hat sie geantwortet?«, wollte Julia wissen.

»Dass sie im Treppenhaus gestürzt sei, hat sie gesagt. Aber das ist ein Unsinn.«

»Gut zu wissen«, nickte Alois. »Danke, dass Sie die Rettung angerufen haben!«

»Das hab ich nicht«, schüttelte die Alte den Kopf.

»Okay?« Alois drückte zum dritten Mal die Türglocke. Jetzt hörte er schlurfende Schritte. Die Nachbarin schloss schnell ihre Tür.

»Was?«, fragte eine Frau mittleren Alters, nachdem sie die Tür einen Spaltbreit geöffnet hatte.

»Frau Lueger?«, übernahm Julia.

»Ja, wer will das wissen?«

»Wir sind von der Rettung. Wir wurden angerufen, weil es bei Ihnen zu einer Verletzung gekommen ist.«

»Nicht der Rede wert.« Alois bemerkte, wie sie darauf Acht gab, nur die rechte Gesichtshälfte preiszugeben.

»Dürfen wir uns das mal genauer anschauen?«, versuchte Julia erfolglos die Tür aufzudrücken.

»Ich brauch niemanden. Bitte gehen Sie wieder.«

»Jetzt, wo wir schon mal hier sind, können wir uns die Verletzungen ja kurz mal ansehen. Meinen Sie nicht?«

Die Angesprochene fuhr sich unsicher mit der Hand durchs Gesicht. Dann schob sie den Kopf etwas weiter nach vorne und vergewisserte sich, dass keine Polizei vor der Tür wartete, ehe sie die beiden Sanitäter einließ.

»Es ist wirklich nichts«, wiederholte sie und führte die beiden ins Wohnzimmer.

Der Fußboden war klebrig, so als wäre dieser seit Monaten nicht gesäubert worden. Zeitschriften stapelten sich am Couchtisch, ein halbvoller Aschenbecher thronte wackelig obenauf. Im Fernsehen lief eine Koch-Show. Frau Lueger ließ sich mit schmerzverzerrtem Gesicht aufs Sofa fallen.

»Und jetzt?«

»Jetzt sehen wir uns die Verletzungen an und dann entscheiden wir, ob wir ins Krankenhaus fahren müssen«, erklärte Alois, während er sich Handschuhe anzog.

Die Patientin hat ein hübsches Gesicht, dachte Alois, wenn da nicht diese abgrundtief traurigen Augen wären. Dazu die Schrammen und Blessuren, die ungekämmten Haare und der Schlabberlook.

»Ich fahr sicher nicht mit«, wurde sie laut, presste sich aber im nächsten Moment eine Hand vor den Mund.

»Sind Sie allein?«, wollte Alois wissen.

»Mein Mann schläft.«

»Ihr Mann?«

»Mein Lebensgefährte. Er ist grad erst von der Nachtschicht gekommen.«

»Und dann hat er sich noch abreagiert«, schmunzelte Alois und deutete auf die Blutergüsse im Gesicht, die für sich sprachen.

»Nein, nein. Ich bin im Stiegenhaus gestürzt. Ich bin immer so ungeschickt«, beeilte sie sich, ihre Version zu erzählen.

»Wenn Sie wüssten, wie oft wir das hören«, nickte Julia und inspizierte die Verletzungen. »Das an der Stirn sollte genäht oder geklebt werden, sonst bleibt eine hässliche Narbe«, erklärte sie der Frau. Die beiden rochen ihren Angstschweiß.

Alois lehnte an der Vitrine und beobachtete die Patientin mit etwas Abstand. Ihre feinen, zarten Züge und der athletische

Körper passten so gar nicht zur Unordnung in der Wohnung und dem Schlabberlook. Irgendetwas störte ihn am Gesamtbild. Es schien konstruiert und unecht. Und dann noch diese schroffe Art. Alois fuhr sich nachdenklich mit Daumen und Zeigefinger durch den Oberlippenbart.

»Wenn ihr euch schon wichtigmachen müsst, dann lasst mir ein paar Schmerztabletten da, Mexalen oder so was«, schob sie Julias Hand zur Seite.

»Seien Sie doch vernünftig. Wir bringen Sie ins Krankenhaus und bis zum Mittagessen sind Sie wieder daheim«, versuchte Julia weiter ihr Glück.

»Vergiss es!«, quälte sich die Verletzte hoch. »Und jetzt lasst mich allein.«

»Komm, wir können niemanden zu seinem Glück zwingen«, winkte Alois ab.

»Ich bräuchte noch eine Unterschrift am Protokoll, dass Sie die Behandlung verweigert haben«, hielt Julia der Patientin ihre Protokollmappe und einen Kugelschreiber unter die Nase.

Während die Frau eine Unterschrift hin kritzelte, ging eine schmale Tür neben der Fernsehwand auf. Ein unrasierter, grimmiger Kerl in Unterhose schlüpfte durch die Tür.

»Was soll der Scheiß?«

»Wir wollten Ihre Lebensgefährtin verarzten«, machte Alois einen Schritt auf den Mittdreißiger zu. »Sie ist im Stiegenhaus gestürzt«, zeichnete er provokant Anführungszeichen in die Luft. »Die Wunde an der Stirn sollte im Krankenhaus genäht werden, aber Ihre Freundin will unsere Hilfe nicht.«

»Der kleine Kratzer? Dass ich nicht lache. Schert euch hier raus und lasst uns in Ruhe«, hob der bullige Kerl drohend die Hand.

»Wir sind schon weg«, schnappte Julia die Mappe und den Rucksack und wandte sich zum Gehen.

»Wollen Sie uns drohen?«, stemmte Alois die Arme in die Seite.

»Ich will euch hier raushaben.«

Die beiden Männer starrten sich wie aufgeplusterte Pfaue im Morgengrauen an.

»Und wenn nicht?«, fragte Alois. »Stürzen meine Kollegin und ich dann auch versehentlich im Stiegenhaus?«

»Was willst du damit andeuten, ha?«

»Nichts. Ich frag bloß.«

»Schleich dich einfach und pass auf den rutschigen Stufen auf«, kratzte der Hüne mit der Stoppelglatze die Fingerknöchel seiner Rechten. Alois konnte die Abschürfungen erkennen. Ein deutliches Indiz, dass dieser Kerl regelmäßig mit der Faust zuschlug. Am Ringfinger trug er einen Ring mit einem Stein drauf, der üble Verletzungen anrichten konnte.

»Gut. Wir sind dann mal weg«, gab Alois nach und versuchte sein mulmiges Gefühl zu überspielen.

»Und Sie wollen sicher nicht mit uns mitkommen?«, wandte er sich noch einmal an die Frau, die aus heiterem Himmel Nasenbluten bekommen hatte.

»Nein!«, flüsterte sie.

»Okay.« Alois reichte der Patientin noch ein Taschentuch und folgte Julia in den Vorraum. Im Eck neben der Tür lehnte nur halbherzig von einer Jacke verhüllt ein Baseballschläger an der Wand.

»Wieso hast du die Rettung angerufen, du blöde Kuh!«, schrie der Hüne seine Lebensgefährtin an.

»Das war ich nicht. Keine Ahnung, wieso die hier aufgetaucht sind.«

»Und das soll dir einer glauben? Du lügst, sobald du das Maul aufmachst, Miststück!«

»Äh!«, stand Alois wieder in der Zimmertür und hob die Hand wie ein Musterschüler.

»Was machst du noch hier, verdammte Scheiße?«

»Ich hab zufällig das Gespräch mitangehört. Ihre Lebensgefährtin hat uns nicht angerufen, sondern irgendeine Nachbarin aus dem Haus. Nur so fürs Protokoll!«

»Die alte Hexe von nebenan also«, grübelte der halbnackte Schläger.

»Es muss ein Herr aus einem der unteren Stockwerke gewesen sein, der Ihre Freundin im Stiegenhaus getroffen hat«, beeilte sich Alois, die Nachbarin in Schutz zu nehmen.

»Scheiß drauf! Haut jetzt endlich ab!«

»Schon gut«, hob Alois beschwichtigend die Arme und entschwand durch die Wohnungstür ins Stiegenhaus.

Die Villa des Opfers war in den Sechzigerjahren erbaut worden und spiegelte den Lebensstil der damaligen Zeit wider. In starkem Kontrast dazu hatte sich Brunnmeier seinen Wohnbereich modern eingerichtet.

An den Wänden hingen bunte, abstrakte Gemälde von Gegenwartsmalern, die Einrichtung war fast ausschließlich in Weiß gehalten. Anstelle eines Fernsehapparats hing ein Videobeamer an der Decke, der sein Bild an die gegenüberliegende Wand projizieren konnte.

Auf dem gläsernen Couchtisch lagen Kunstkataloge, die so drapiert wirkten, dass man den Eindruck gewinnen musste, sie lägen nur da, um Besuchern zu imponieren. Die lederne Couch dagegen hatte bereits bessere Tage erlebt, war schon an einigen Stellen aufgerissen und abgenutzt.

Das Arbeitszimmer war zweckmäßig eingerichtet, zwei Seiten mit Schränken bis zur Decke verbaut. Der Anwalt nahm sich wahrscheinlich oft seine Arbeit mit nach Hause. In einem Eck befand sich eine Hausbar, davor zwei uralte Stühle aus der Biedermeier-Zeit und ein kleiner Beistelltisch. Eine halbvolle Cognacflasche und ein benutztes Glas standen darauf. Krammer holte einen Asservatenbeutel hervor und ließ das Glas hineingleiten.

Dahinter an der Wand hingen einige Fotos. Fünf Burschen in Badehosen an einem Strand mit Drinks in der Hand hielten dem Fotografen einen Daumen entgegen. Daneben vier ältere Typen auf einem Fischkutter, die gemeinsam einen mehrere Zentner schweren Fisch in die Kamera hielten. Fotos einer Zigarre paffenden Männergruppe und andere ähnliche Aufnahmen.

5

»Sie können da nicht rein!«, hörte Krammer einen Kollegen rufen.

»Was ist passiert?«

»Bleiben Sie draußen. Das ist ein Tatort!«, wirkte der Kollege schroff und genervt.

»Sagen Sie mir, was los ist!«

Krammer eilte zur Tür. »Wer sind Sie?«

»Ich bin die Reinigungskraft. Was ist mit Dr. Brunnmeier?«

»Kommen Sie«, bat er die ältere Dame herein. Sie trug eine bunte Strickjacke und hielt einen Plastiksack in der Rechten, aus dem Reinigungsmittel herauslugten.

»Setzen Sie sich«, deutete er auf einen Stuhl im Esszimmer hin. Sie stellte die Tasche, die sie in einem Supermarkt gleich ums Eck bekommen haben dürfte, am Boden ab und nahm Platz. Den linken Ellbogen stützte sie auf der Tischplatte ab und scannte mit ihren nervösen Augen den großen Raum.

»Was ist passiert? Ist mit Dr. Brunnmeier etwas?«

»Frau …?«

»Branka, nennen Sie mich einfach Branka.«

»Okay. Branka.«

Die Putzfrau trug eine in Regenbogenfarben schillernde Brille mit dicken Gläsern.

»Sie putzen hier bei Dr. Brunnmeier?«, wollte Krammer wissen.

»Ja, immer samstags und dienstags!«

»Und Sie haben einen eigenen Schlüssel für das Haus?«

»Ja. Ist eingebrochen worden? Ich habe nichts gestohlen«, beteuerte sie in fast einwandfreiem Deutsch mit leichtem Akzent.

»Wo wohnen Sie? Wie gelangen Sie hierher?«

»Ich wohne am anderen Ende der Stadt. Ich komme mit dem Bus, aber …«

»Ich muss Ihnen sagen, Ihr Boss wurde heute Nacht ermordet.«

»Was?«, hielt sie sich die rechte Hand vor den Mund. »Aber, wer tut so etwas?«

»Haben Sie eine Idee?«

Branka zuckte mit den Schultern.

»War wohl eine von seinen Frauen … oder gehörnter Ehemann.«

»Was wissen Sie über seine Frauengeschichten?«

»Wissen? Wissen tu ich nix. Ich muss halt regelmäßig den Dreck wegräumen.«

»Welchen Dreck?«

»Liegengelassene BHs, Kondome, Reste von Saufgelage und halbe Brötchen. Alles Mögliche!«

»Und das sind immer andere Frauen?«

»Das weiß ich nicht. Glaube schon.«

»Weil?«

»Weil was?«

»Wie kommen Sie darauf, dass es sich immer um andere Frauen handelt?«

»Na, denken Sie mal nach. Wenn immer gleiche Frau kommt, dann lässt sie Zahnbürste und Make-up und was weiß ich im Bad liegen. Eine Affäre zieht langsam, auf Raten hier ein. So, dass es Anwalt gar nicht mitbekommt, nur aufmerksame Reinigungskraft.«

»Und hier ist keine Affäre auf Raten eingezogen.«

»Richtig.«

»Okay.« Krammer dachte nach. »Und gab es schon einmal einen Zwischenfall? Ich meine, ein Date, das mehr sein wollte als ein One-Night-Stand?«

»Einmal?«

»Wie darf ich das verstehen?«

»Telefon läutet und ich gehe ran. Dann höre ich eifersüchtige

Zicke an andere Ende. Aber ich lege einfach auf und sage Dr. Brunnmeier gar nix davon.«

»Und haben Sie schon einmal miterlebt, dass ein gehörnter Ehemann dem Doktor eine aufs Maul hauen wollte?«

Branka überlegte und legte ihr Gesicht in Falten.

»Nein, nicht dass ich weiß!«

»Hm«, stand Krammer auf. »Ich müsste noch wissen, wo Sie die heutige Nacht verbracht haben.«

»Ich habe in meinem Bett geschlafen. Was sonst?«

»Kann das jemand bezeugen?«

»Ja, natürlich. Mein Mann ist neben mir gelegen und hat geschnarcht.«

»Okay, Branka! Ich möchte, dass Sie jetzt wieder nach draußen gehen und meinem Kollegen ihre Kontaktdaten geben. Und wenn die Spurensicherung fertig ist, dann gehen Sie mit einem Kollegen durchs Haus und schauen, ob etwas fehlt oder ein Gegenstand sich nicht dort befindet, wo er sein sollte.«

Branka nickte und stand auf. Dann schnappte sie ihre Sachen und stapfte hinaus. Krammer kehrte ins Arbeitszimmer zurück und sah sich um. Er leerte den Inhalt eines Papierkorbes auf den Schreibtisch und packte die Fotos hinein.

»Ah, Holubek«, freute er sich, dass sein Assistent wie aufs Stichwort zur Tür hereinkam. »Die Fotos müssen alle analysiert werden. Ich will wissen, wer darauf zu sehen ist, wo und wann die Aufnahmen gemacht wurden und wer die Bilder geschossen hat.«

»Klar, Chef!«

»Und?«

»Sie sollten raus zum Wagen kommen. Die Kriminaltechnik hat eine interessante Entdeckung gemacht.«

»Gut«, nickte Krammer und folgte seinem Kollegen.

Julia meldete der Leitstelle, dass es zu keinem Abtransport gekommen war und bat den Kollegen, den Vorfall der Polizei zu melden. Die mussten dann selber entscheiden, ob sie Nachschau hielten oder die Sache auf sich beruhen ließen. Traurig schüttelte sie den Kopf.

»Ich würde dem Arschloch den Schädel einschlagen, wenn er sich das nächste Mal den Rausch ausschläft. Kann man bloß froh sein, dass keine Kinder betroffen sind. Wenn da noch zwei kleine Gschrappen herumkriechen würden, die das alles mitkriegen oder selbst auch verdroschen würden? Ich weiß nicht, wie ich dann reagiert hätte«, richtete sich Julia ihre Haare.

»Ja und nein.«

»Was soll das heißen?«

»Dass sie einen Jungen hat«, startete Alois die Karosse.

»Was?«

Er nickte stumm und warf den Rückwärtsgang ein.

»Du kennst die Familienverhältnisse?«

»Ich war nicht das erste Mal hier. Außerdem weiß ich das zufällig, weil ihr Junge früher den Kindergarten besucht hat, in dem meine Ex arbeitet«, gab Alois mehr von sich preis als ihm lieb war.

»Erzähl!«, wurde Julia sofort neugierig.

»Der Junge lebt bei seinen Großeltern. Die haben ihn aufgenommen, da war er … glaube ich … noch kein Jahr alt.«

»Okay?«

»Die Mutter hat ihn quasi vor dem gewalttätigen Vater in Sicherheit gebracht. Man munkelt, er habe gedroht, den Buben zu erschlagen, wenn sie ihn nicht weggäbe. Er könne nichts mit dem Gewinsel, dem Geschrei und den vollgeschissenen Windeln anfangen.«

»Und nicht einmal da verlässt sie den Scheißkerl?«, runzelte Julia die Stirn.

»Der Kindsvater ist ein anderer. Ihr Junge muss schon … keine Ahnung … um die 20 oder so sein. Dieser Russ muss ein neuer Lover sein.«

»Vom Regen in die Traufe, sozusagen.«

»Vielleicht steht sie ja drauf, eine aufs Maul zu kriegen? Es soll ja Masochisten geben?«

»Du meinst, ihr macht es Spaß, regelmäßig verdroschen zu werden?«

»Keine Ahnung, aber wie du richtig gesagt hast: Warum stolpern manche Frauen von einem Versager zum nächsten? Warum verlässt sie den Kerl nicht und zieht in ein Frauenhaus oder zu ihren Eltern? Da muss doch bei ihr auch was schieflaufen, oder?«

»Das kann auch nur ein Mann sagen, dass sie jetzt mitschuldig ist.«

»Denk, was du willst«, hielt Alois am Straßenrand und begann sich eine Zigarette zu drehen.

Julia nahm ihr Telefon zur Hand und wischte wie eine Wildgewordene am Display herum. »Verdammte Scheiße!«

»Was?«

»Natascha, diese Kröte!«

»Was ist mit ihr?«

»Hat sich gerade krankgemeldet.«

»Und? Soll vorkommen.«

»Sie wollte dieses Wochenende auf ein Festival fahren, der Chef hat ihr aber einen Sonntagsdienst eingetragen. Wochenlang hat sie jeden angeflennt, mit ihr Dienst zu tauschen. Keiner wollte. Und jetzt ist sie ganz zufällig krank«, steckte Julia verächtlich das Handy weg.

Natascha machte gerade ein Freiwilliges Soziales Jahr, war also quasi Julias Nachfolgerin. Ein nettes, sympathisches Mädchen, das sich super mit den Zivildienern verstand, und diese motivieren konnte, ihre Aufgaben ordentlich und gewissenhaft zu erledigen. Alois konnte nichts Negatives über sie sagen, außer dass sie, wenn ihn sein Gefühl nicht täuschte, alles unternahm, um nicht mit ihm, dem alten, griesgrämigen Kerl, eingeteilt zu werden. Sollte ihm auch recht sein. Er hatte sich mittlerweile an Julia gewöhnt.

»Vielleicht ist sie ja wirklich krank geworden«, zuckte Alois mit den Schultern.

»Was sollte die Aktion?«, polterte der Stoppelglatzige.

»Ich habe nichts getan, was dich ärgern müsste. Ich hab nichts gesagt!«

»Na, dann!«

Russ ließ sich aufs Sofa fallen, legte die Füße auf den Couchtisch und wischte mit einer Bewegung den ganzen Müll vom Tisch.

»Verdammt. Wie es hier wieder ausschaut. Kannst du nicht mal deinen Job machen und aufräumen, Michaela?«

Sie begann zu heulen.

»Wieso heulst du jetzt? Weil ich dich wieder geschlagen habe?«

Sie versuchte das Heulen zu stoppen und wischte sich mit dem Hemdsärmel durchs Gesicht.

»Du stellst mich in der Öffentlichkeit in ein Licht, als ob ich der brutale Schläger wäre. Verdammt, ich hasse das. Immer bin ich der Böse, immer hab ich Schuld. Das war schon immer so. Schon in der Schule haben mich die Mitschüler verarscht«, schimpfte Russ, dass der Speichel durch die Luft flog.

Michaela Lueger kniete am Teppich nieder und begann, die Zeitschriften wieder auf den Tisch zu räumen.

»Hör jetzt auf mit dem Aufräumen«, trampelte er die Zeitungen wieder vom Tisch. »Wenn du mir was Gutes tun willst, dann kannst du mir einen blasen.«

»Du kannst mich mal«, stand Michaela auf. »Hol dir halt einen runter, wenn du es so nötig hast.«

Sie knallte die Tür zu und verschwand im Bad. Sie setzte sich auf den Klodeckel und versuchte sich zu beruhigen. Das Gesicht schmerzte und die Nase rann. Sie schnäuzte in ein Blatt

Klopapier. Dann spülte sie und wusch sich. Aus dem Spiegelschrank nahm sie eine Schmerztablette und schluckte sie mit etwas Wasser hinunter.

Sie starrte in den Spiegel über dem Waschbecken, der schon längst wieder einmal geputzt werden sollte. Wasserspritzer, Kalkablagerungen und Zahnpasta klebten daran. Leider war der Spiegel nicht so blind, um ihr Spiegelbild zu verstecken. Oh Gott, wie sie dieses Gesicht im Spiegel hasste. Sie schloss die Augen für einen Moment und hielt sich am Waschbecken fest, um nicht das Gleichgewicht zu verlieren.

Wieso hielt sie diesen Vollidioten noch immer aus und warf ihn nicht aus ihrer Wohnung? Er war so primitiv und einfach gestrickt. Aber es war ohnehin nur noch eine Frage der Zeit, bis sich das Problem löste, versuchte sie ein fröhliches Gesicht zu machen. Schließlich war der Kerl so simpel zu manipulieren, dass es schon wieder schmerzte.

Alle Türen und der Kofferraum des schwarzen Gefährts waren geöffnet, die Spurensicherung war am Werken. Die Sonne stand bereits hoch am Firmament und heizte den Asphalt auf. Die Kriminaltechniker in ihren Schutzanzügen schwitzten ordentlich.

»Was habt ihr entdeckt?«, hielt sich Krammer nicht mit Höflichkeitsfloskeln auf.

»Setz dich mal rein«, forderte ihn Max Thürridl, der Chef der Kriminaltechnik, auf.

»Wieso?«

»Mach mal.«

Der Fahrersitz und das Lenkrad waren mit Plastikplanen abgedeckt, um keine Spuren verwischen zu können. Krammer tat wie ihm befohlen und versuchte Platz zu nehmen.

»Aber …!«

»Genau!«

»Darf ich?«, fragte der Chefinspektor und deutete auf den Hebel, mit dem die Sitzeinstellung verändert werden konnte.

»Sicher. Wir haben schon alles vermessen, fotografiert und protokolliert.«

Der Sitz war in der vordersten Einstellung fixiert. Ließ sich also nur nach rückwärts verschieben. Der Chefinspektor konnte bei dieser Einstellung nicht einsteigen, musste die Sitzeinstellung zuvor verändern. Er schob den Sitz einmal zurück, dann wieder ganz nach vorne.

»Was sagt uns das?«, fragte Krammer.

»Das ist dein Job!«, zuckte der Techniker mit den Schultern.

»Dass zuletzt eine sehr kleine Person gefahren ist, möglicherweise der Mörder oder die Mörderin. Das erhärtet unsere Vermutung, dass der Fundort nicht der Tatort ist«, mutmaßte Holubek.

»Kann sein«, wirkte Krammer nicht überzeugt und verzog sein Gesicht.

»Was sonst?«

»Vielleicht ist der Täter auch zwei Meter groß, musste den Sitz also nach hinten verstellen und will uns damit in die Irre führen, indem er den Sitz nach der Fahrt ganz nach vorne verschoben hat?«, stellte der Chefinspektor eine neue These auf.

»Könnte auch sein. Denkt ein Mörder an so etwas?«

»Ich weiß es nicht, Holubek. Wir sollten nur nicht voreilig Schlüsse ziehen«, sah sich Krammer um.

»Hei, Sie da!«, deutete er auf eine Kollegin, die sich am Gartentor zu schaffen machte.

»Ich?«

»Ja, Sie. Ich brauche Sie für einen Moment.«

Die Technikerin in ihrem weißen Sicherheitsanzug kam zögerlich näher.

»Wie groß sind Sie, wenn ich fragen darf?«

Sie blickte unsicher zu ihrem Chef.

Thürridl nickte aufmunternd.

»Eins zweiundsechzig?«, kam die Antwort als Frage zurück.

»Setzen Sie sich mal in den Wagen und sagen Sie mir, ob die Sitzeinstellung passt«, forderte sie Krammer auf.

Die Angesprochene zwängte sich in das Gefährt. »Ja, doch.«

»Okay. Und jetzt schauen Sie in die Außenspiegel. Passen die?«

»Die passen nicht«, war sie nicht einverstanden.

»Gut. Danke.«

Krammer beorderte Holubek auf den Fahrersitz, da dieser fast eins neunzig groß war, und bat ihn, den Sitz nach seinen Vorstellungen einzurichten. Dann machte er auch mit seinem Assistenten den Spiegeltest.

»Nicht perfekt, aber fast«, musste Holubek eingestehen. »Touché!«

Krammer nickte zufrieden.

»Wir werden den Wagen jetzt abschleppen lassen und im Labor auf Herz und Nieren überprüfen«, erklärte Thürridl. »Aber so viel können wir bereits sagen. Es befinden sich definitiv Blutspuren und Erdkrümel im Kofferraum. Die Leiche ist höchstwahrscheinlich mit diesem Wagen transportiert worden.«

»Gut zu wissen«, kratzte sich Krammer am Kinn. »Also müssen wir den Tatort finden.« Es klang wie ein Arbeitsauftrag an Holubek. Dieser nickte und rauschte davon.

Krammer kehrte noch einmal ins Haus zurück und sah sich Brunnmeiers Schlafzimmer näher an. Das Bett war gemacht und mit einer Tagesdecke zugehüllt. Brunnmeier hatte sein Schlafzimmer in der vergangenen Nacht nicht betreten.

Beiläufig öffnete Krammer einige Schubladen und fand schließlich, was er zu entdecken hoffte. Dr. Brunnmeier bewahrte eine ganze Reihe Souvenirs an seine Sexabenteuer auf, bunte BHs, Slips mit angenähten Spitzen und sogar einen einzelnen Stöckelschuh.

Eine Lade tiefer lagerte der Anwalt diverses Sexspielzeug.

Dinge, die Krammer teilweise gar nicht identifizieren konnte. Kopfschüttelnd machte er einige Fotos, ließ das Zeug aber dort, wo er es gefunden hatte. Immer mehr verfestigte sich der Eindruck, dass es der Schwerenöter wild getrieben hatte und einem Nebenbuhler oder gehörnten Ehemann auf die Zehenspitzen getreten war.

Alois pilotierte den Wagen Richtung Dienststelle. Die Chancen standen gut, dass sie danach das Fahrzeug waschen und abmelden konnten. Das war das Schöne am Frühdienst, dass er auch früher zu Ende ging. Die Sonne spiegelte sich in der Donau, am Radweg tummelten sich unzählige Radfahrer, fast alle waren stromabwärts unterwegs. Das Bild erinnerte an einen Ameisenhaufen.

»Da! Halt an!«, packte ihn Julia am Arm.

Mitten in dem Gewurle winkten zwei Freizeitsportler wild gestikulierend. Eine Menschentraube hatte sich am Radweg gebildet. Alois stoppte den Rettungswagen und schaltete die Alarmblinkanlage und das Blaulicht ein.

Während Julia raussprang und mit dem Notfallrucksack elegant über die Leitplanke schwang, meldete Alois den Vorfall an die Leitstelle. Dann zog er sich Einmalhandschuhe über und kletterte ungelenk aus dem Cockpit. Die Lungen brannten. Jetzt schnell eine Tschik anzünden, ging ihm durch den Kopf, ehe er die Fahrertür zuknallte und Julia über die Absperrung auf den Radweg folgte.

Julia trieb die Umstehenden auseinander. Keiner hatte sich nützlich gemacht, alle nur neugierig auf den Gestürzten gestarrt. Sie breitete den Inhalt des Notfallrucksacks vor ihr aus und kniete neben dem Verunfallten nieder.

»So, macht Platz! Es gibt nichts zu gaffen«, verscheuchte Alois die Schaulustigen und bahnte sich einen Weg zu seiner Kollegin, die den Verletzten bereits angesprochen hatte.

»Letzte Warnung. Steigt aufs Rad und fahrt weiter. Wer in sechzig Sekunden noch da ist, kriegt eine Anzeige wegen Behinderung einer Hilfeleistung«, deutete Alois auf sein gezücktes Handy.

»Nun, sag mal«, wollte ein Radler aufbegehren.

»Und mit dir, Piefke, fange ich an«, drückte er auf den Auslöser seiner Handykamera.

»Das war das letzte Mal, dass ich zu euch Ösis auf Urlaub komme. Lauter Rassisten!«

»Wir brauchen euch eh nicht!«, grinste Alois und umkreiste das Fahrrad des Verunfallten. »Der Horvath!«, seufzte Alois.

»Du kennst ihn?«, reagierte Julia überrascht.

»Den kennt eigentlich jeder. Arbeitslos, obdachlos und immer im Öl. In den Sommermonaten campiert er in einem zerrissenen Zelte am Donauufer.«

»Und im Winter?«

»Keine Ahnung. Vielleicht in einem Heizungskeller?«

Alois stellte das Fahrrad auf und begann, die Habseligkeiten des stark Alkoholisierten einzusammeln. Sein ganzer Besitz passte in zwei Plastiksäcke.

Verdammt, das könnte ich sein, geisterte ihm im selben Moment durch den Kopf. Alois hatte gerade erst den zweiten Entzug hinter sich. Es war nur eine Frage der Zeit, bis auch er so enden würde, wenn er sein Leben nicht bald in den Griff bekam.

»He, schläfst du?«, fuhr ihn Julia an.

»Was?«

»Gib mir eine Zellstoffkompresse, verdammt«, deutete sie auf das Verbandset.

Alois versuchte sich zusammenzureißen und assistierte ihr, so gut es ging. Die Gaffer waren weitergeradelt, die soeben eingetroffenen Polizisten sorgten dafür, dass Nachkommende vorbeifuhren. Augenblicke später saß der ungepflegte Notfallpatient mit einem schicken Kopfverband am Radweg und fingerte nach einer Zigarette in seiner Jackentasche.

Wie konnte man bei fünfundzwanzig Grad im Schatten eine dicke, verfilzte Winterjacke tragen, dachte Julia und packte ihre Siebensachen zusammen. Alois hockte sich neben dem Patienten auf den Boden und gab dem Obdachlosen Feuer, ehe er sich selber eine Zigarette anzündete.

»Willst du nicht mit uns ins Krankenhaus fahren?«, redete er auf den Alten ein.

Der Angesprochene schüttelte stumm den Kopf und führte die verbundene Hand zittrig zum Mund. Julia kam mit der Protokollmappe. Missbilligend starrte sie Alois an, der sich mit dem Patienten verbrüdert hatte.

»Ich bräuchte noch den vollen Namen«, blickte sie wie eine strenge Buchhalterin drein. Nur die dicke Nickelbrille fehlte. »Horvath, und wie noch?«

»Wieso Horvath?«, erwiderte Alois.

»Du hast doch gesagt: der Horvath!«

»Das ist ja ein Pseudonym«, lachte Alois und der Alte kicherte ebenfalls.

»Haider Anton heißt der gute Mann«, mischte sich einer der Polizisten ein und hielt ihr seinen Personalausweis hin, den er von der Fahrbahn aufgelesen hatte.

»Muss ich das verstehen?«, runzelte Julia die Stirn und nahm die Personalien auf.

»Erklär ich dir später«, hustete Alois und spuckte Schleim aus. »So, ich muss jetzt wieder«, kämpfte er sich ächzend hoch. »Und?«, gab er Anton Haider noch eine Chance. Der schüttelte neuerlich seinen Kopf.

»Ich komm schon zurecht!«, nahm er sein Fahrrad an sich und trottete langsam davon.

Alois sah ihm noch eine Weile nach.

»Kommst du?«, hockte Julia bereits im Rettungswagen.

»Hm.«

»Und?«, bohrte Julia nach.

»Was?«

»Willst du mir das mit dem Horvath erklären?«

»Ah, das.«

»Ja, das!«

»Seiler und Speer haben die Kunstfigur des Anton Horvath erschaffen. Und seither nennen wir den Anton auch Horvath. So einfach ist das«, erklärte er und begann zu singen.

»Des is da Horvath, ka Arbeit, kan Bock auf irgendwos, an Durscht fiar Fünfe und mit de Weiba, da geht a gaunz sche wos, im Großen und Gaunzen is a jo gaunz leiwand!«

»Stopp! Danke!«, winkte Julia ab. »Ich denk, da musst du noch ein wenig dran feilen«, musste sie lachen.

Die zweigeschossige Villa war ein echter Prunkbau, ein schmuckes Kästchen, das der Architekt in den Hang hineingezaubert hatte. Sie lag auf einem kleinen Hügel nördlich der Bezirksstadt inmitten einer Ansammlung weiterer Prachtvillen von Menschen, denen es ganz offensichtlich finanziell gesehen an nichts mangelte.

Chefinspektor Krammer verließ seinen Wagen und bestaunte den perfekt getrimmten Garten, während sein Assistent schon auf die Haustür zusteuerte. Der englische Rasen schimmerte mattgrün, die Hecken waren gestutzt und Sträucher und Bäume nach einem durchdachten Konzept angeordnet.

»Genauso einen Amberbaum wollte meine Frau«, deutete Krammer auf den Säulenamber, der am frühen Morgen Schatten spenden sollte.

»Hm«, hatte Holubek wenig dafür übrig. Er wohnte in einer Zwei-Zimmer-Wohnung und besaß einen Kaktus.

Krammer machte mit seinem Handy ein Foto, ehe sich die Haustür öffnete.

»Ja, bitte?«

»Frau Brunnmeier?«

»Wer will das wissen?«

Krammer und Holubek nestelten gleichzeitig ihre Dienstausweise hervor.

Frau Brunnmeier zog überrascht eine Augenbraue hoch und ließ die beiden Herren eintreten. Sie war eine großgewachsene, blonde Schönheit Anfang vierzig. Ihr enganliegendes, geblümtes Kleid verriet, dass sie regelmäßig ihren Körper trainierte. Da war kein Gramm zu viel zu entdecken.

Sie ging ins Wohnzimmer voraus und nahm ihren Hugo in die Hand, den sie auf einer Kommode abgestellt hatte. Sie nippte daran und bot den beiden einen Platz auf der ausladenden Wohnlandschaft an.

»Kann ich Ihnen etwas anbieten?«, hielt sie das Glas in die Höhe.

»Nein, danke«, wehrte Krammer ab. »Wollen Sie sich nicht setzen?«

»So schlimm?«, lachte sie.

Chefinspektor Krammer hasste diese Situationen und erinnerte sich an die vielen Male, da er einer glücklichen Person eine Schreckensnachricht übermitteln musste und einen am Boden zerstörten Menschen zurückließ.

»Wir haben heute Morgen Herrn Dr. Sigmar Brunnmeier tot aufgefunden«, machte er es kurz und bündig.

Seine Ex musste kurz schlucken. »Was sagen Sie da?«

»Ihr Mann …!«

»Ex!«

»Ihr Ex-Mann wurde ermordet.«

»Ermordet?«

»Sieht so aus.«

»Tja, dann hat er es wohl zu bunt getrieben, der Scheißkerl!«, leerte sie ihr Glas und stellte es geräuschvoll ab.

»Wie kann ich das verstehen?«

»So, wie ich es sagte. Er ist … war ein Mistkerl, der jeden in seinem Umfeld betrogen und belogen hat. Kein Wunder, dass sich das einer nicht gefallen hat lassen.« Sie nahm das Glas wieder zur Hand und ging damit in die Küche.

Krammer stand auf und folgte ihr. Wie dumm musste der Mann gewesen sein, so eine tolle, umwerfende Frau zu betrügen und gehen zu lassen, dachte er, während sie Eiswürfel aus dem Gefrierschrank holte.

»Doch ein Drink?«, drehte sie sich lächelnd zu ihm um.

»Nein«, schüttelte er energisch den Kopf und lehnte sich an den Türstock.

»Damit Sie mich nicht falsch verstehen«, goss sie sich einen Hugo nach. »Ich weine dem Wichser keine Träne nach. Aber ich habe nichts mit seinem Tod zu tun. Ich habe mit dem Thema vor … lassen Sie mich nachdenken … gut vier Jahren abgeschlossen. Ich habe mir einen guten Scheidungsanwalt geholt und ihn nach Strich und Faden ausgenommen. Der einzige Scheidungsfall, den der liebe Herr Anwalt jemals verloren hat. Die Villa hier«, sie machte eine ausladende Geste, sodass sie dabei ausschüttete, »diese Villa hat mein Ex an mich verloren. Und mit den monatlichen Unterhaltszahlungen kann ich mir einen Gärtner und eine Haushälterin leisten. Ich habe ihn so richtig bluten lassen, für seine Affären und Gemeinheiten. Ich hätte also keinen Grund, ihn zu killen. Im Gegenteil: keine Ahnung, ob ich jetzt noch einen Cent aus seinem Nachlass bekomme«, wirkte sie bekümmert.

Brunnmeiers Ex war eine Sackgasse, so viel stand fest.

6

Krammer begann den Tag mit einem gemütlichen Frühstück in der Konditorei gegenüber der Dienststelle. Das hatte er sich verdient, wenn er schon am Wochenende arbeiten musste. Warum konnten die Kriminellen ihre Morde nicht Sonntagnacht verüben? Dann könnte er wie die meisten am Montag Früh ins Büro kommen und werktags seiner Arbeit nachgehen.

Er verputzte Ham and Eggs mit drei Eiern und dazu zwei Stück Kornspitz. Daneben warteten ein frisch gepresster Orangensaft und ein doppelter Espresso. Holubek knabberte an einem leeren Salzstangerl und trank Grünen Tee.

»Machen Sie eine Art Diät, oder so?«, wollte der Chefinspektor wissen.

»Ich versuche es«, nickte Holubek und rubbelte die Salzkörner von seinem Gebäck.

»Was haben wir bis jetzt?«, schob Krammer den Teller zur Seite und putzte ein paar Brösel von der Hose.

»Nicht viel«, zuckte Holubek mit den Schultern.

»Wir wissen, dass viel Wut dabei war«, stellte Krammer den Salzstreuer in die Mitte des Tisches. »Das war etwas Persönliches!«

»Also kein Raubüberfall und kein Totschlag, sondern ein bewusster Mordanschlag«, machte es ihm Holubek mit dem Pfefferstreuer nach.

»Genau. Und der Fundort ist nicht der Tatort«, landeten die Zahnstocher daneben.

»Der Täter oder die Täterin ist sehr groß oder sehr klein«, mutmaßte Holubek.

»Wir vermuten, dass er um einiges größer ist als das Opfer«, stellte Krammer sein Saftglas in die Mitte des Tisches. »Wissen wir schon, wer auf den Fotos abgebildet ist?«

»Noch nicht. Ist aber schon in Arbeit.«

»Okay. Ich besuche die Leiche in der Pathologie, während Sie dafür sorgen, dass ich ein paar Namen zu den Gesichtern bekomme.«

»In Ordnung.«

»Und vergessen Sie nicht darauf, dass wir Akteneinsicht auf seine Fälle brauchen. Wir müssen morgen in die Kanzlei. Läuten Sie sein Personal heraus. Die sollen alle antreten und uns dabei helfen, nach den richtigen, den wichtigen Fällen zu suchen.«

»Wird erledigt«, stand Holubek auf und trank den letzten Schluck im Stehen.

»Gut so!«, orderte Krammer einen zweiten doppelten Espresso. Er musste ganz dringend auf seine Work-Life-Balance achten!

Lea und Katharina spielten mit ihren Playmobil-Figuren und aßen gleichzeitig Apfelecken, die ihnen die Mutter zurechtgeschnitten hatte. Die Mädchen hatten das Talent, sich jeden Tag neue Geschichten auszudenken und tauchten oft für Stunden in ihre eigene, fremde Welt ein.

Susanne sortierte die vielen Rechnungen, die schon wieder mit der Post ins Haus geflattert waren. Trotz aller Bemühungen ging es sich mit ihrem Teilzeitjob finanziell hinten und vorne nicht aus. Unbewusst entkam ihr ein tiefer Seufzer.

»Mama?«, legte Kathi, die ältere der beiden Töchter, ihren Kopf auf Mutters Schulter.

»Ja, mein Liebes?«

»Warum besucht uns Onkel Alois eigentlich nicht mehr?«

»Der hat anderes zu tun«, verzog Susanne ihr Gesicht.

»Die Ausflüge mit ihm in den Park waren immer voll cool.«

»Ich weiß.«

»Wieso rufst du ihn nicht einfach an?«, tippte das aufgeweckte Mädchen auf das Smartphone am Tisch.

»Vielleicht will er nicht gestört werden?«

»Das weißt du doch gar nicht«, blieb Katharina standhaft.

»Hm«, wusste Susanne keine Antwort. »Komm. Spiel noch ein bisschen mit deiner kleinen Schwester. Ich schneide euch noch einen Apfel zurecht«, stand sie auf und ging in die Küche.

Ja, tatsächlich. Sie könnte ihn anrufen, überlegte sie, aber ihr Stolz stand ihr im Weg. Sie hatte sich ihm geöffnet, nachdem sie lange Zeit gegenüber Männern und ihren Avancen gemauert hatte. Und dann das. Er hatte sie tief verletzt.

Dr. Riedl wartete bereits auf ihn. Seine rötliche Haarpracht stand wie immer in alle Himmelsrichtungen davon. Er hielt dem Ermittler seine rheumatische Hand zum Gruß hin. An die seltsame Mischung aus süßlichem Formalin und scharf beißendem Desinfektionsmittel würde sich der Chefinspektor nie gewöhnen.

Alles war blitzblank und sauber. Bei Dr. Riedl hätte Krammer es niemals gewagt, einen Becher Kaffee oder gar einen Snack für Zwischendurch mitzunehmen. Hygiene war das oberste Gebot. Pathologen, die am Seziertisch ihre Jause ausbreiteten, gab es nur in schlechten Kriminalfilmen.

»Was haben wir?«, hielt sich der Chefinspektor nicht mit Smalltalk auf. Er wollte die Angelegenheit schnell hinter sich bringen.

»Unser Opfer wurde rücklings erstochen. Wir haben es hier mit einer klassischen Übertötung zu tun. Letale Ursache war ein Stich in den rechten Lungenflügel«, deutete er auf eine der unzähligen Stichwunden.

»Wie oft hat der Täter zugestochen?«, wunderte sich Krammer.

»Elf Mal. Da war schon ziemlich viel Wut mit dabei.«

Krammer nickte. Hass und Wut, etwas Persönliches. Aber das wusste er bereits.

»Das muss ein ziemliches Blutbad gewesen sein, oder?«

»Nicht so dramatisch«, zog Riedl die Mundwinkel nach unten.

»Durch den Messerstich in die Lunge ist viel Blut in die Lunge und später auch in andere Organe eingedrungen.«

»Er ist innerlich verblutet?«

»Quasi in seinem eigenen Blut ertrunken«, bestätigte Riedl.

»Hm«, kratzte sich Krammer am Kinn. Das half ihm beim Nachdenken. »Was können Sie mir noch sagen?«

Der Chefinspektor bereute die Frage im nächsten Augenblick, denn der Doc begann nun mit einem halbstündigen medizinischen Vortrag, den er großteils nicht verstand.

»Okay. Ich krieg dann wie immer alles schriftlich auf meinen Schreibtisch«, beendete er das Martyrium.

»Sicher!«

Dann flüchtete Krammer so schnell es ging.

Alois wühlte sich aus dem Bett und suchte seine Kleider, die am Boden verstreut lagen, zusammen. Die Sonne blinzelte durch die Jalousien, die nur halbherzig geschlossen waren. Ein Blick auf die Uhr sagte ihm, dass es schon fast Mittag war.

Mann, wäre jetzt ein Schnaps wichtig, hörte er eine Stimme in seinem Kopf rumoren. »Ich bin seit zwei Monaten und neun Tagen trocken«, murmelte er vor sich hin und zog sich an.

»Guten Morgen, mein Held«, hörte er hinter sich.

Betti wälzte sich auf seine Seite des Bettes und küsste ihn in den Nacken. Er hatte das süße Ding mit seinem Einser-Schmäh überrumpelt. Die Story mit dem furchtlosen Notarzt, der die Patienten am laufenden Band rettet, aber selber nicht gerettet werden kann, funktionierte fast immer.

»Musst du schon los?«, hauchte sie ihm ins Ohr.

»Hm!«, wusste er keine Antwort.

»Wie wäre es, wenn du mir noch eine Infusion anhängen würdest«, wanderte ihre Hand in seine Hose.

Wieso eigentlich nicht, fragte er sich. Er hatte alle Zeit der Welt. Vielleicht konnte er für ein paar Minuten an etwas Schönes denken. Er drehte sich zu ihr um. Bei Tageslicht wirkte sie nur halb so attraktiv wie nachts in der Bar. Aber vielleicht dachte sich Betti dasselbe über ihn, den alten, unrasierten Schwerenöter.

»Dazu muss ich aber vorher einen Zugang legen«, lächelte Alois und biss ihr in eine Brustwarze, die sich ihm erregt entgegenspreizte.

Der Parkplatz vor der Tennisarena war bis zum letzten Platz gefüllt. Andreas Obauf stellte sein goldgelbes Sportcoupé auf einer Sperrfläche ab und blickte sich nach einem Ordnungshüter um. Dann eilte er zum Eingang und schlüpfte als einer der Letzten auf die Tribüne. Er hatte lange mit sich gerungen, ob es pietätlos erschien, einen Tag nach dem Mord an seinem besten Freund ein Bad in der Menge zu nehmen.

Schließlich entschied er sich dafür, zum letzten Tennisspiel der Saison zu kommen. Als Vereinsmitglied erwartete man von ihm, sich an diesem Event zu beteiligen. Als Versicherungsvertreter war es Teil seines Jobs, sich unter die Leute zu mischen. Von allen Seiten wurden ihm Hände entgegen gereckt. Kaum einer, der nicht bei ihm versichert war. Dem einen oder anderen würde er heute Nachmittag eine zusätzliche Versicherung andrehen oder zumindest ein baldiges Beratungsgespräch aufschwatzen.

Auch seine beiden Ex, Erika und Marie, hockten auf der Tribüne und steckten die Köpfe zusammen. Erika, groß, schlank, lange schwarze Haare, hatte selbst viele Jahre im Damenteam Tennis gespielt. Jetzt war sie in der Ü40-Mannschaft aktiv. Elf Jahre war er mit Erika verheiratet gewesen, ehe sie sich getrennt hatten.

Bei einer Feier – war es Brunnmeiers Vierziger gewesen? – war ihr Sigmar angeblich zu nah gekommen. Sie hatte ihm den Inhalt ihres halbvollen Drinks ins Gesicht geschüttet und ihn auch noch geohrfeigt. Dann hatte er sie auf der Stelle nach Hause fahren müssen. Ohne ein Wort zu verlieren musste er, der nichts angestellt hatte, auf dem Sofa übernachten, während sie sich im Schlafzimmer eingesperrt hatte.

»Er hat mir aus dem Nichts heraus auf den Busen gegriffen«, hatte sie sich am nächsten Morgen beschwert.

»Ah geh, jetzt mach kein Drama daraus. Wir sind doch seit ewigen Zeiten befreundet. Das war sicher ein Missverständnis!«, hatte Obauf beschwichtigt.

»Sigmar ist ein Schwein. Ich will ihn nie wieder in meinem Leben sehen«, beharrte Erika.

»Was willst du mir damit sagen?«

»Du musst dich entscheiden. Er oder ich.«

»Ich versteh kein Wort. Ich hab nicht vor, mit ihm in die Kiste zu steigen. Was soll das Ganze?«, verstand Obauf die Diskussion nicht.

»Stell dich nicht blöder als du bist. Entweder du kündigst ihm die Freundschaft auf oder ich verlasse dich«, stemmte Erika die Hände in die Hüften.

»Du machst jetzt gerade aus einer Mücke einen Elefanten«, lächelte Andreas.

»Du glaubst mir nicht, dass ich es ernst meine, oder?«

»Nein. Das kann ich nicht ernst nehmen«, schüttelte er den Kopf.

»Dann sag ich es dir noch einmal ganz langsam zum Mitschreiben! Du musst dich entscheiden. Entweder du hältst zu Sigmar oder zu mir. Ich lasse mich scheiden, wenn du ihm nicht klipp und klar sagst, dass ihr euch nicht mehr sehen werdet.«

Obauf schüttelte verständnislos den Kopf.

»Erika, du bist verrückt. Ich kenne Sigmar doppelt, nein fast dreimal so lange wie dich. Er ist einer meiner besten Freunde. Wenn du willst, dann sag ich ihm, dass er sich für gestern Nacht entschuldigen soll. Aber das war's auch schon.«

»Ist das dein letztes Wort?«

»Nein. Mein letztes Wort lautet: Tschüss!«

Dann setzte er sie vor die Tür. Dank seines Anwaltes, Dr. Sigmar Brunnmeier, ging Erika bei der Scheidung fast leer aus.

Dann kam Marie. Die Ehe der beiden dauerte nur wenige Monate. Ein Irrtum, ein Missverständnis. Obauf hatte sich nach der Scheidung kopfüber in ein neues Abenteuer gestürzt und war, ohne es sich zu versehen, mit Marie vor dem Standesamt gelandet. Schon wenige Wochen später war beiden klargeworden, dass sie nicht der Liebe wegen, sondern nur aus einer seltsamen Laune heraus geheiratet hatten.

Mittlerweile waren sie drei aber gute Freunde geworden und sie waren auch schon zusammen ausgegangen, zu Konzerten und ins Kino. Und Obauf genoss seine Freiheit, denn im Moment datete er die Kapitänin der Ü40-Mannschaft, die ihm auch sofort zuwinkte, als er sich auf der Tribüne umsah.

Die Haustürglocke riss Alois aus seinem Powernapping. Beim Durchblättern der Post der vergangenen Woche war er eingenickt. Abends würde er dann wieder nicht einschlafen können und am Morgen, wenn der Wecker unerbittlich dröhnte, kaum aus den Federn kommen.

Die Klingel wurde ein weiteres Mal gedrückt.

»Ja, ich komm ja schon«, quälte er sich hoch und humpelte zur Tür. Seine Knochen waren alt, die Gelenke eingerostet. Die ersten paar Schritte fühlten sich stets so an, als bräuchte er schon bald einen Rollstuhl. »Ah, das ist aber eine nette Überraschung«, freute er sich, als er seine Tochter sah.

»Du hast es vergessen«, tadelte sie ihn.

»Nein, wieso?«

»Sonst wäre mein Besuch keine Überraschung!«, blickte ihn Vanessa vorwurfsvoll an.

»Na gut. Ja, ich hab's vergessen. Was hab ich vergessen?«, hob er eine Augenbraue.

»Ich hab dir vorgestern eine WhatsApp geschrieben, dass ich heute Nachmittag vorbeikomme.«

»Ja, natürlich«, hob Alois entschuldigend die Arme. »Bin nur beim Warten eingenickt und noch nicht ganz bei mir.«

»Egal, jetzt bin ich jedenfalls da.«

»Ja, das freut mich sehr. Komm doch rein«, winkte Alois seine Tochter in seine Zwei-Zimmer-Wohnung.

»Seit wann hast du einen Sandsack in deiner Wohnung hängen?«, wunderte sie sich.

»Seit ein paar Wochen. Hilft mir beim zur Ruhe Kommen!«

»Wieso? Bist du beunruhigt?«

»Nein, gar nicht.«

»Weißt du, dass Mama seit Kurzem einen neuen Freund hat?«

»Nein.«

»Hast du dir deswegen den Sandsack zugelegt?«

»Unsinn. Ich freu mich für sie, wenn es ihr gut geht. Ich bin mit dem Thema längst durch! Weißt du was? Ich hab eigentlich gar nichts zuhause, das ich dir anbieten kann. Gehen wir runter ins Café an der Ecke. Ich …« Er roch an seinem T-Shirt. »Ich schnappe mir nur meine Jacke, dann kann es losgehen!«

»Wie du meinst«, warf Vanessa einen prüfenden Blick in die schäbige Absteige, die ihr Vater seit der Scheidung bewohnte. Die Teile des Puzzles, das sie ihm geschenkt hatte, lagen am Wohnzimmertisch verstreut.

Sie folgte ihm in das kleine Kaffeehaus am Eck, in dem gerade einmal vier Tische Platz fanden. Vanessa bestellte einen Grünen Tee, Alois einen doppelten Espresso.

»Freut mich, dass es dir bessergeht«, nahm Vanessa das Gespräch auf.

»Ja, danke. Ich fühle mich tatsächlich wieder gut«, nickte Alois.

Er hatte eine schwere Zeit hinter sich. Nachdem er die Freundschaft zu Susanne erfolgreich sabotiert hatte, war er in ein tiefes Loch gefallen, hatte wieder zu trinken begonnen und war knapp vor dem absoluten Absturz gestanden. Seine Tochter hatte ihn damals in desolatem Zustand im Stiegenhaus vor seiner Wohnungstür liegend gefunden und den Notarzt gerufen.

»Isst du auch genug?«, hörte Vanessa sich wie seine Mutter an.

»Ja, Mami«, erwiderte er und bestellte brav einen Schinken-Käse-Toast. »Und was gibt es bei dir Neues?«, versuchte Alois vom Thema abzulenken. Er wusste, dass Vanessa ihr Praktikum als Altenfachbetreuerin abgebrochen hatte. Er hatte ihr gleich gesagt, dass das ein Knochenjob, anstrengend und ungedankt, war.

»Ich jobbe ein wenig. Ein paar Stunden in einer Boutique und ein paar Stunden in einer Bar.«

»Schaut so deine Zukunft aus?«, wirkte Alois betrübt.

»Ich mach nebenbei die Abendmatura«, ergänzte Vanessa.

»Oh!«

»Ich möchte Medizin studieren. Dazu brauche ich wohl einen Abschluss«, nickte sie, um ihren Satz zu unterstreichen.

»Den brauchst du wohl«, nickte auch Alois. Auch ein harter Knochenjob, dachte Alois. Aber immerhin besser bezahlt.

»Mama ist nicht begeistert«, sah ihn Vanessa durchdringend an.

»Medizinstudium bedeutet sechs Jahre büffeln, dann Praktikum, Facharztausbildung. Du bist fast vierzig, bis du dich fertige Ärztin nennen kannst.«

»Also soll ich mir eher was anderes ausdenken«, verzog sie ihr süßes Gesicht. Sie wurde ihrer Mutter immer ähnlicher.

»Ich meine: Mach eine Liste und triff eine sachliche, keine emotionale Entscheidung. Wenn du die Entscheidung bereits getroffen hast, dann tu es.«

»Du hast recht!«

»Ich weiß, ich bin dein kluger Papa«, grinste Alois und würgte den letzten Bissen seines Schinken-Käse-Toasts hinunter. Er beschloss, das 2.000-Teile-Puzzle, das ihm seine Tochter in die Klinik mitgebracht hatte, noch am selben Abend zu beginnen. Er brauchte dringend Ablenkung.

7

»Schatz, dein Telefon!«, hörte Reifeltshammer seine Frau durch eine fast undurchdringliche Nebelwand flüstern. In seinem Traum lag er gerade in einem Whirlpool, umringt von wunderhübschen Badenixen, die ihm den Rücken mit Schwämmen massierten und ihm schöne Augen machten. Er wehrte sich mit aller Kraft dagegen, aus diesem Traum gerissen zu werden. Sie schüttelte ihn an der Schulter. »Wach auf!«

Nach und nach drangen die Worte durch seinen Traum an sein Ohr. Endlich schrak Reifeltshammer hoch.

»Was?«

»Telefon!«

Das Display leuchtete am Nachtkästchen.

»Ja?«, keuchte er ins Telefon. Er schloss die Augen und versuchte erfolglos, seinen Traum zu retten.

»Direktor Reifeltshammer?«

»Ja, der bin ich.«

»Polizei. In Ihrer Bank wurde ein Alarm ausgelöst. Wir müssten Sie bitten, vor Ort zu kommen«, hörte er die Stimme am anderen Ende der Leitung.

»Ja, wieso? … äh … Gut, in Ordnung. Ich komme!«

Schlaftrunken stellte er die Beine auf den Teppich neben dem Bett. So etwas war noch nie passiert. Ihm war auch nicht bewusst gewesen, dass er in so einem Fall alarmiert würde. Verständnislos schüttelte er den Kopf.

»Was ist passiert?«, wollte seine Frau wissen.

»In der Bank wurde Alarm ausgelöst.«

Er verließ das Schlafzimmer und suchte seine Sachen zusammen. Emma blickte skeptisch auf ihren Wecker, dann wickelte sie sich wie eine Mumie in ihre Decke ein und versuchte weiterzuschlafen.

Julia und Alois begannen die Arbeitswoche traditionell mit dem Transport eines Dialysepatienten, der drei Mal die Woche ins Krankenhaus zur Blutwäsche musste. Die Scheinwerfer ließen fremdartige Schatten an den Fassaden tanzen.

»Ist das noch lebenswert, wenn du jeden zweiten Tag stundenlang an einer Maschine hängst?«, fragte sich Julia laut.

Alois hatte nicht hingehört. Er schaltete das Radiogerät lauter, weil gerade die Nachrichten begannen. Ein Mord erschütterte das Land. Vorgestern war eine männliche Leiche tot aufgefunden worden, die Polizei tappte noch im Dunkeln.

»Dreh lauter«, spitzte nun auch Julia die Ohren.

Die beiden lauschten gespannt. Viel hatten die Medien noch nicht in Erfahrung gebracht. Das Opfer war ein Anwalt Mitte fünfzig, der mit mehreren Messerstichen getötet worden war.

»Na, dann gibt es wieder Arbeit für dich«, lachte Julia.

»Was soll das wieder heißen?«

»Den letzten Fall hast ja auch du gelöst. Wart nur ab. Wenn die Kiberer nicht weiterwissen, werden sie bei dir anklopfen.«

»Du spinnst ja!«, tippte sich Alois seitlich an die Stirn. »Übersieh nicht die Ausfahrt!«

Julia stieg so heftig in die Eisen, dass Trage und Sessel lautstark an den Verankerungen rüttelten.

»Mann, Mann, Mann!«, ärgerte sich Alois. »Willst du uns totfahren? Ich hab mir immer eingeredet, dass du dich mit mir einteilen lässt, weil sonst keiner mit mir fahren will«, schüttelte er den Kopf. »Langsam glaube ich, du machst mit mir Dienst, weil kein anderer mit dir fahren will.«

»Na, geht's noch? Wenn es dir nicht passt, dann lass ich mich am Dienstplan umschreiben«, war Julia eingeschnappt.

»Hab dich eh lieb«, gab sich Alois versöhnlich und gurtete sich aus.

Sie waren am Einsatzort angelangt. Alois verließ den Wagen und inhalierte die frische Morgenluft. Die einzige Zeit am Tag, in der es sich aushalten ließ, dachte er. In ein, zwei Stunden würde es schon wieder heiß und schwül werden.

Die Straßen waren noch finster und leer. Da und dort war eine Auslage beleuchtet. Die Straßenlaternen wurden aus Energiespargründen zwischen Mitternacht und sechs Uhr Früh abgeschaltet.

Reifeltshammer parkte vor der Bankfiliale. Er zog seine Stirn in Falten. Sollte nicht längst eine Streife der Polizei vor Ort sein? Weit und breit war kein Blaulicht zu sehen.

Zögerlich stieg der Bankstellenleiter aus seinem Wagen und stellte den Kragen seines Sakkos hoch. In den frühen Morgenstunden war es doch ein wenig frischer als er gedacht hatte. Unsicher blickte er sich um. Nichts und niemand war zu entdecken.

In den beleuchteten Auslagen hingen Reklameplakate für die neuesten Sparformen und Angebote zum Geldanlegen. Rechts vom Eingang hatte die Immobilientochter ihren Aushang. Reifeltshammer trat näher und starrte ins Innere der Bank, indem er eine Hand schützend vors Gesicht hielt.

Auch im Inneren war nichts Ungewöhnliches zu entdecken. Ein Schatten ließ ihn hochschrecken. Was oder wer war das gewesen? Mit schnellen Schritten kehrte er zu seinem Auto zurück. Er würde sich in seinem Wagen einschließen und dort auf das Eintreffen der Exekutive warten.

Gerade als er die Tür öffnen wollte, kam ein Streifenwagen die Straße entlang. Ohne Blaulicht und im Schritttempo. Reifeltshammer hob die Hand zum Gruß und die Beamten bogen auf den Parkplatz ein.

»Wie können wir Ihnen helfen?«, fragte einer der Polizisten, nachdem er das Seitenfenster heruntergelassen hatte.

»Ihr habt mich doch hierher zitiert«, ärgerte sich der Banker. »Was haben wir?«

»Ich habe von eurer Dienststelle einen Anruf erhalten, dass

in der Bank der Alarm ausgelöst wurde und ich hierherkommen soll«, versuchte Reifeltshammer, ruhig zu bleiben.

Der Polizist stellte den Motor ab. Dann stiegen beide aus, setzten ihre Mützen auf und bauten sich, jeder die Hände am Gürtel, vor ihm auf. Am Hauseck vermeinte er wieder einen Schatten gesehen zu haben. Aber als er hinblickte, war dort nichts.

Die Polizisten ließen sich den Sachverhalt noch einmal erklären, dann nahmen sie per Funk Kontakt mit der Zentrale auf.

»Sorry, aber da hat sich jemand einen Scherz erlaubt. Bei uns ist kein Alarm eingegangen«, zuckte einer der Uniformierten mit den Schultern.

Die 24-Stunden-Pflege wartete vor der Haustür, eine Zigarette im Mund, und blies kleine Wölkchen in die Luft. Als die beiden den Tragsessel aus dem Wagen hievten, wollte sie ihren Glimmstängel ausdämpfen.

»Nur mit der Ruhe«, hielt Alois seinen Tabakbeutel hoch.

Die kleine, untersetzte Mittfünfzigerin nickte zufrieden und lehnte sich wieder an die Hausmauer. Ihre zerklüfteten Hände erzählten viel über ihr bewegtes Leben. Alois stellte sich dazu und inhalierte genüsslich das Nikotin. Julia schüttelte den Kopf und nahm ihr Handy aus der Tasche. Schnell erstellte sie eine neue Insta-Story für ihre Follower.

»Wie ist er heute drauf?«, wollte Alois wissen.

»Hat heute gute Tag«, erwiderte die Pflegerin und zeigte grinsend ihre schlechten Zähne.

Alois gingen zahlreiche Gedanken durch den Kopf. Er hätte sich gerne mit Evelina in den Garten gesetzt und sich aus ihrem beschwerlichen Leben erzählen lassen. Welche Strapazen musste sie auf sich nehmen, um die mehrere hundert Kilometer weite Strecke aus ihrer rumänischen Heimat zurückzulegen? Wen oder was musste sie hinter sich lassen, während sie drei

Wochen am Stück in diesem Haus verbrachte, um den Opa zu umsorgen? Wer waren die Menschen, die sich nach ihr sehnten und unter ihrem Job litten?

»Wollen wir dann mal?«, riss Julia ihn aus seinen Gedanken.

Alois zuckte entschuldigend mit den Schultern, so als hätte sie Evelina mitten im Wort unterbrochen, und folgte der rastlosen Kollegin ins Haus. Eine aus Schalltafeln gezimmerte Rampe erleichterte ihnen den Abtransport, ersparte ihnen, den weißhaarigen Alten sechs Mal die Woche über die paar Stufen aus- und eintragen zu müssen.

Alois schloss die Heckklappe und setzte sich zu dem Alten in den Patientenraum. Walter Dallinger würde ein paar Minuten vor sich hin brabbeln und dann eindösen. Das kam ihm gerade recht. Dann konnte er ebenfalls die Augen schließen und seinen eigenen Gedanken nachhängen.

Etwa, was einen Menschen dazu brachte, einen anderen zu ermorden? Ihn mit mehreren Messerstichen niederzustrecken? Was war der Auslöser dafür gewesen? Hatte das Opfer Schuld auf sich geladen? Oder war er bloß zur falschen Zeit am falschen Ort gewesen?

»Autsch!«, krachte sein Kopf gegen die seitliche Fensterscheibe, als der Rettungswagen durch ein Schlagloch polterte.

»Mann!«, fluchte Alois. Die Haupteinfahrtsstraße in die Landeshauptstadt glich einem heruntergekommenen Güterweg in Rumänien. Es war echt eine Schande!

Am frühen Montagmorgen kam Krammer glücklich und ausgeruht zur Arbeit und stand nun vor der großen Pinnwand, die Holubek mit Bildern des Opfers und einigen Moderationskärtchen voll gepflastert hatte.

Holubek erinnerte ihn an einen der großen, berühmten Maler, der mit seiner Farbpalette vor einem riesigen Gemälde stand und seinen Pinsel wie ein Dirigent schwang, um am Ende eine großartige Komposition sein Eigen nennen zu können. Er hatte alle Arbeitsaufträge erfüllt und noch mehr.

In der Mitte der Tafel hatte sein Assistent, so wie es sich gehörte, ein Foto des Opfers angebracht. Rechts von ihm prangte ein Bild der Ex-Frau, der sie bereits einen Besuch abgestattet hatten. Dazwischen hatte Holubek ein zerbrochenes Herz, zwei Hälften in Zickzacklinie geteilt, angeheftet. Krammer musste schmunzeln. Ein echtes Kunstwerk.

Auf der linken Flanke hatte sein Assistent die Fotos drapiert, die Krammer aus dem Arbeitszimmer des Toten mitgenommen hatte. Auf bunten Moderationskärtchen waren die Namen der darauf Abgebildeten vermerkt. Die roten Kärtchen bedeuteten, dass die Personen noch abgecheckt werden mussten, während der Name von Brunnmeiers Ex auf einem grünen Kärtchen stand. Somit hatte sie ein überprüftes Alibi und war bereits aus dem Schneider.

Auf einem der Tische stapelten sich Akten. Der zuständige Richter hatte noch am Sonntag den Beschluss unterschrieben, der es ihnen ermöglichte, alle Klienten des Anwalts unter die Lupe zu nehmen. Daneben stapelten sich Fotos von den Schaulustigen am Fundort.

»Guter Mann«, murmelte Krammer.

»Chef, wir haben den Tatort!«, sprang Holubek auf, der gerade noch am Telefonieren gewesen war.

»Wo?«

»Kommen Sie mit, ich erkläre Ihnen alles am Weg«, fuchtelte Holubek mit dem Schlüsselbund.

Lemmerer stellte seine Aktentasche mit Schwung auf seinen Schreibtisch, ließ sich in seinen Drehstuhl fallen und wandte sich der Fensterfront zu. Auch die neue Woche würde mit Hochdruckwetter und Rekordwerten für den Juni beginnen. Der Klimawandel ließ sich nicht mehr verleugnen.

Er hörte, dass die Tür hinter ihm geöffnet wurde. Trotzdem starrte er auf den Innenhof, in dem einige Jungs Ball spielten und ein paar Mädchen am Hauseck beieinander standen, jede ihr Telefon in der Hand. Gerade mal dreizehn, aber alle mit gefärbten Haaren und einem Hauch von Schminke im Gesicht. Junge Frauen, die dabei waren, ihren Körper zu entdecken.

»Ist es nicht schrecklich, was da passiert ist, nicht?«, riss ihn die Sekretärin aus seinen Gedanken. Frau Angermaier war der gute Geist der Schule. Sie hatte schon seinem Vorgänger und seinem Vorvorgänger assistiert.

»War das nicht ein guter Freund von Ihnen?«

»Ja. Mein bester.«

»Man hört sowas normalerweise im Radio oder Fernsehen und denkt sich, das geschieht nur woanders. Aber wenn das in der eigenen Stadt, im engeren Umfeld passiert, dann macht das etwas mit einem. Mir zieht es richtig eine Gänsehaut auf.«

»Hm«, reagierte Lemmerer einsilbig. Er wusste nicht, was er erwidern sollte. Er hatte die ganze Nacht kein Auge zugemacht.

»Wer tut so etwas?«

»Weiß nicht.«

»Ein Mandant von ihm, hört man.«

»Wahrscheinlich.«

Frau Angermaier nahm mit einem Nasenrümpfen zur Kenntnis, dass ihr Chef nicht in der Stimmung war, darüber zu reden. Verständlich.

»Ich hab Ihnen ein paar Unterlagen auf den Tisch gelegt. Es gibt schon wieder eine neue Verordnung aus der Bildungsdirektion zur sofortigen Umsetzung«, deutete sie auf ein Dokument mit dem Bundesadler darauf und verließ sein Büro.

Lemmerer merkte, wie ihm Tränen in die Augen gestiegen waren. Ja, Sigmar war sein bester Freund gewesen. Sie hatten sich schon im Kindergarten kennengelernt und waren seither unzertrennlich gewesen. Seine Gefühle drohten ihn zu übermannen.

Er öffnete die unterste Schublade und holte die Cognacflasche hervor. Er füllte ein Glas randvoll und trank es auf einen Sitz aus. Dann füllte er es ein zweites Mal und stand auf. An der Wand hing ein Foto, dass ihn mit seinen besten Freunden beim Hochseefischen in Norwegen zeigte. Damals war die Welt noch in Ordnung gewesen.

Am Abend hatten sie in einer Kneipe am Hafen den erfolgreichen Fang gefeiert. Es war etwas heftig geworden, das war so ihre Art gewesen. Aber Grenzen waren dazu da, ausgelotet zu werden. Dabei überschritt man ab und an eine rote Linie. So funktionierte das Leben. Davon konnte er als Pädagoge ein Lied singen.

Er würde nie wieder mit Sigmar über die Stränge schlagen können. So viel stand fest. Mit den anderen beiden würde es nur halb so lustig und nur halb so wild sein.

Ein unbefestigter Waldweg führte zu einem heruntergekommenen Wirtshaus. *Zur Linde* prangte der Schriftzug über dem Eingang. Am Parkplatz stand schon ein Wagen der Kriminaltechnik. Holubek parkte daneben und beendete seinen Bericht.

»Die Auswertung des Bordcomputers von Brunnmeiers Mercedes hat ergeben, dass sich der Anwalt am Abend seiner Ermordung hier im oder beim *Gasthaus zur Linde* aufgehalten hat«, erklärte Holubek und öffnete die Wagentür

»Gute Arbeit«, nickte Krammer anerkennend und schwang sich aus dem Wagen.

»Was haben wir hier?«, wandte er sich an Thürridl von der Kriminaltechnik.

Ein Bereich von etwa fünf Metern im Quadrat rund um eine mächtige, alte Linde war abgesperrt worden.

»Wir haben hier definitiv den Tatort gefunden. Das Blut müssen wir natürlich noch analysieren, die Urinprobe ebenfalls.«

»Urinprobe?«

»Das Opfer dürfte gegen diesen Baum gepinkelt haben, ehe er erstochen wurde«, erläuterte Thürridl.

»Wehrloser geht gar nicht«, musste Krammer schmunzeln.

»Darum haben wir in seiner Wohnstraße so wenig Blut gefunden. Offensichtlich wurde das Opfer erst abtransportiert, als er schon tot war.«

»Hm. Andere Spuren?«

»Bis jetzt nichts Auffälliges. Aber wir sind noch nicht fertig.«

»Okay«, begann Krammer einen Rundgang.

»Wollen Sie mit dem Wirt sprechen?«, deutete Holubek Richtung Eingang.

»Natürlich!«

Julia schob den Tragsessel in den Wagen, Alois schloss die Heckklappe und wuchtete sich auf den Fahrersitz.

»Alter! Ich hab schon befürchtet, wir müssten hier übernachten«, streckte sich Julia und trank einen großen Schluck aus ihrer Wasserflasche. Ihr Vorrat an Energydrinks war bereits aufgebraucht.

Alois ließ sein Kinn auf die Brust sinken und schloss die Augen. Er hatte sich über die Jahrzehnte an dieses Geduldsspiel vor der Notaufnahme gewöhnt. Aber in letzter Zeit wurde es immer schlimmer.

Er erinnerte sich an seine Anfangszeiten zu Beginn der Neunzigerjahre, als es noch Standard war, auf Patienten in den Ambulanzen zu warten. Da wurde für Hin- und Rückfahrt nur ein Protokoll verfasst. Das Warten gehörte zum Alltag. Aber mit Beginn des neuen Jahrtausends und der Vervielfachung der Patientenströme hatte sich das aufgehört. Nun beschränkte sich das Anstellen hauptsächlich auf die Notaufnahme.

»Da muss was passieren. Das kann's echt nicht sein«, provozierte Julia eine Reaktion von Alois.

»S'ist nur eine Frage der Zeit«, murmelte er ohne aufzusehen.

»Wie jetzt?«

»Das Warten könnte jetzt schon ein Ende haben, wenn einer von den Großschädeln das Hirn einschalten würde«, griff sich Alois an die Schläfen. Seine bekannte Migräne machte sich langsam bemerkbar.

»Was meinst du?«

»Ganz einfach. Wir sind doch alle längst vernetzt. Die Papierprotokolle sind elektronischen Einsatzprotokollen auf unseren Tablets gewichen, die wiederum per Datenfunk mit der Leitstelle verknüpft sind. Es wäre ein Leichtes, eine Verbindung zu den Krankenanstalten herzustellen. Dann melde ich den Patienten bereits bei der Anfahrt online an. Ich stecke die E-Card, gib die voraussichtliche Ankunftszeit ein und die Tante in der Anmeldung bucht mich fix auf eine Triagestelle zu. Ich umgehe die offizielle Anmeldung, bei der zig Patienten anstehen und liefere den Patienten direkt in einer Behandlungskoje ab«, philosophierte Alois.

»Wow. Klingt vernünftig.«

»Ich weiß. Aber mich fragt ja keiner.«

»Tja«, nahm Julia noch einen Schluck und meldete den Wagen einsatzbereit.

»Aber über kurz oder lang wird das alles sicher realisiert. Schau! Du machst deine Bankgeschäfte online, du buchst deine Flüge online und checkst auch online ein. Warum also nicht online deinen Arzttermin buchen? Manche Hausärzte bieten das schon an!«, kam Alois in Fahrt und warf den Rückwärtsgang ein.

Eine ganze Batterie an Sensoren aktivierte sich und piepte wie wild. Er parkte zwischen den Säulen aus und lenkte das Gefährt aus der Tiefgarage. Julia gähnte laut. Sie war echt schon geschafft.

»Im Grunde genommen wäre sogar die Triage überflüssig«, philosophierte Alois weiter.

»Wie das?«

»Bei allen Patienten, bei denen wir eine Einweisung vom Hausarzt haben, könnte die Triage entfallen. Der Arzt hat ja die Notwendigkeit des Transports festgestellt und eine Notfalldiagnose gestellt. Der könnte auch die Dringlichkeitsstufe festlegen und die Triage erledigen.«

Julia nickte. Das klang plausibel.

»Und als nächster Schritt wird dann auch noch Personal eingespart, das ohnehin zu knapp ist, zum Beispiel beim Röntgen. Du buchst einen Termin beim CT, gehst zum angegebenen Timeslot zu deiner reservierten Kabine, gibst deinen Code ein, klickst auf einem Monitor ein, welcher Körperteil gescannt werden muss, und legst dich in die Röhre. Bloß fürs Befunden brauchst du dann noch Fachpersonal. Den Rest schafft jeder Normalsterbliche. Oder bei unseren gebrechlichen Patienten eben wir«, kannte Alois kein Halten mehr.

»Schöne neue Welt«, gruselte Julia.

»Wem sagst du das«, nickte Alois und kurvte in die nächste Tiefgarage, denn sie hatten bereits einen neuen Auftrag am Terminal, der wie durch Geisterhand aufgetaucht war.

In der Gaststube brannte kein Licht, nur hinterm Tresen, wo ein junges Mädchen Gläser polierte. Krammer blickte sich um. Das Mobiliar war alt und abgenutzt. Über dem Stammtisch hingen einige Jagdtrophäen an der Wand, die über die Jahre ausgebleicht und rissig geworden waren. An den übrigen Wänden hingen Landschaftsgemälde, die allesamt dunkel und düster wirkten. Die Vorhänge waren zerschlissen, die Bänke und Sessel hätten längst neue Überzüge gebraucht.

Krammer trat an die Schank und hielt dem jungen Ding seinen Dienstausweis vor die Nase. Sie stellte das saubere Bierglas in die Vitrine und schnappte das nächste aus dem Gläserkorb.

»Papa kommt gleich, er schließt grade ein frisches Fass Bier an«, deutete sie mit einer Kopfbewegung auf eine Tür, auf der *Privat* stand.

»Und wie heißen Sie?«

»Leni, Sie können mich ruhig duzen.«

»Gut, Leni.«

»Was ist da draußen los? Hat es etwa mit dem toten Dr. Brunnmeier zu tun?«, fragte sie neugierig und legte das Geschirrtuch zur Seite.

»Wie kommen Sie … wie kommst du darauf?«

»Ich hab das vom Anwalt im Radio gehört«, berichtete das Mädchen wahrheitsgemäß.

»Du kanntest den Toten?«

»Sicher.«

»Wann hast du denn Dr. Brunnmeier zuletzt gesehen?«

»Am Freitagabend. Da war er wie immer mit seinen Kumpels da und hat Karten gespielt und gesoffen. Da drüben, am Stammtisch sind sie gesessen«, deutete sie auf den runden Tisch in der Nische hin. In der Mitte des Tisches stand ein gusseiserner Aschenbecher mit einem großen Stammtisch-Schild darauf.

»Wer sind seine Kumpels?«, zückte Holubek emsig seinen Block.

»Der Schuldirektor Lemmerer, die anderen beiden heißen Obauf und Reifeltshammer«, gab das zarte Mädchen Auskunft.

»Und war letzten Freitag etwas anders als sonst?«, hakte Krammer nach.

»Nein, wie meinen Sie das?«

»Haben die vier gestritten oder war noch jemand da, mit dem er in Streit geraten ist, oder wirkte er aufgekratzt, nervös?«

»Nein. Es war alles so wie immer. Sie haben sich bestens unterhalten und waren nach zehn die letzten Gäste«, erzählte sie.

»Was wird das?«, polterte ihr Vater in die Gaststube.

»Papa, die Herren sind von der Polizei«, sagte Leni zu ihrem Vater, der sich die Hände an einem Geschirrtuch abwischte.

»Aha. Wegen dem Brunnmeier?«

»Ja, wegen des Mordes an Dr. Brunnmeier«, nickte Krammer. »Sie haben die Gäste am Freitag bewirtet?«

»Nein, also ja, eigentlich nein.«

»Wie jetzt?«

»Ich bin kurz nach zehn ins Bett, weil ich samstags immer früh raus muss zum Wochenmarkt. Dann ist Leni allein in der Gaststube mit den letzten Gästen geblieben. Also kann ich gar nichts über den Abend und die letzten Stunden sagen.«

»Okay. Und Sie sind auch nicht aufgewacht. Von einem Streit oder Lärm oder einem Todeskampf?«

»Todeskampf?«

»Dr. Brunnmeier wurde auf Ihrem Parkplatz, quasi direkt vor Ihrer Haustür ermordet.«

»Was?«

Leni hielt sich eine Hand vor den Mund. Sie wurde bleich und sah ihren Vater verstohlen von der Seite an.

»Wie schrecklich!«

»Du hast also hinter den vier Herren zugesperrt und hast auch nichts mitbekommen?«, sah Krammer nun wieder das Mädchen an.

»Nein. Ich war froh, dass sie endlich bei der Tür draußen waren, hab zugesperrt, das Licht abgedreht und bin hinauf in mein Zimmer. Auf der Treppe hab ich gehört, wie sie die Autos gestartet haben. Danach bin ich ins Bad und habe mich geduscht.«

»Die vier Herren haben den ganzen Abend Alkohol getrunken und sind dann mit den Autos nach Hause?«, horchte Holubek auf.

»Für diese … honorigen Herren … gelten ganz eigene Gesetze. Aber wem sag ich das?«, blickte der Wirt die beiden Polizisten herausfordernd an.

Holubek schielte zu Krammer hinüber, der mit seinen Gedanken aber ganz woanders war. Krammer war enttäuscht. Er hatte gehofft, dass sich die Wirtsleute an ein verdächtiges Geräusch erinnern würden oder irgendetwas zur Lösung des Falles beitragen könnten.

»Und du hast auch keine andere Person, keine andere Gestalt draußen am Parkplatz gesehen?«, fuhr er fort.

»Nein. Ich hab nicht einmal rausgesehen. Wir schließen ja offiziell um elf, dann sperr ich zu. Ich bin also zur Tür, hab aufgesperrt und hab sie ihnen aufgehalten«, ging Leni hin und zeigte es vor. Sie stand am Ausgang mit dem Blick Richtung Stammtisch. »Dann sind alle vier zur Tür hinaus und ich hab schnell zugemacht, weil ich schon genug hatte.«

»War der Abend so ermüdend und anstrengend?«

»Natürlich ist das lähmend, wenn vier Kerle saufen und paffen und blöde Witze reißen und du lehnst an der Bar und wartest, dass die Zeit vergeht«, verzog Leni das Gesicht. »Papa macht das nur aus Tradition. Verdienen tun wir nichts daran, wenn jeder zwei oder drei Bier trinkt in vier Stunden.«

»Okay«, hatte Krammer genug gehört. »Falls dir oder Ihnen doch noch etwas einfallen sollte, was uns weiterhelfen könnte«, reichte er ihnen seine Karte.

Der Vater nahm sie an sich und begleitete die beiden hinaus. Die Kriminaltechnik war noch am Spurensichern.

8

Jenes Krankenhaus, das am nächsten Tag Aufnahme hatte, wollte im Vorfeld die Bettenkapazität erhöhen und schickte alle Patienten, denen das irgendwie zumutbar war, nach Hause. Also pilgerten Julia und Alois mit dem Tragsessel in den fünften Stock, um Frau Pree heimzubringen.

»Was, ihr seids schon da?«, wurden sie empfangen.

Alois war schon lange genug im Geschäft, um zu wissen, dass die Begrüßungsformel ironisch gemeint war. »Meine Kollegin hat extra einen Energydrink eingeworfen, damit wir in Überschallgeschwindigkeit herfliegen konnten«, konterte er.

Dann verfrachteten sie die Siebenundsiebzigjährige mit den schlohweißen Haaren in den Sessel und legten ihr den Gurt streng an.

»Da kriegt man ja kaum Luft, so eng wie ihr den Gurt schnürt«, klagte die Alte.

»Das ist bloß zu Ihrer Sicherheit«, beschwichtigte Alois, »damit wir Sie am Heimweg nicht verlieren, so schnell wie wir unterwegs sind.«

Frau Pree wirkte beunruhigt. Alois löste die Bremsen des Sessels und verabschiedete sich von den kichernden Krankenschwestern. Verdammt, warum war er nicht zwanzig Jahre jünger? Dann würde er die alte Schachtel im Gang stehen lassen und mit einer der Schwestern in der Putzkammer verschwinden.

Stattdessen wartete er auf den Lift und erklärte Frau Pree, dass sie die Order hatten, die Gurte enger zu schnallen, seit sich die Unfälle mit Tragsessel zuletzt gehäuft hatten. Er merkte, wie die Patientin verstummte und die Augen schloss. Wahrscheinlich begann sie insgeheim mit dem Rosenkranzbeten und hoffte inständig, diesen Tag zu überleben.

Nachdem er sie im Wagen gesicherte hatte, stieg er wieder aus und holte den Tabak aus der Jackentasche.

»Was wird das jetzt?«, wollte Julia wissen.

»Ich rauch noch eine. Das hat sich die Alte verdient«, begann er sich eine Zigarette zu drehen.

»Du musst es ja wissen«, klemmte sie sich hinters Lenkrad.

Alois inhalierte genüsslich und versuchte, mit dem Rauch Ringe zu basteln. Wenig später trat er den Glimmstängel aus und wuchtete sich in den Sani-Sessel.

»Los geht's!«

Julia trat ins Gaspedal. Die alte Rostschüssel ächzte und knarrte. Die abgenützten Stoßdämpfer machten die Fahrt zu einem gewagten Ritt auf einem altersschwachen Kamel. Als sie die Stadtgrenze erreicht hatten, taute die alte Dame auf.

»Haben's schon von dem Mord bei uns gehört?«, verwickelte die rüstige Pensionistin den Sanitäter in ein Gespräch. Alois legte das Tablet zur Seite und richtete sich in seinem Sessel auf, dass die Wirbel knarzten.

»Dass man bei uns jetzt auch nicht mehr sicher ist«, ließ Frau Pree nicht locker.

»Hm«, erwiderte Alois und steckte sich die Lesebrille in die Brusttasche.

»Man traut sich ja gar nimmer aus dem Haus«, fuhr sie fort.

»So schlimm ist es aber auch wieder nicht«, stieg Alois auf das unangenehme Thema ein. Er hasste es, über Sachen zu reden, über die er nur vom Hörensagen wusste.

»Doch, doch. Mit den vielen Ausländern muss man ständig um sein Leben fürchten. Ich weiß von vielen Müttern, die ihre Kinder nicht mehr auf die Straße lassen.«

»Was hat das jetzt mit den Ausländern zu tun?«, wunderte sich Alois.

»Das war sicher ein Ausländer, der den armen Kerl abgestochen hat«, war Frau Pree überzeugt. »Ein Syrer oder ein Afghane.«

Alois schüttelte entsetzt den Kopf. Halt einfach den Mund, dachte er und schloss für einen Moment die Augen. Er wusste, dass er sich um Kopf und Kragen reden würde, wenn er auf diese Diskussion jetzt einging. Sie ließ aber nicht locker.

»Wieso sagen's denn nichts?«

»Was soll ich sagen?«

»Ich merk ja, dass Sie das anders sehen. Wahrscheinlich sind's auch so ein linkslinker Gutmensch«, stichelte sie.

»Ich als Rettungsmann oder ich als Bartträger oder woran machen Sie das wieder fest?«

»Ich seh's Ihnen doch an.«

»Also gut, wenn Sie es so wollen? Ich bin alles andere als ein Gutmensch. Ich sauf, ich rauch, ich fluch und ich hasse den ganzen Feministenscheiß, von wegen Gendern und so. Aber am meisten gehen mir Ausländerhasser auf den Sack. Wo steht, dass ein Ausländer den Mord begangen hat? Im Radio haben sie gesagt, dass es noch keine Hinweise auf den Täter gibt. Wahrscheinlich war es ein Klient von ihm. Sind Sie jetzt zufrieden?«, schnaufte er laut durch und war knapp davor, sich eine Zigarette im Patientenraum anzuzünden. Aber die lagen vorne im Cockpit bei Julia. Leider.

»Das ist doch klar. Wer von den Unseren würde einen Anwalt abstechen?«

»Keine Ahnung. Ein gehörnter Ehemann, der bei der Scheidung alles verloren hat?«, mutmaßte Alois.

»Nein, nein. Sie können mich ruhig für eine Rassistin halten. Aber Messerstechereien, da sind immer Ausländer beteiligt. Da brauchen's nur die Zeitung aufzuschlagen. Die haben auch die gewisse kriminelle Energie. Und wie man den armen Mann ins Gebüsch geschmissen hat«, schüttelte sie verständnislos den Kopf.

»Da haben Sie natürlich recht. Unsereiner hätte eine Decke untergelegt, damit es die Leiche schön warm hat«, konnte sich Alois nicht verkneifen.

»Sekkieren's mich ruhig. Werden's schon sehen, wer recht hat«, beendete Frau Pree mit einer abschätzigen Handbewegung das Gespräch.

»Hm«, hatte Alois noch im Repertoire, dann blickte er in die ausgetrocknete Landschaft am Straßenrand. Es hatte in den letzten Wochen viel zu wenig geregnet. Die paar Tropfen Freitagnacht hatten nicht viel bewirkt.

Chefinspektor Krammer und sein Assistent verbrachten den ganzen Nachmittag damit, die Klientenakten zu checken. Zwei Uniformierte waren abgestellt worden, sie dabei zu unterstützen. Pizzakartons teils mit angenagten Resten lagen herum.

Krammer holte sich einen frischen Kaffee und musste schmunzeln. Konnte man aus den Überresten in den Kartons ein Profil des jeweiligen Charakters erstellen? Holubek hatte sich eine Pizza Margherita bestellt und den aufgewölbten Rand weggeschnitten. Dessen aktueller Ernährungsfimmel machte Krammer wuschig.

Krammer schüttelte den Kopf und trank seinen Kaffee. Er warf einen Blick aufs Whiteboard, auf dem schon elf Namen standen. Dabei handelte es sich allesamt um Männer, die bei ihrer Scheidung bis auf die Unterhosen ausgezogen worden waren und nun am Existenzminimum angelangt waren. Dr. Brunnmeier hatte es in allen Fällen geschafft, dass die Frauen fast das gesamte Vermögen zugesprochen bekommen hatten und die Männer bis zu zwei Drittel ihres Gehalts als Unterhaltsleistung abliefern mussten.

Dieser Brunnmeier musste ein echt ausgefuchster und gewiefter Jurist gewesen sein, da er praktisch alle seine Fälle gewonnen hatte.

»Sollen wir Frauen auch auf die Liste nehmen?«, fragte einer der Uniformierten.

»Wieso nicht?«, fragte Holubek und sah seinen Chef an. Dieser nickte. Er wollte nichts ausschließen.

»Ich hab da einen Fall, in dem Brunnmeier den Mann vertreten hat und der Frau eheliche Verfehlungen nachgewiesen werden konnten«, erklärte der Polizist.

»Wir müssen allen Möglichkeiten nachgehen«, betonte Krammer und warf einen Blick auf die besagte Klientenakte.

Holubeks Handy produzierte einen seltsamen Piepton, der das Eintreffen einer neuen Mail signalisierte.

»Ich hab jetzt neue Infos zu den Bildern an der Wand beziehungsweise zu den Freunden, mit denen Brunnmeier immer abgehangen hat«, starrte er auf sein Display.

»Gut. Lassen Sie hören?«

Mit einem kraftvollen Vorhand-Longline-Winner versenkte Andreas Obauf den gelben Filzball im Eck und ballte die Faust.

»Matchball!«, ließ er sein Gegenüber wissen und ließ den vermeintlich letzten Ball durch seine Rechte rollen.

Als Linkshänder konnte er den aufgeworfenen Ball von der Vorteilseite perfekt nach außen servieren. Sein bester Schlag, wie er oft betonte. Er tippte den Ball auf den roten Sand und blickte wild entschlossen auf die andere Seite des Platzes. Bei entscheidenden Punkten versuchte er immer irgendwelche Mätzchen, um seinen Gegner zu irritieren. Dann warf er den Ball auf und donnerte ihn auf die andere Seite des Feldes. Lemmerer streckte sich vergeblich. Mit einem Ass hatte Andreas Obauf das Match 6:3 und 6:2 für sich entschieden. Zufrieden grinsend zog er den Platz ab und packte seine Sporttasche. Lemmerer stopfte kopfschüttelnd die Bälle in die Dose.

»Du zahlst«, freute sich Obauf schon auf sein Bier.

Tröstend legte er seinen Arm um die Schulter des Unterlegenen. »Aber es trifft ja keinen Armen.«

»Halt einfach die Klappe«, wollte Lemmerer nichts hören und folgte seinem Tennispartner auf die Sonnenterrasse der Sportanlage.

»Ich hab das Gefühl, ich werd immer besser«, setzte Obauf nur Minuten später das Bier ab. »Wenn ich vor zwanzig Jahren dieses Ballgefühl, diese Präzision und vor allem diesen Killerinstinkt gehabt hätte, dann …«, beendete er den Satz nicht. Vor seinem geistigen Auge sah er sich in einer Finka mit Außenpool und Palmenhain beim Sonnenbaden.

»Dass ihr jetzt an Tennis denken könnt«, schüttelte Reifeltshammer seinen Kopf und zog die dickglasige Brille von der Nase. Er rieb sich den Nasenrücken und schloss die Augen. Der Filialdirektor hatte sich mit seinem dunkelgrauen Nadelstreifanzug zu den beiden Freunden gesetzt und nippte an seinem Bier.

»Fängst du jetzt zu heulen an?«, fragte Lemmerer.

»Nein. Aber die Sache geht mir schon nah. Sigmar war ein Freund von uns.«

»Sicher. Aber *the show must go on*. Er wird davon nicht lebendig, dass ich einen reservierten Timeslot am Tennisplatz verfallen lasse«, zuckte Obauf unbeeindruckt mit den Schultern.

»Du bist echt gefühlskalt. Sorry, aber mir geht das ordentlich an die Nieren.«

Reifeltshammer setzte die Brille wieder auf und lockerte den Krawattenknopf. Er war unmittelbar, nachdem er die Bankfiliale geschlossen hatte, zum Tennisplatz geeilt. Dann, als sie zu dritt vor Brunnmeiers Spind gestanden hatten, hatte er die Sporttasche ins Eck geworfen und aufs Spielen verzichtet. Stattdessen nuckelte er bereits an der dritten Halben.

»Meint ihr, dass es seine Ex war?«, fragte Obauf.

»Wieso sollte sie?«, erwiderte Lemmerer.

»Es wird einer seiner Klienten gewesen sein. Als Anwalt hat man ja täglich mit Wahnsinnigen zu tun«, sinnierte Reifeltshammer. »Geht mir als Bankangestellter ja auch kaum besser. Es gibt so viele Idioten auf dieser Welt! Bei uns ziehen langsam amerikanische Verhältnisse ein. Für jeden Scheiß muss man sich verantworten.«

»Hm«, sinnierte Obauf. »Wem sagst du das?«, nickte der Versicherungsagent.

»Gut, dass ich Sie alle hier antreffe«, schob sich Chefinspektor Krammer einen Stuhl an den Tisch und nahm neben den drei Tennisspielern Platz.

Reifeltshammer zuckte zusammen. »Wer …?«

»Chefinspektor Krammer!«, hielt er ihm seinen Dienstausweis vor die Nase. »Ich darf doch kurz stören?«

»Sie stören bereits«, murmelte Obauf und trank sein isotonisches Getränk aus.

»Ja, nun«, griff sich Krammer an die Nasenwurzel. »Sie drei waren die besten Freunde des Opfers, nicht wahr?«

»Könnte man so sagen«, erwiderte Lemmerer.

»Und Sie waren auch die Letzten, die ihn lebend gesehen haben.«

»Abgesehen vom Mörder!«, beeilte sich Reifeltshammer zu betonen.

»Abgesehen vom Mörder!«, nickte Krammer.

Es entstand eine Nachdenkpause.

»Erzählen Sie? Wie war der letzte gemeinsame Abend? War Brunnmeier anders als sonst?«, versuchte Krammer mit einer flüchtigen Bewegung zu motivieren.

»Er war so wie immer«, übernahm Lemmerer das Wort. »Wir haben Karten gespielt und geplaudert.«

»Und weiter?«

»Nichts weiter.«

»Wer war sonst noch im Lokal?«

»Gegen Ende waren wir die Einzigen im Wirtshaus«, war sich Reifeltshammer sicher. Die anderen beiden nickten.

»Und halt das Mädel«, ergänzte Obauf und winkte der Kellnerin.

»Das Mädel?«

»Die Tochter vom Wirt«, erklärte Obauf. »Der Chef geht

meist so gegen zehn ins Bett und lässt eines seiner Mädchen kellnern. Die hat uns dann kurz nach Mitternacht rausgeschmissen.«

Reifeltshammer nickte.

»Und am Parkplatz?«

»Nichts. Da war niemand sonst, wenn Sie das meinen«, wusste Reifeltshammer zu berichten.

»Jeder ist in seinen Wagen gestiegen und nach Hause gefahren«, fügte Obauf hinzu.

»Weil ja alle den ganzen Abend über Cola und Mineralwasser getrunken haben«, schmunzelte Krammer.

»Zwei Bier über fünf Stunden«, hob Lemmerer die Hand zum Schwur.

»Egal«, wischte Krammer das vom Tisch. »Und Brunnmeier ist auch weggefahren?«

»Natürlich«, bestätigte Obauf.

»Hm«, kratzte sich Krammer wieder an der Nasenwurzel.

»Genau genommen …«, hüstelte Reifeltshammer.

»Genau genommen?«

»Genau genommen hat er noch gepinkelt, als wir gefahren sind. Ich könnte jetzt nicht mit absoluter Sicherheit bezeugen, dass er in seinen Wagen gestiegen ist«, zuckte Reifeltshammer mit den Schultern.

»Aber warst du nicht der Letzte von uns, der den Parkplatz verlassen hat?«, sah er den Schuldirektor zu seiner Linken an.

»Was willst du damit sagen?«, wunderte sich Lemmerer.

»Nichts?«

»Also so viel steht fest«, unterbrach der Chefinspektor. »Dr. Brunnmeier ist nicht mehr selber ins Auto eingestiegen. Er wurde definitiv am Parkplatz vor dem *Gasthaus zur Linde* ermordet«, verzog Krammer das Gesicht.

»Mann, jetzt, wo Sie das so sagen?«, zitterte Reifeltshammer wie Espenlaub.

»Was meinen Sie?«

»Dann muss der Mörder schon vor dem Wirtshaus auf ihn gelauert haben«, zählte der Bankier eins und eins zusammen.

»Oder auf einen von uns!«, murmelte Obauf.

»Wie meinst du das jetzt wieder?«, fuhr ihn Reifeltshammer an.

»Ja, vielleicht war Sigmar ein Zufallsopfer. Vielleicht hätte es jeden von uns erwischen können?«

»Woher soll der Mörder …«

»Oder die Mörderin«, mischte sich Lemmerer ein.

»Oder die Mörderin«, hob Obauf entschuldigend die Hand. »Woher sollte der oder die wissen, dass ausgerechnet Sigmar noch pinkeln geht und nicht gleich ins Auto einsteigt?«

»Du meinst, dass er mich erschlagen hätte, wenn ich rüber zur Linde gegangen und meine Hose runtergelassen hätte?«, stand Reifeltshammer der Schweiß auf der Stirn.

»Wer weiß?«

Krammer hob die Rechte, um die Diskussion zu beenden. »Wieso erschlagen?«, wollte er wissen.

»Haben sie doch im Radio gesagt«, erwiderte Reifeltshammer. »Oder irre ich mich?«

Krammer rümpfte die Nase, kommentierte die Aussage aber nicht weiter. »Hatte er Feinde?«, fragte er stattdessen.

»Nicht dass ich wüsste«, antwortete Obauf. »Oder?«, richtete er die Frage an die anderen, die den Kopf schüttelten.

»Die Frage könnte auch lauten: Haben Sie Feinde?«, formulierte es der Chefinspektor neu.

»Sie machen mir Angst«, wischte sich Reifeltshammer den Schweiß von der Stirn.

»Schluss mit dem Theater«, wurde Krammer ärgerlich. »Sie sind seine besten Freunde. Sie kennen sich seit Jahrzehnten. Ich habe die Bilder an der Wand in seinem Arbeitszimmer gesehen. Irgendeinen Verdacht müssen Sie doch haben!«

Er blickte von einem zum anderen, die alle auf den Boden starrten. Eine Mauer des Schweigens war dagegen redselig.

Krammer inspizierte beim Verlassen der Anlage die Fahrzeuge der drei Freunde. Reifeltshammer fuhr einen SUV. Zwei Kindersitze waren auf der Rückbank montiert. Der Schuldirektor schwor auf eine deutsche Limousine, während Obauf, der Versicherungsvertreter, ein Sportcoupé kutschierte.

Die beiden Polizisten kontrollierten die Reifenabdrücke, ohne genau zu wissen, was sie damit anfangen sollten. Es war ja kein Geheimnis, dass die drei ebenfalls in der Tatnacht am Parkplatz der Linde gestanden hatten.

»Schauen Sie sich das an!«, winkte Krammer seinem Assistenten.

Obauf hatte sich die Schnalle seines Sicherheitsgurtes abgetrennt und ins Gurtschloss gesteckt. So musste er sich nicht anschnallen und umging damit den nervigen Alarm.

»Ist das nicht der Versicherungsheini?«, fragte Holubek.

»Ja, wieso?«

»Ich wundere mich nur, dass ausgerechnet der Mann, der anderen Versicherungen verkauft, selber auf Sicherheit pfeift«, rümpfte Holubek die Nase.

Krammer nickte stumm. Dann stieg er in seinen Wagen und gurtete sich an. Sie mussten die drei Freunde näher unter die Lupe nehmen und in deren Vergangenheit wühlen, beschloss er. Was, wenn sich die drei zu einem Komplott zusammengefunden hatten? Die Tatsache, dass das Opfer in seinem eigenen Wagen vom Tatort zum Fundort transportiert worden war, sprach für mehrere Täter. Es gab noch eine Menge Rätsel zu lösen.

»Wo warst du heute Morgen?«, wollte Gerald Russ wissen und stopfte sich ein Stück Speck in den Mund.

»Wann meinst du?«, entgegnete Frau Lueger ahnungsloser als sie war. Sie kaute an einer Karotte.

»Du bist mitten in der Nacht auf und davon. Meinst du, ich krieg das nicht mit?«

»Ah das? Ich konnte nicht mehr schlafen und wollte dich nicht mit meinem Herumwälzen aufwecken«, erklärte sie und zog die Knie an ihre Brust.

»Und? Wo bist du hin?«

»Raus! Raus an die frische Luft. Ist das ein Problem?«

»Hm. Und der Baseballschläger?«

»Was soll damit sein?«

»Den hast du mitgenommen, um dich vor nächtlichen Angreifern zu schützen?«

»Ja, genau. Als Frau kann man sich heutzutage nicht mehr allein auf die Straße trauen«, sah sie ihn mit unschuldigen Augen an.

»So, so«, rümpfte Russ die Nase. »Dann ist es ja gut.« Er schnitt den Speck in kleine Streifen und spießte sie mit dem Jausenmesser auf.

»Na also«, schüttelte sie verständnislos den Kopf. Er musste ja nicht alles wissen, dieser Idiot.

II. Abschnitt

9

Immer wieder war sie aus ihrem Albtraum hochgeschnellt. Das konnte nicht sein, was ihr das Unterbewusstsein vorgaukelte. Leni saß auf den kühlen, steinernen Stufen vor dem Haus und starrte in den Nachthimmel. Langsam wanderte die Morgensonne hinter dem Wald hervor und tauchte die Landschaft in ein unwirkliches Licht. Der Wald leuchtete blutrot.

Sie liebte diese Stunde vor Sonnenaufgang. Heute Morgen konnte sie das Naturschauspiel aber nicht bewundern und genießen. Ihr Magen krampfte und der Mund war ausgetrocknet. Immer wieder war sie hochgeschreckt und hatte die Bilder zu verscheuchen versucht. Konnte es sein, dass Gitti sich mit einem Küchenmesser bewaffnet an den ekeligen Anwalt herangepirscht und ihn mit mehreren Messerstichen ermordet hatte? Dass Gitti ein Massaker angerichtet hatte, um sich anschließend in der Badewanne die Pulsadern aufzuschneiden?

Die Fantasie war mit ihr durchgegangen. Es konnte nicht sein, es durfte nicht sein. Alles nur ein böser Albtraum. Sie musste an ihre zartbesaitete Schwester denken, die vielleicht schon heute wieder nach Hause kommen durfte. Wann endete dieser Albtraum? Wann kam die Familie endlich zur Ruhe? Vielleicht mussten sie dieses gottverdammte Gasthaus verkaufen und woanders neu anfangen? Vielleicht kam dann wieder Seelenfrieden in die Familie?

Julia jagte den Einsatzwagen den Hügel hinauf. Trotz Sonnenbrille blendete die aufgehende Sonne. Konstantin hielt sich an seinem Sicherheitsgurt fest und starrte schweigend aus dem Fenster. Abdominelle Schmerzen, das konnte alles sein. Er hatte keine Idee, was ihn erwarten würde. Nach zwei Monaten Ausbildung fühlte er sich nicht gerüstet für Einsätze, die von der Norm abwichen. Aber das würde er nie zugeben.

Die Eltern des Patienten standen in Schlafrock und Pantoffeln in der Eingangstür und zeigten ins Obergeschoß. Die beiden Sanitäter hetzten die Wendeltreppe hinauf. Am Bett lag ein Teenager, in Embryonal-Stellung gekrümmt und schmerzverzerrt. Schweiß stand ihm auf der Stirn.

Konstantin wuchtete den Notfallrucksack von den Schultern. Julia leuchtete dem Jungen in die Augen. Drogenmissbrauch konnte ausgeschlossen werden. Während sie versuchte, mit dem keuchenden Burschen Kontakt aufzunehmen, erhob ihr Zivi die Vitalparameter. Druck, Puls, Sauerstoffsättigung und Zuckerspiegel waren im Toleranzbereich. Außerdem hatte Benjamin, wie sie erfuhren, kein Fieber.

»Kannst du selber die Stiege runtergehen?«, fragte Julia.

Benjamin nickte und quälte sich hoch. Im Rettungswagen legte er sich seitlich auf die Trage und stöhnte vor Schmerzen. Konstantin bekam von den Eltern eine gepackte Tasche in die Hand gedrückt, dann sollte es losgehen.

»Fahr du!«, drückte Julia ihrem Lieblingszivi die Autoschlüssel in die Hand. Dann konnte es losgehen.

»Komm herein und setz dich«, setzte Direktor Lemmerer sein gönnerhaftes Lächeln auf.

Frau Klinger nahm am Stuhl vor seinem Schreibtisch Platz und schlug die Beine übereinander. Sie trug ihr geblümtes Kostüm, in dem sie sich am wohlsten fühlte. Lemmerers schmuckloser Schreibtisch vom Diskonter war mit Akten und Büromaterial übersät.

»Isabella«, seufzte der Direktor und erhob sich aus seinem Drehstuhl. »Weißt du, womit ich gestern Nachmittag beschäftigt war?«

Sie schüttelte stumm den Kopf. Sie wusste, dass sie etwas angestellt haben musste, ohne sich irgendeiner Schuld bewusst zu sein.

»Die Anrufe von einem halben Dutzend verärgerter Mütter und Väter entgegennehmen und Schadensbegrenzung betreiben.

»Aber?«, wunderte sich Isabella Klinger, die das erste Schuljahr an Lemmerers Schule Mathematik und Geografie unterrichtete.

Lemmerer winkte ab. »Was hast du dir dabei gedacht?«

»Ich hab dir schon zu Semesterbeginn gesagt, dass die Klasse kaum zu bändigen ist. Einige der Jungs meinen, sie können mir von früh bis spät auf der Nase herumtanzen. Ich musste ihnen mal zeigen, wer am längeren Hebel sitzt.«

»Indem du mehr als der Hälfte der Klasse ein *Nicht genügend* auf die Schularbeit gibst?«

»Die sieben oder acht, die sich bemühen und im Unterricht mitmachen, haben allesamt positiv abgeschlossen. Lass mich raten. Beschwerden kamen nur von den Eltern, deren Kinder eine Fünf gekriegt haben«, vermutete Isabella.

»Hör zu!«, setzte sich der Direktor auf die Tischkante und blickte seiner Jüngsten im Lehrkörper tief in die Augen. Sie war keine Schönheit, dachte er. Das Gesicht war zu breit, die buschigen Augenbrauen wuchsen über der Nasenwurzel zusammen und die Brust war flach wie ein Brett. Aber genau dieses kindliche, vorpubertäre Erscheinungsbild machte ihn heiß.

»Wenn eine Schularbeit so schlecht ausfällt, dann ist immer der Lehrer schuld«, schlug er einen väterlichen Ton an.

»Oder die Lehrerin«, ergänzte sie.

Lemmerer reagierte nicht auf ihren Einwurf. Er hasste dieses verdammte Gendern, wie er es tagtäglich in den Memos des Bildungsministeriums und vom Landesschulrat erdulden musste.

»Wenn es disziplinäre Probleme gibt, dann musst du an Einzelnen ein Exempel statuieren«, griff er seiner Lehrkraft sanft auf den Oberschenkel. Isabella zuckte unwillkürlich zurück und schlug die Beine anders übereinander.

Lemmerer ließ sich davon nicht abhalten. Er strich ihr erneut über den Oberschenkel. »Ich weiß, dass du noch jung bist. Solche Sachen lernt man nicht auf der PÄDAK. In den Übungsschulen sitzen nur gut erzogene und hochmotivierte Schüler. Wenn du willst, kann ich dir mal ein paar Erziehungstipps abseits der allgemein gültigen Lehrmeinung geben«, lächelte er wissend und fuhr mit seiner Hand Richtung Schritt.

Isabella unterdrückte einen spitzen Schrei und verkrampfte sich.

»Wie wäre es bei einem Glas Wein, am Abend, bei mir zu Hause?«

»Nein!«, rief sie etwas zu laut. »Da habe ich schon etwas vor. Mit meinem Verlobten«, fiel ihr ein. Sie sprang auf und eilte zur Tür. »Wenn sonst nichts mehr ist?«, sah sie Lemmerer streng an. »Und ich werde mir das zu Herzen nehmen!«

Dann eilte sie hinaus und knallte die Tür zu. Lemmerer verzog keine Miene. Du entkommst mir nicht, dachte er und spürte seine Erregung. Dann setzte er sich wieder auf seinen Platz und hatte mit ein paar wenigen Mouse-Klicks die Videosequenz auf seinem Bildschirm. Gleichzeitig erlosch das unscheinbare rote Licht der Minikamera, die im Schrank im Eck in einem der Ordner versteckt war. Wenige Klicks später hatte er das Video über die Cloud auf seinen Laptop zuhause kopiert.

»Komm, erzähl! Was hast du gemacht? Hast du was eingeworfen?«, bohrte Julia nach der Wahrheit.

Kolikartige Schmerzen traten für gewöhnlich im Rücken, also im Bereich der Nieren auf. Würde es sich um den Blinddarm handeln, sprich um eine Appendizitis, wäre der Schmerz auf die rechte Bauchseite begrenzt, dachte Julia.

»Ich hab … Mist gebaut«, ächzte der Bursche.

»Soll vorkommen. Aber ich muss wissen, was du gemacht hast, damit wir dir helfen können«, sprach Julia ruhig auf den

Jungen ein. Dieser blinzelte nervös. »Deine Eltern müssen nichts erfahren.«

»Okay.«

»Also?«

»Ich … hab mir …!« Er zögerte.

»Was hast du?«

»Ich hab mich auf eine Bierflasche gesetzt«, gestand der blasse Patient. Seine Schmerzen ließen ihn beinahe ohnmächtig werden.

»Du hast was?«

»… auf eine Bierflasche gesetzt. Eh nur ein Seidl!«

»Eh nur ein Seidl. Na, dann ist es ja gut.«

Julia schüttelte den Kopf. Im Laufe der Ausbildung war das Thema Fremdkörper im Rektum einmal angesprochen, ihm aber keine große Bedeutung beigemessen worden.

»Wann war das?«

»Gestern Abend.«

»Okay, verstehe. Und jetzt droht ein Verschluss«, nickte sie. »Wie kommt man auf so eine Idee?«

»Es war ein Unfall, ein Versehen!«

»Ja, klar!«, musste Julia lachen.

Krammer biss herzhaft in sein Croissant, während Holubek einen Smoothie mit einer undefinierbaren Farbe, irgendwo zwischen beige und braun angesiedelt, voller Begeisterung trank.

»Was haben wir?«, fragte der Chefinspektor mit vollem Mund.

Mit einem lauten Schlürfton setzte Holubek seinen Becher ab. »Ich hab mir die Kandidaten, die wir gestern aufgelistet haben, ein bisschen genauer angesehen.«

Krammer nickte. Er wusste, dass er sich puncto Recherchearbeit auf seinen Assistenten verlassen konnte.

»Ich hab mal jene außen vor gelassen, die wieder in einer neuen Beziehung sind, einen Job haben und auch sonst unauffällig wirken. Zwei sind weggezogen, einer verstorben.«

»Okay!«

»Bleiben vier Kerle, die entweder ohne Job sind oder noch immer um ihr Sorgerecht prozessieren oder nach der Scheidung richtig abgestürzt sind«, klopfte Holubek auf vier Fotos, die er ins Zentrum des Whiteboards gerückt hatte. »Die sollten wir uns näher ansehen!«

»Gute Arbeit. Wo fangen wir an?«, nickte Krammer und wischte sich die Brösel seines vertilgten Croissants vom Sakko.

Holubek tippte mit dem Fingerknöchel seines rechten Zeigefingers auf das Foto eines rundgesichtigen Kerls, dessen Augen angriffslustig von der Wand starrten.

»Josef Marketschläger, Landwirt. Er hat quasi alles verloren. Sein Hof gehört seit der Scheidung den minderjährigen Kindern und wird von einem Sachwalter geführt. Marketschläger hat nur noch das Wohnrecht.«

»Klingt nach einem Motiv«, hüpfte Krammer auf und trank seinen Kaffee aus. »Lass uns loslegen!«

Hans Lackner schloss seine Tochter in die Arme und drückte sie so fest, dass Gitti das Gefühl hatte, keine Luft zu bekommen.

»Papa, du erdrückst mich!«

»Entschuldige!«, ließ er von ihr ab. »Soll ich dir was machen? Eine Suppe oder Spaghetti mit deiner Lieblingssauce?«

»Nein, danke. Ich will nur auf mein Zimmer und schlafen.«

»Du bist doch sicher im Krankenhaus nur im Bett gelungert. Sollen wir nicht was unternehmen?«

»Papaaa …!«

»Okay, okay. Ich meinte ja nur. Aber wenn du nur in deinem Zimmer … abhängst, kommst du auf keine positiven Gedanken«, versuchte es ihr Vater ein zweites Mal.

»Ich tu mir schon nichts an, versprochen!«, hob sie die Rechte zum Schwur.

»Du weißt, dass ich für dich da bin und alles mache, damit es dir bald bessergeht?«, wollte Hans Lackner wissen.

»Ja, Papa. Ich hab dich auch lieb!«

Dann verschwand sie auf ihrem Zimmer. Herr Lackner blickte verzweifelt zu seiner jüngeren Tochter. Leni zuckte mit den Schultern. Sie hatte auch keine Lösung parat.

Ein Streifenwagen mit Blaulicht folgte Holubek und Krammer auf dem kurvigen und hügeligen Güterweg. Der Chefinspektor blickte in den Rückspiegel und verzog das Gesicht. Er wusste nicht, warum die Uniformierten das Sondersignal aktiviert hatten.

»Sie finden die Adresse?«, hatte Krammer längst die Orientierung verloren.

»Wenn mich das Navi nicht im Stich lässt?«

Schließlich erreichten sie eine kleine Anhöhe. Dunkelgraue Regenwolken hatten sich über ihren Köpfen zusammengebraut. In weiterer Entfernung hatten sich mehrere Wolkenformationen übereinandergeschichtet. Es würde bald heftig schütten.

Der Vierkanthof lag still vor ihnen. Man konnte schon von Weitem erkennen, dass hier seit Jahren nichts gemacht worden war. Der ehemalige Saustall stand leer, fensterlose Löcher starrten die Besucher mit bedrohlichen Augen an. Im oberen Stockwerk waren irgendwann nachträglich Fenster eingebaut, die Leibungen aber nie verputzt worden. Sogar die blaue Schutzfolie klebte noch teilweise an den Fensterrahmen und flatterte im auffrischenden Wind.

Krammer marschierte ums Haus und fand aufgeregt gackernde Hühner in einem eingezäunten Bereich. Vor der Hofeinfahrt stand ein verbeulter Lieferwagen, daneben zwei PKW mit ungarischen Kennzeichen. Ein weiterer Wagen thronte, aufgebockt auf zerbröckelnden Ziegelsteinen, in einer wuchernden Wiese. Die Seitenfenster waren eingeschlagen und die Heckklappe fehlte.

Holubek stieß die Hoftür auf und trat in den schattigen Innenhof. Die unebene Pflasterung stammte aus einem anderen Jahrtausend. Ein Großteil des Hofes war mit Sperrmüll vollgepackt. Zwei Mädchen mit langen Zöpfen hockten in einer Ecke und spielten, auf einer ausrangierten Matratze hockend, mit einem dünnen Garn das Fadenspiel. Gleich daneben führte eine enge, hölzerne Stiege unters Dach.

Im oberen Geschoß verband ein Rundgang die einzelnen Seiten des Vierkanthofes. Krammer konnte ein paar ausgebesserte Stellen am Dach entdecken. Mehrere Fernsehantennen reckten ihre Hälse in den Himmel.

Holubek hatte eine Wohnungstür samt Klingel gefunden und läutete. Auf einem winzigen, handgeschriebenen Zettel stand *Marketschläger*. Einst hatte ihm ein prachtvoller Hof mit mehreren Hektar Land gehört. Jetzt schien er nur noch in einer kleinen Wohnung am eigenen Hof geduldet zu sein.

»Was?«, riss ein unrasierter, grobschlächtiger Kerl die Tür auf.

»Holubek! Kriminalpolizei!«, hielt ihm Holubek seine Marke hin. »Das ist Chefinspektor Krammer«, deutete er auf seinen Chef. »Dürfen wir?«

Der schlampig Gekleidete drehte sich wortlos um und verschwand im Inneren seiner Wohnung. Holubek folgte ihm. Die Wohnungstür ließ sich nicht zur Gänze öffnen, da sich hinter der Tür Stöße an Papier auftürmten. Krammers Assistent zog sich Einmalhandschuhe über. Nicht, weil er keine Spuren hinterlassen wollte, sondern um nicht mit dem Schmutz und dem Dreck in Kontakt zu geraten.

Sie fanden eine klassische Messi-Wohnung vor. Alle Ecken waren mit in Plastik verstauten Kleiderhaufen, mit kaputten Maschinen und anderem Krimskrams vollgestopft. Ein schmaler Weg schlängelte sich durch ein Vorhaus in die Küche und weiter in eine Stube. Dort balancierte ein Fernsehapparat auf zwei alten, zerschlissenen Koffern. Dem Sofa im gegenüberliegenden

Eck fehlte ein Bein, das durch Bücher ersetzt worden war. Ein altes Transistorradio mit abgebrochener Antenne stand unter dem Herrgottswinkel und spielte Musik eines Lokalsenders, soweit das bei dem Rauschen zu erkennen war. Der Altbauer machte keine Anstalten, den Besuchern einen Sitzplatz anzubieten.

»Herr Marketschläger«, begann Chefinspektor Krammer. »Was sagt Ihnen der Name Dr. Sigmar Brunnmeier?«

»Dass es noch Gerechtigkeit gibt auf dieser Welt«, grinste er.

»Sie wissen, was passiert ist?«

Marketschläger schaltete das störende Radio ab und ließ sich auf das mit Kissen, Socken und Zeitschriften übersäte Sofa fallen. Die Polizisten standen mitten im Raum.

»Ich hab Radio und Fernsehen. Natürlich weiß ich, dass man dieses Arschloch abgestochen hat.«

»Warum war Dr. Brunnmeier ein Arschloch?«, wollte Holubek wissen.

»Weil er nicht seinem Job nachgekommen ist.«

»Welchem Job?«

»Als Scheidungsanwalt sollte man versuchen, eine für alle Parteien akzeptable Lösung zu finden. Vor allem auch für die Kinder.«

»Und?«

»Er hat mich fertiggemacht, damit seine Mandantin alles bekommt und er das höchstmögliche Honorar herausschlagen kann.«

»Wie können wir uns das vorstellen?«

»Hören Sie«, seufzte Marketschläger und schlug eine Fliege tot, die auf der Armlehne gerastet hatte. »Ich hab für meine Familie fünfzehn Stunden am Tag geschuftet. Aufstehen, in den Stall, aufs Feld, den Hof instand halten und so weiter. Die feine Lady hat mir zum Dank dafür Hörner aufgesetzt, das ganze Dorf hat mich ausgelacht. Und als ich sie dann, viel zu spät, endlich zur Rede gestellt habe und sie mich bloß mitleidsvoll angestarrt hat, da ist mir einmal … einmal … die Hand ausgekommen. Ein paar Tage später ist sie mit dem lieben Herrn Doktor Brunnmeier in der Stube gestanden und hat mir die Scheidung und einen echten Rosenkrieg angedroht. Wenn du das nicht unterschreibst, siehst du die Kinder nie wieder und ich sorg dafür, dass du ins Häfen einfährst, hat sie mir ins Gesicht geschleudert. Also hab ich das Papier unterschrieben, das der tolle Herr Anwalt aufgesetzt hat.«

Krammer wischte sich mit einem Taschentuch den Schweiß von der Stirn. Die Luft in der staubigen Stube war abgestanden und drückend. Bald sollte ein heftiges Gewitter für ein wenig Erleichterung sorgen.

»Jetzt gehört der Hof meinen Kids, die mich hassen und sich seit der Scheidung noch kein einziges Mal anschauen haben lassen. Ich hab bloß noch ein Wohnrecht für die paar Quadratmeter hier, die früher die Hygieneschleuse zwischen Stall und Milchtank war.«

Auf dem wurmstichigen Jogltisch stand ein Glas Milch, das schon den Kampf gegen die Milchsäurebakterien verloren hatte. Eine Fliege krabbelte am Glasrand dahin.

»Wo waren Sie Freitagnacht?«, wechselte Krammer das Thema.

»Ah«, lachte Marketschläger auf. »Ich hab kein Alibi, wenn Sie das meinen.«

Krammer verzog sein Gesicht. Der verwahrloste Kerl hatte ein Motiv und kein Alibi. Trotzdem war er überzeugt, dass sie hier falsch waren.

»Wenn ich gewusst hätte, dass ich ein Alibi brauche, dann wäre ich natürlich zum Kirchenwirt und hätte mich so volllaufen lassen, bis mich die Rettung zum Magenauspumpen ins Spital fahren hätte müssen«, zündete er sich eine Zigarette an.

Holubek holte ein Stofftaschentuch hervor und hielt es sich

vor die Nase. »Wieso sollten wir Sie nicht gleich auf der Stelle mitnehmen?«

»Ja, wieso eigentlich?« Die beiden starrten sich wie zwei Cowboyhelden beim letzten Duell an. Wer würde zuerst nachgeben?

»Also gut«, stand Marketschläger auf. »Es hat eh keinen Sinn zu leugnen.«

»Wie jetzt?«, reagierte Krammer verblüfft.

»Ja. Ich gestehe. Ich hab den Kerl abgestochen wie eine Sau. Ich hab in den letzten eineinhalb Jahren so viel Wut in mir aufgestaut. Die musste irgendwie raus. Also bin ich hin, hab ihm aufgelauert und hab ihn mit meinem Küchenmesser abgestochen. Immer und immer wieder hab ich auf ihn eingestochen.«

Krammer und Holubek starrten einander überrascht an.

»Wie oft haben Sie zugestochen?«

»Keine Ahnung. Zählen Sie mit, wenn Sie im Blutrausch sind?«, schüttelte der Geständige den Kopf. »Oft!«

»Und dann?«

»Dann hab ich ihn in seinen eigenen Kofferraum gepackt und bei ihm vor der Haustür wie ein Stück Scheiße abgeladen. War's das? Können wir?«, hielt er ihnen seine Hände hin in Erwartung, dass die Handschellen zuklappen würden.

Krammer zuckte mit den Achseln und gab den Uniformierten einen Wink. Die führten Josef Marketschläger in Handschellen hinaus ins Freie. Die beiden Mädchen im Hof waren aufgestanden und starrten ihn mit offenen Mündern an, präsentierten dabei stolz ihre Zahnlücken.

»Was schaut's denn so blöd, Zigeunergfraster?«, schrie er die beiden verängstigten Kinder an.

Sie packten ihre Siebensachen und trampelten die Holzstiege hinauf ins Obergeschoß.

Beim Vorbeigehen trat Marketschläger mit dem Fuß gegen den Kleinbus mit den Rostbeulen. Dann ließ er sich widerstandslos auf die Rückbank des Streifenwagens bugsieren. Krammer und

Holubek blickten den Kollegen nach, die wieder mit eingeschaltetem Blaulicht den Rückweg antraten.

»War's das?«, fragte Holubek ungläubig.

»Fragen Sie mich was Leichteres!«

Alois parkte in der verkehrsberuhigten Siedlungsstraße. Er hatte zwei Mal reversieren müssen, um in die Parklücke zwischen den beiden Kastanien zu passen, die durch einen Rollsplit-Container noch um einiges enger wurde.

Am Beifahrersitz lag ein Pizzakarton, der bis auf wenige Reste leergefegt war. Alois drehte sich eine Zigarette, ohne seinen Blick zu senken. Schräg gegenüber spielten Lea und Katharina im Vorgarten des Siebzigerjahre-Hauses, das ihr Großvater einst errichtet hatte und in dem sie mit ihrer Mutter nun lebten.

Die beiden umrundeten beim Fangenspielen die Schaukel, den Kompostplatz und das gläserne Tomatenhaus. Die Hecke zur Straße war dilettantisch geschnitten und bot daher freien Blick auf den Garten. Da fehlte eindeutig ein Gärtner, der sich der Pflege annahm, dachte Alois und steckte sich den Glimmstängel zwischen die Lippen.

Susanne hatte den Mädchen vor geraumer Zeit einen Krug mit Saft gebracht. Seither war sie aus seinem Blickfeld verschwunden. Wahrscheinlich nutzte sie die Gunst der Stunde, da sich die Mädchen friedlich spielten, um das Haus auf Vordermann zu bringen.

»Du weißt schon, dass das unter Stalking fällt?«, öffnete sie urplötzlich die Beifahrertür und warf den Pizzakarton auf die Rücksitze. Dann nahm sie neben Alois Platz.

»Äh …!«

»Was willst du?«

»Ich wollte sehen, ob es euch gut geht.«

»Es geht uns gut. Du kannst jetzt wieder fahren«, stieg sie mit dem rechten Bein aus dem Wagen.

»Warte!«

»Was?«

Susanne schloss die Tür und sah zu ihren Kindern in den Garten. Sie tranken selbstgemachten Melissensaft.

»Ich bin jetzt wieder trocken«, erzählte Alois nach einer Ewigkeit.

»Schön für dich!«, hörte er ihren verächtlichen Kommentar.

»Seit über zwei Monaten.«

»Warum erzählst du mir das?«

»Weil? Ich mein. Ich möchte, dass du weißt, dass es mir leid tut, wie das alles gelaufen ist.«

»Alle tun sich immer selber leid. Vielleicht solltest du dich selber nicht so wichtig nehmen? Weniger ich, ich, ich. Denk mal darüber nach, wie es den anderen geht, wie sich die anderen um dich fühlen«, strich sich Susanne eine Strähne aus dem Gesicht. Mann, wie er sie dafür liebte. »Ein bisserl weniger Selbstmitleid und ein bisserl mehr …«, zögerte sie. »Empathie!«

»Ich hab dich gewarnt. Ich bin, wie ich bin. Aber du sollst wissen, dass ich auf dich warte. Wenn du mir noch eine Chance geben willst? Ich bin bereit«, startete er den Wagen an. Susanne hatte genug gehört. Ohne eine weitere Silbe stieg sie aus seiner Rostkarre, knallte die Tür zu und lief über die Straße zurück in ihren Garten. Liebevoll strich sie den Mädels, die im hohen Gras saßen, durchs Haar. Eine glückliche Familie, auch ohne ihn oder gerade deswegen.

Alois warf den ersten Gang ein und fuhr los.

»Also noch einmal fürs Protokoll«, richtete Krammer das Mikro auf den Geständigen.

»Wann haben Sie den Entschluss gefasst, Brunnmeier zu ermorden?«

»Entschluss gefasst? Keine Ahnung. Ich bin ziellos herumgefahren und bin eher zufällig beim Wirt *zur Linden* gelandet. Da hab ich seinen protzigen Wagen stehen sehen. Ich hab im Auto gewartet. Ohne zu wissen, warum!«

»Und dann?«

»Dann ist es finster geworden. Ich wollt schon heim, weil ich hungrig war und durstig. Aber je länger ich gewartet habe, desto mehr ist die Wut in mir aufgestiegen. Dann ist er aus der Tür getorkelt. Ich dachte noch: Wie will der nach Hause kommen? Der hatte sicher zwei Promille Alkohol im Blut.«

»Also wollten Sie ihm eigentlich nur Ihren Taxidienst anbieten«, reagierte Krammer süffisant.

»Ich weiß nicht. Jedenfalls bin ich aus meinem Wagen gestiegen und er hat mich blöd angegafft.«

»Wo waren da seine Freunde, die mit ihm das Lokal verlassen haben?«

»Die sind schon weggefahren. Er ist an seinem Wagen gestanden und hat nicht ins Schlüsselloch gefunden.«

»Er wollte seinen Schlüssel ins Schlüsselloch stecken?«

»Ja. Aber er war zu betrunken.«

»Sie wissen aber schon, dass moderne Autos mittels Fernbedienung geöffnet werden«, hüstelte Holubek.

»Ich schon, aber Brunnmeier offensichtlich nicht.«

»Nun gut«, blätterte Krammer in seinen Unterlagen. Er erinnerte sich an den Tatort, der am Rande des Parkplatzes gelegen war. »Brunnmeier ist also direkt vom Wirtshaus zu seinem Wagen?«

»Mehr oder weniger.«

»Was soll das heißen?«

»In Schlangenlinien.«

»Er ist also nicht zuvor woanders hin getorkelt?«

»Woanders?«

»Zum Beispiel zu einem der anderen Fahrzeuge?«, stellte sich Krammer ahnungslos.

»Das weiß ich nicht mehr so genau. Ist das wichtig?«

»Ja.«

»Vielleicht ist er noch an einem Fenster gelehnt und hat mit einem seiner Spezies getratscht. Ich hab das ausgeblendet. Ich bin jedenfalls zu ihm hin, als alle anderen weg waren und hab ihn niedergestochen.«

»Neben seinem Mercedes?«

»Ja.«

»Mit einem Messer, das Sie dabeihatten, weil …?«

»So ein Taschenmesser hat man doch immer dabei, oder?«

»Herr Marketschläger«, sprang Krammer verärgert auf. »Entweder sind Sie nicht der Täter, dann frage ich mich, warum Sie den Mord gestanden haben? Oder Sie erzählen uns nur Unsinn, dann frage ich mich, warum Sie mir meine wertvolle Zeit stehlen?«

»Aber …«

»Erstens«, nahm Krammer wieder Platz. »Erstens wurde das Opfer überrascht, als es an eine Linde gelehnt dastand und in den Wald pinkelte. Von wegen am Auto. Zweitens ist die Tatwaffe kein Taschenmesser, sondern ein Küchenmesser. Und drittens: Welches Auto sind Sie gefahren? Ich habe gesehen, dass Ihres aufgebockt vor dem Haus steht.« Krammer hob eine Augenbraue und wartete auf eine plausible Antwort.

»Hm. Ich sag jetzt gar nichts mehr. Ich hab diesen Scheißkerl abgemurkst und aus«, verschränkte Marketschläger die Arme vor dem Brustkorb.

Die Ermittler verließen den Verhörraum und beobachteten den Verdächtigen durch den Einwegspiegel.

»Was meinen Sie?«, kratzte sich Holubek am Ohr.

»Der Kerl bindet uns einen Bären auf. So viel steht fest«, drückte sich der Chefinspektor einen Kaffee aus dem Automaten. »Aber wir werden ihm eine Nacht Asyl gewähren. Morgen klopfen wir ihn noch einmal ab, dann schicken wir ihn nach Hause.«

»Und dann?«

»Tja, gute Frage. Ich möchte, dass Sie die drei Musketiere zu einer offiziellen Befragung einbestellen. Ich bin überzeugt, dass sie mehr wissen, als sie uns gesagt haben.«

»Die drei Musketiere?«

»Die Stammtischbrüder. Tick, Trick und Track!«

»Ah, Lemmerer, Reifeltshammer und Obauf«, las Holubek von seinem Notizblock ab.

»Ja, die meine ich.«

»Okay. Werde ich organisieren.«

»Diese drei Herren sind mir nicht ganz koscher«, strich sich Krammer mit dem Zeigefinger gedankenverloren über die kleine Narbe an seiner Wange.

»Was denken Sie?«, wollte Holubek wissen.

»Wer weiß? Vielleicht ist Brunnmeier ja auch mit einem seiner Freunde in Streit geraten?«

»Sie meinen …?«

»Ich denke nur laut nach. Wäre doch möglich, dass zwei von den vieren wegfahren, Brunnmeier und ein Zweiter aber am Parkplatz noch eine Frage erörtern wollten. Eine Diskussion, die in Streit ausartet. Brunnmeier hat das letzte Wort und beschließt, sich an der Linde zu erleichtern. Der andere will das nicht so auf sich sitzen lassen und …«, deutete Krammer an, wie der Mörder elf Mal zustach.

»Und einer von Brunnmeiers Freunden hat immer ein Küchenmesser im Auto dabei?«, wirkte Holubek wenig überzeugt.

»Ich gebe zu, die Theorie hat Mängel.«

Die beiden grübelten.

»Andererseits: Welcher Mörder würde das Opfer in den Kofferraum packen und woanders ablegen?«

Holubek verstand die Frage nicht.

»Nur einer, der nicht durch den Tatort sofort zum Kreis der Verdächtigen gehören will«, erläuterte Krammer.

»Okay, das würde aber auch oder gerade die Wirtsleute miteinschließen«, entgegnete Holubek.

»So ist es.«

»Tja.«

Es entstand erneut eine Pause.

»Gut. Wir machen für heute Schluss. Morgen in alter Frische!«, tippte sich Krammer mit dem Zeigefinger an die Stirn und machte sich vom Acker.

Holubek nahm vor seinem Festnetztelefon Platz und versuchte, Brunnmeiers Freunde zu erreichen.

Der Schuldirektor verfolgte durch sein Fenster das wunderschöne Schauspiel von Sonne und Wolken. Ähnlich einer Sonnenfinsternis war das Gestirn zu einem Großteil verdeckt, ein paar vereinzelte Strahlen zwängten sich aber durch die Wolkendecke und erschufen ein prächtiges Farbspiel. Es klopfte.

»Ja?«

Seine Sekretärin steckte den Kopf zur Tür herein. »Ich mach dann Schluss«, riss ihn die gertenschlanke Grauhaarige mit den zu einem Dutt getrimmten Haaren aus seinen Gedanken.

»In Ordnung.«

»Machen Sie noch lange?«, erkundigte sie sich.

»Ich hab einiges aufzuholen«, nickte er. »Schönen Abend!«

»Danke, Chef.«

Dann schloss sie die Tür hinter sich.

Er widmete sich wieder den Dokumenten vor sich. Täglich kamen neue Anweisungen aus der Bildungsdirektion. Die Bürokratie machte ihn wahnsinnig. Seine Arbeit bestand nicht mehr darin, seinen Schülerinnen und Schülern die bestmögliche pädagogische Versorgung zukommen zu lassen, sondern bürokratische Hürden zu überwinden.

Ein klirrendes Geräusch ließ ihn hochschrecken. Er lauschte. Da war es wieder. Wer oder was konnte das sein?

Eine vermummte Person schlich den Gang hinunter. An einer Seite reihten sich Glasvitrinen aneinander, in denen Basteleien und diverse Kunstwerke der Schülerinnen ausgestellt waren. Auf der gegenüberliegenden Seite prangten die Bilder ehemaliger Schuldirektoren, Bildungsminister und Bundespräsidenten eingerahmt und verglast an der Wand.

Der Eindringling hatte einen Baseballschläger mitgebracht und hämmerte mit voller Wucht gegen die Glasvitrinen. Das Glas zerbarst in lauter kleine Scherben. Lässig wippte die unbekannte Person mit dem Schläger, ehe sie ihn mit einem weiteren Schlag aus der Hüfte geschwungen auf die nächste Vitrine niedersausen ließ.

Der Direktor sprang auf. Jemand musste sich unerlaubten Zutritt zur Schule verschafft haben! Er würde diesen Kerl zur Rede stellen! Mit Riesenschritten war er an der Tür und trat in den Gang hinaus. Aus den Augenwinkeln sah er einen Prügel auf sich niederfahren, aber es war zu spät, um noch zu reagieren oder auszuweichen. Wie ein nasser Sack sank er zu Boden und verlor das Bewusstsein.

10

Alois und Julia trafen sich beim Auto zum morgendlichen Check. Die Garage wimmelte nur so von Menschen, weil um sechs Uhr morgens die meisten Dienstmannschaften den Wechsel vollzogen.

Julia begann, die Rucksäcke zu durchforsten. Es schien alles komplett zu sein. Alois wollte sehen, ob das Fahrzeug auch aufgetankt war, konnte aber den Schlüssel, der üblicherweise einsatzbereit im Zündschloss steckte, nicht finden.

»Ich veranlasse eine Pagerprobe, damit die Nachtmannschaft aus den Federn gerissen wird«, informierte er Julia. Mit dem Pager würde auch der Autoschlüssel kommen, war er überzeugt und drückte die entsprechende Taste am Terminal.

»Wie geht es dir?«, wollte sie wissen.

»Man kommt durch«, erwiderte Alois kryptisch.

»Wie soll ich das verstehen?«

»Willst du es wirklich wissen?«

»Ja. Sonst würde ich nicht fragen.«

Alois saß hinter dem Lenkrad und starrte gedankenversunken auf das geschlossene Garagentor.

»Das Übliche. Ich könnte den ganzen Tag lang schreien«, kam die überraschende Antwort.

»Wieso? Hast du Schmerzen?«

»Ja, aber nicht so, wie du denkst.«

»Sondern?«

Alois fuhr sich unbewusst mit Daumen und Zeigefinger durch seinen Oberlippenbart.

»Es vergeht keine Sekunde, in der nicht ein kleines, böses Männchen in meinem Kopf flüstert, dass es eine Möglichkeit gäbe, wie es mir besser ginge«, klopfte er sich mit den Fingerknöcheln auf den Schädel.

»Dein Alkoholmonster?«, hakte Julia nach.

»So kann man es wohl nennen«, nickte er. »Grad wenn ich frei habe und den ganzen Tag mit mir allein beschäftigt bin, ist es besonders schlimm.«

Julia schürzte ihre Lippen. Es fiel ihr ausnahmsweise kein schlauer Spruch ein.

»Weißt du. Das ist wie bei einem Tinnitus. Da hast du auch nur ein leises Rauschen oder Pfeifen im Ohr. Der Ton als solches ist nicht laut oder schmerzhaft. Aber das Dauergeräusch ist nervtötend. Ein Folterinstrument in deinem eigenen Kopf.«

Der Pageralarm riss ihn aus seinen Gedanken.

»Gut. Jetzt wird die Nachtmannschaft sicher gleich angerauscht kommen«, schwang er sich aus dem Wagen und musste über sein Wortspiel lachen.

»Du solltest dir echt professionelle Hilfe suchen«, meinte es Julia ehrlich.

Die Nachtmannschaft trabte mit verklebten Augen und wirren Haaren daher. Beide Sanitäter hielten ihren Pager wie ein Staffelholz in der Hand und überreichten ihn ihrer Ablöse.

»Wie sieht's mit dem Autoschlüssel aus?«, wollte Alois wissen.

»Oh, ja!«, kramte einer der beiden in seinen Hosentaschen. »Hätt ich jetzt um ein Haar vergessen.«

»Wie kommst du dazu ihn einzustecken?«

»Wir sollten in der Nacht ausfahren«, erklärte der Kollege. »Aber dann haben wir bemerkt, dass unser Wagen einen Patschen hat«, deutete er auf das Einsatzfahrzeug dahinter. Ein A4-großes Blatt Papier hing auf der Windschutzscheibe unter dem Scheibenwischer eingezwängt, darauf stand handgeschrieben: *DEFEKT*. »Also hat die Leitstelle eine andere Mannschaft losgeschickt. Wir haben Auto getauscht und ich Schussel hab den Schlüssel eingesteckt«, lautete seine Erklärung.

»Na dann, ist ja zum Glück nichts passiert.« Alois rümpfte die Nase, steckte den Schlüssel ins Zündschloss und machte sich mit Julia auf den Weg zur Kaffeemaschine.

Frau Schlick war jeden Morgen die Erste im Schulgebäude. Mit ihrem Generalschlüssel öffnete sie die unscheinbare Tür an der Rückseite der Schule und danach ihren Spind, um ihr Straßengewand abzulegen und den Putzkittel überzuziehen.

Die 53-Jährige schob den Putzwagen wie einen Rollator vor sich her. Ihr Rücken schmerzte höllisch, sie hatte letzte Nacht nur wenig geschlafen. Die diversen Pulver, die sie mittlerweile wie Süßigkeiten in sich hineinstopfte, wirkten längst nicht mehr. Sie wusste, dass sie etwas ändern musste, aber es fehlte ihr die Kraft dazu.

Die Aufzugstür öffnete sich und sie trat in den langen Gang hinaus. Obwohl ihr noch der Schlaf ins Gesicht geschrieben stand, erkannte sie dennoch sogleich, dass irgendjemand hier einen riesigen Saustall angerichtet hatte. Die Vitrinen waren eingeschlagen, der Boden war mit Scherben und Müll übersät.

Sie schlurfte schneller als üblich den Gang hinunter. Was hing da in der vorletzten Vitrine und was bedeutete das rotbraune Etwas, das wie ein See vor ihr schimmerte? Erst langsam wurde ihr bewusst, was sich abgespielt haben musste. Und es dauerte noch einen Augenblick länger, ehe sie verstand, dass da keine Puppe, sondern der Schuldirektor leblos wie ein Fisch am Haken an der Glasvitrine baumelte.

»Was ist das für eine Sauerei?«, entfuhr es Chefinspektor Krammer. Die Kollegen von der Spurensicherung hatten den Tatort bereits doppelt abgesichert. Einerseits hatte man die ganze Schule zum Tatort erklärt und alle Schüler nach Hause geschickt, andererseits war der verwüstete Gang abgesperrt worden, um die Spurenlage nicht zu verunreinigen.

Zum Glück hatte die Reinigungskraft nichts angefasst, sondern geistesgegenwärtig die Polizei gerufen. Jetzt saß sie wie ein Häufchen Elend in der Garderobe und wischte sich die Tränen in den Hemdsärmel. Assistent Holubek hockte neben ihr und gab ihr noch einen Augenblick Zeit, ehe er sie mit Fragen löchern würde.

Krammer studierte den Tatort. Der Direktor hing mit dem Hals an einer Glasscherbe, die noch in der Vitrine steckte. Sie hatte ihm die Halsschlagader aufgeschlitzt, das Blut war in alle Himmelsrichtungen davon gespritzt. Auf der Stirn klaffte eine riesige Wunde, eine kleinere am Hinterkopf. Die Hände hingen schlaff nach unten, die Knie baumelten knapp über dem Boden.

»Todesursache?«, fragte er den Polizeiarzt, ohne zu grüßen.

»Er ist verblutet.«

»Wie das erste Opfer?«

»Wie dieser Anwalt. Richtig.«

»Todeszeitpunkt?«

»Puh. Ich würde mal sagen etwa vierzehn Stunden. Plus, minus.«

»Also noch gestern Abend?«

»So sieht es aus.«

»Okay. Könnt ihr mir schon was sagen?«, wandte er sich an den Leiter der Kriminaltechnik.

Max Thürridl fuhr sich mit den blauen Handschuhen durch seinen Wuschelkopf. Die Sommersprossen leuchteten vor Aufregung. »Ja, anhand der Spurenlage können wir schon ziemlich genau rekonstruieren, wie sich das zugetragen hat.«

»Lass hören!«

»Das Opfer muss aus der Tür seines Büros getreten sein und hat dann von schräg vorne einen Schlag mit einem stumpfen Gegenstand erhalten. Der Täter muss in etwa hier gestanden haben«, stellte er sich seitlich neben die offene Tür in die Direktion. »Das Opfer wurde mit großer Wucht dort gegen die Wand geschleudert«, deutete er auf das Blut am hölzernen Türstock und an der mintgrün getünchten Seitenwand.

»Wie kommt der Direktor dann in die Vitrine?«, wunderte sich Krammer.

»Der oder die Täter dürften das Opfer dann über den Gang geschleift und mit dem Kopf in die spitze Glasscherbe gesteckt haben. Dort ist er schließlich verblutet.«

»Das heißt, der Täter muss kräftig sein oder einen Komplizen gehabt haben«, schlussfolgerte der Chefinspektor.

»Das kann ich nicht beurteilen. Das müsste man austesten. Ein regloses Opfer, das sich nicht wehrt, kann man schon mal hochheben. Wenn man ihn dann loslässt, verhakt sich der Hals in der hervorragenden Scherbe«, schürzte Thürridl seine Lippen.

»Du hast von einem stumpfen Gegenstand gesprochen«, wechselte Krammer das Thema.

»Ja. Ein Schlagstock oder etwas Ähnliches. Muss ich mir noch näher anschauen.«

»Okay, lassen wir das. Wann bekomme ich den Bericht?«, wollte Krammer wissen.

»Dann, wenn er fertig ist«, zog der Kriminaltechniker ein schiefes Gesicht und streifte sich frische Handschuhe über.

Grußlos drehte der Chefinspektor ab und suchte seinen Assistenten, der noch immer bei der Reinigungskraft hockte.

»Hallo. Ich bin Chefinspektor Krammer!«, stellte er sich vor.

»Hallo.«

»Und Sie sind?«

»Schlick. Angelika Schlick.«

»Okay, Frau Schlick. Sie haben also den Schuldirektor heute Morgen gefunden?«

»Ja. Aber das habe ich den Kollegen schon alles erzählt«, wischte sie mit ihrer Hand durch die Luft.

»Zuerst der ersten Streife vor Ort und dann mir«, klärte Holubek auf.

»Ich weiß«, nickte Krammer verständnisvoll. »Das ist mühsam und verwirrend. Aber ich möchte es trotzdem noch einmal persönlich aus ihrem Mund hören. Also, wann waren Sie in der Schule?«

»Um viertel nach sechs. So wie immer.«

»Und durch welchen Eingang betreten Sie die Schule?«

»Durch den Hintereingang an der Hofseite. Ich komme immer zu Fuß durch den Park.«

»Okay. Und dann?«

»Dann geh ich in die Garderobe des Schulwarts. Wobei …«

»Wobei?«

»Es gibt keinen Schulwart mehr. Seit ein paar Jahren gibt es einen Facility Manager, der für alle Schulen in der Stadt zuständig ist und uns einteilt.«

»Mit uns sind die Reinigungskräfte gemeint?«

»Ja.«

Frau Schlick rannen wieder Tränen übers Gesicht. Krammer hielt ihr eine Packung Taschentücher hin.

»Danke.«

Sie schnäuzte sich die Nase und streckte den schmerzenden Rücken durch. Für ein paar Augenblicke hatte sie die Schmerzen vergessen. Jetzt kehrten sie wieder zurück.

»Sie machen das prima. Erzählen Sie weiter. Sie haben sich also in der Garderobe umgezogen und dann?«

»Dann hab ich wie immer den Putzwagen geholt«, deutete sie auf das Gefährt in der Ecke. »Frisches Wasser in den Eimer, Spülmittel dazu und los geht's.«

»War alles wie sonst?«

»Ja, außer dieser Sauerei am Ende des Ganges«, erfasste sie ein neuer Weinkrampf.

Krammer strich ihr beruhigend über den Rücken.

»Wir machen eine Pause. Ich komme später noch einmal zu Ihnen«, nickte er Holubek zu.

Sie zogen sich in ein Eck zurück und flüsterten miteinander. Holubek sollte mit Thürridl von der Spurensicherung alle Eingänge überprüfen. Irgendwo musste der Eindringling die Schule betreten haben. Vielleicht fand man ja auch passende Abdrücke.

Julia schleuderte die Rucksäcke wutentbrannt zurück in den Wagen.

»So ein Scheiß!«, war sie auf hundertachtzig.

Alois schüttelte verständnislos den Kopf.

»Krieg dich wieder ein.«

Julia pfauchte und boxte gegen die Wagentür.

Irgendwann, vor vielen, vielen Jahren, in einem anderen Leben, wie es Alois gerne formulierte, hatte er gelernt, wie er sich in solchen Momenten richtig verhalten sollte. Stattdessen provozierte er seine Kollegin weiter.

»Was ist dein Problem? Willst du drüber reden?«

»Nein, will ich nicht«, schrie sie ihn an.

»Soll ich dir eine Zigarette anzünden?«, schob Alois seine Kollegin zur Seite und setzte sich in den Einstieg. Die Stufe ächzte unter dem Gewicht des Sanitäters.

»Oder trink einen Energydrink«, grinste er frech.

Er verstand die Aufregung nicht. Was konnte ihnen Besseres passieren? Keine Verletzten, keine Probleme, kein Schmutz, kein Blut. Alles war bestens.

Die Leitstelle hatte sie zu einem Verkehrsunfall geschickt. Sie waren mit Blaulicht in das enge, kurvenreiche, finstere Tal geblitzt, in dem es nicht selten krachte. Viele waren zu schnell unterwegs, viele um diese Uhrzeit noch verschlafen und unkonzentriert. Der Notarztwagen war viel schneller am Einsatzort gewesen, weil leichter, wendiger und PS-stärker. Außerdem waren Alois und Julia aufgehalten worden, weil die Nachtmannschaft die Autoschlüssel vertauscht hatte. Es hatte gefühlt eine Ewigkeit gedauert, ehe sie den Einsatz beginnen hatten können.

Am Notfallort angekommen schien alles chaotisch. Mehrere Fahrzeuge blockierten mit eingeschalteter Warnblickeinrichtung die Straße. Ein PKW hing in der Böschung, die Motorhaube um einen Baumstamm gewickelt. Der Notarzt stand mit seinen Händen in der Hosentasche am Straßenrand, während sein Sanitäter, mit Notfallrucksack und Defi bewaffnet, wild gestikulierte.

Der Lenker hatte sich selbst aus seinem Wagen befreit und saß auf der Motorhaube eines anderen Verkehrsteilnehmers. Er schien soweit unverletzt. Alois gab per Funk Entwarnung.

Julia reagierte fuchsteufelswild.

»Da hetzen wir unter Einsatz unseres Lebens gegen die Verkehrslawine und dann ist nichts!«, ärgerte sie sich und packte die vorbereitete Halskrause wieder in den Rucksack. Der Patient hatte einen Revers unterschrieben und jegliche Behandlung abgelehnt.

»Und was machen wir jetzt mit dem Keiler?«, wollte Mike, der Notfallsanitäter, wissen. Der Unfalllenker hatte ein Wildschwein angefahren und war dann, bei dem Versuch auszuweichen, in den Wald abgetaucht. Das Tier lag schwerverletzt auf der Fahrbahn und röchelte. Das Fell dampfte mit der Motorhaube des Unfallwagens um die Wette, der Kopf zuckte nervös und eine Blutlache sickerte nach und nach unter dem verletzten Keiler hervor.

Mike schielte zu seinem Notarzt hin, der ein ausgewiesener Jäger war. »Vielleicht solltest du das nächste Mal deine Puffen mitnehmen«, grinste er.

»Schick die Schaulustigen weg«, forderte Dr. Walther seinen Sani auf und kniete sich zu dem armen Tier nieder.

Als sich die Menschenansammlung zu einem Großteil aufgelöst und nur noch der junge Mann, der sein Auto verschrottet hatte, und die mittlerweile eingetroffenen Polizisten zugegen waren, rief Dr. Walther seinen Sanitäter zu sich.

»Zieh mir eine Fentanyl-Ampulle auf und nimm die größte Nadel, die wir mithaben«, raunte er Mike zu. »Oder warte. Das sind 500 Mikrogramm auf zehn Milliliter. Nimm lieber zwei Ampullen. Der Keiler ist schon ziemlich ausgewachsen.«

»Alter. Du weißt schon, dass das illegal ist«, reagierte Mike entsetzt. »Und außerdem muss ich jede verbrauchte Suchtgift-Ampulle dokumentieren. Was soll ich da schreiben? Keiler abgemurkst?«

»Du hast recht«, kniete sich der Notarzt ans Kopfende des leidenden Wildschweines. Er streichelte ihm sanft übers Gesicht. Er konnte die panische Todesangst in den Augen lesen. »Armes Schwein. So ein Ende hast du dir nicht verdient. Ich wünsch dir schöne Träume und ein besseres Leben im Jenseits.«

Dann nahm er das Tier in den Schwitzkasten und drehte ihm mit einer schnellen Bewegung das Genick um. Ein kurzes Quieken, ein Ruck, der durch den Körper ging, dann war alles vorbei.

»Hast du ihm jetzt …?«

»Das war die beste Lösung«, nickte Dr. Walther, stand auf und wischte sich den Schmutz von der Hose. »Und du hast kein bürokratisches Problem«, tippte er seinem Sani auf die Schulter und ging zum Einsatzwagen zurück.

Mike starrte abwechselnd auf den Keiler und die Umstehenden. Einer der Polizisten entledigte sich seines Mageninhalts.

»Können wir dann?«, fragte Dr. Walther ungeduldig, während er sich seine Hände desinfizierte.

»So kann man es auch machen«, raunte Alois seiner Kollegin zu und stieg ebenfalls in seinen Wagen.

Die Ermittler kehrten zum Tatort zurück.

Der Tote war mittlerweile in einem Leichensack abtransportiert worden. Trotzdem glich der Weg vorbei an den Blutspuren, Scherben, Trümmern und den unzähligen Hütchen, die von der Kriminaltechnik aufgestellt worden waren, einem Hindernisparcours.

Krammer ging schnurstracks durch das Vorzimmer, in dem eine gewisse Frau Angermaier üblicherweise regierte, ins Büro des Schuldirektors. Die Möbel waren schlicht und entsprachen demselben Design wie jene im Vorzimmer. Am Schreibtisch lag eine aufgeschlagene Unterschriftenmappe, ein Dokument der Bildungsdirektion lag oben auf.

Direktor Lemmerer war also bei der Arbeit gestört worden. Allerdings hatte der Schuldirektor den Eindringling im Gang gestellt, der Mörder war nicht im Büro gewesen.

»Sieht nicht so aus, als ob der Einbrecher irgendetwas mitgehen hat lassen, oder?«, fragte er seinen Assistenten.

»Es dürfte ein gezielter Mordanschlag gewesen sein«, nickte dieser.

»Das heißt, der Mörder hat zuerst die Vitrinen eingeschlagen, um den Direktor bewusst aus dem Büro in den Gang zu locken«, mutmaßte Krammer. Mit einem Bleistift blätterte er durch die Unterschriftenmappe.

Holubek öffnete die Klappe des Druckers. Es lag kein Dokument am Scanner. Der PC war ausgeschaltet.

»Sollen wir den mitnehmen?«

»Unbedingt.«

Holubek machte sich daran, die Kabel für Strom, Drucker, Tastatur, Mouse und Internet abzuschließen und wuchtete sich das schwere Teil unter die Achsel.

»Den soll sich die KTU schleunigst vornehmen!«, befahl der Chefinspektor.

Alois zündete sich eine weitere Zigarette an. Es war längst zu einem Ritual geworden, einen Einsatz mit einer Tschik abzuschließen. Rituale waren ganz wichtig, hatte er in den Sitzungen mit den Anonymen gelernt.

»Und? Was hast du gestern so getrieben?«, wollte Julia wissen und trank einen Schluck aus der Energydrink-Dose.

»Gestern? Nichts.« Gestern lag schon wieder so weit zurück. Er hatte keinerlei Erinnerung daran.

»Einen ganzen Tag im Bett?«

»Ja. Und ein wenig eingekauft und zusammengeräumt. Ein

paar Puzzlesteine gelegt. Vanessa hat mir vor einiger Zeit ein neues …«

»Ich weiß.«

Sie starrten einander an.

»Susanne hat mich abends angerufen.«

»Waaas?«

»Sie macht sich Sorgen. Du parkst stundenlang in ihrer Straße?«

»Stundenlang? Hat sie das gesagt?«

Alois zertrat seinen Zigarettenstummel.

»Verdammt! Wenn du sie zurückhaben willst, dann musst du mit einem scheiß Blumenstrauß bei ihr läuten und fragen, ob sie mit dir ausgehen will. Und wenn nicht, dann such dir eine Ablenkung! Mann, ich mit meinen einundzwanzig Jahren muss dir alten Trottel sowas erklären?«

»Nein, musst du nicht. Die Sache ist nicht so einfach«, schloss Alois das Garagentor.

»Doch, es ist so einfach. Keinen Menschen interessieren deine Dämonen. Verflucht, werde endlich erwachsen!«

»Leck mich!«, ließ Alois seine junge Kollegin stehen.

Uniformierte Kollegen hatten das gesamte Lehrerkollegium im Konferenzraum zusammengetrommelt. Es war über eine Nebentreppe erreichbar und lag vom Tatort ums Eck. So musste keiner von ihnen die grausigen Bilder mitansehen.

Chefinspektor Krammer blickte in verzweifelte, verheulte und versteinerte Gesichter. Was ging hinter diesen Mienen vor sich? Wer spielte Theater und wer war ehrlich betroffen? Wen ließ das Geschehene kalt und wer konnte seine Gefühle verbergen?»Sie halten hier die Stellung und machen sich ein Bild von den Lehrkräften«, flüsterte er Holubek zu.Dann begab er sich mit Frau Angermaier, der Büroassistentin, in die Direktion. Diese war durch eine Verbindungstür über das Sekretariat erreichbar.

»Was können Sie mir über Ihren Direktor sagen?«, kam Krammer sofort auf den Punkt.Sie saß ihm am Tisch gegenüber, wie sie es wohl tausende Male zuvor schon getan hatte. Die Oberschenkel vornehm aneinandergepresst und die Hände auf den Beinen. Die Haare waren zu einem strengen Dutt zusammengefasst.»Ich weiß nicht, was ich sagen soll«, ließ sie sich nicht aus der Reserve locken.»War er beliebt beim Lehrkörper oder gefürchtet? Hatte er das Team unter Kontrolle oder sind ihm die Damen und Herren auf der Nase herumgetanzt? Hat er sich Feinde gemacht? So etwas in der Art.«Frau Angermaier hüstelte.»Feinde, was für ein Wort«, begann sie philosophisch. »Wenn er jemanden so gegen sich aufgebracht hätte, dass dieser Jemand Mordabsichten gehegt hätte, dann hätte ich wohl etwas dagegen unternommen.«Krammer verzog sein Gesicht. Aus dieser alten Schachtel würde er wohl nichts herausbringen, fürchtete er. Loyal bis in den Tod.»Aber natürlich hat er sich mit seiner Art nicht nur Freunde gemacht«, überraschte sie ihn.»Mit seiner Art?«»Es ging bei jeder Entscheidung darum, was für ihn dabei heraussprang.«»Okay! Wie kann ich mir das vorstellen?«»Erst gestern etwa.«»Was war gestern?«, richtete sich Krammer im Direktorstuhl auf.»Isabella hätte sicher kein leichtes Leben an unserer Schule gehabt«, plauderte Frau Angermaier aus dem Nähkästchen.

Ihr gerader Rücken ließ sie größer erscheinen, als sie tatsächlich war. Krammer nahm seinen Notizblock zur Hand.

»Erzählen Sie. Ich bin ganz Ohr.«

Alois drückte fluchend am Display des Autoradios herum. Die Zivildiener stoppelten immer wieder irgendwelche High-Tech-Geräte an, um ihre eigene, persönliche Playlist hören zu können. Und am nächsten Tag spielte dann das Radio verrückt.

»Wenn ich einen von den Jungs auf frischer Tat erwische, dann häng ich den Kerl einen Tag lang an die Antenne zum Auslüften«, ärgerte sich Alois.

Endlich war es ihm gelungen, einen Sender rauschfrei hereinzubekommen. Gerade noch rechtzeitig, um einen Teil des Newsflashs, der zu jeder halben Stunde gesendet wurde, zu erwischen.

»… geht die Polizei davon aus, dass es einen Zusammenhang mit der Tat vor wenigen Tagen gibt. Noch tappt man aber bezüglich Täter und Motiv im Dunkeln. Und nun zu den Wetteraussichten …«

Alois schaltete das Gerät stumm.

»Hast du das gehört?«

»Ich bin ja nicht taub«, reagierte Julia patzig. »Nimm dein Handy raus. Ich will mehr wissen.« Sie schaltete einen Gang herunter und setzte zu einem gewagten Überholmanöver an.

»Ich schau lieber auf die Straße. Ich seh dem Tod so gerne ins Auge«, zeigte er sich von ihrer Fahrweise nur wenig begeistert. Julia ließ seine Kritik kalt.

»Ein Top-Anwalt und ein Schuldirektor? Da steckt sicher ein frustrierter, vom Leben gebeutelter Obdachloser dahinter«, mutmaße Julia.

»Was du dir immer zusammenreimst?«, schüttelte Alois den Kopf.

»Wer sollte es sonst sein?« Julia hatte Feuer gefangen. »Weißt du was. Dein Horvath, der könnte es gewesen sein. Hat der nicht ein Messer dabeigehabt, als wir ihm aufgeholfen haben?«

»Ja, ein Filetiermesser, damit er seine in der Donau gefangenen Fische ausnehmen kann«, nickte Alois.

»Na, sag ich doch. Der war's! Bestimmt!«

»Wenn du willst, dann lass ich dich beim nächsten Polizeiposten raus, damit du eine Zeugenaussage machen kannst«, lachte Alois.

»Unsinn. Den schnappen wir uns selbst. Ein bisschen beschatten und verfolgen, vielleicht ein wenig aushorchen«, redete sie mehr zu sich selbst.

»Dann lass ich dich also unter der Brücke raus. Nimm dir aber eine Decke mit. In der Nacht kann es arschkalt werden.«

Isabella Klinger trug ein hellblaues Kostüm, darunter eine blassgelbe Bluse. Sie wirkte nervös und angespannt. Chefinspektor Krammer wanderte vor dem Fenster auf und ab und ließ den Ausblick, den Direktor Lemmerer jahrelang genossen hatte, auf sich wirken.

»Frau Klinger«, begann er schließlich. »Wie war Ihre Beziehung zu Direktor Lemmerer?«

»Beziehung?«

Krammer sah sie auffordernd an, ohne das gewählte Wort zu erklären. Sie wusste, was er meinte.

»Er war mein Chef«, antwortete sie schließlich.

»Ein guter Chef? Ein netter Chef?«

»Ich werde nichts Negatives über einen Verstorbenen sagen«, verschränkte sie die Arme vor dem Körper.

Eindeutig eine Verteidigungsposition. Krammer kannte das Einmaleins der Mimik- und Gestikmuster.

»Hören Sie«, nahm er Platz und beugte sich über den Tisch. »Es geht hier nicht um eine Grabrede, sondern um die Aufklärung eines Mordes. Also erzählen Sie mir hier keine Märchen, sondern, verdammt nochmal, die Wahrheit. Was ist zwischen Ihnen und dem Toten gelaufen?«

»Zwischen uns ist gar nichts gelaufen«, wurde jetzt auch Frau Klinger lauter. »Was soll der Blödsinn? Was hat die Angermaier behauptet?«

»Es gab also keine Annäherungsversuche seitens des Direktors? Keine Handlungen oder Worte, die man als sexuelle Nötigung auslegen könnte?«

»Wenn dem so gewesen wäre, hätte ich es zur Anzeige gebracht. War's das?«, stand sie auf.

»Nein. Das war's noch lange nicht«, blieb Krammer ruhig, obwohl es in ihm drinnen brodelte. Warum konnte sie nicht einmal jetzt, wo er tot war, die Wahrheit sagen? War die Scham zu groß?

»Wann haben Sie gestern das Schulgebäude verlassen?«, bohrte er nach.

»So um halb, nein dreiviertel zwei!«

»Und danach?«

»Dann bin ich mit dem Rad nach Hause und hab mich auf die Couch gelegt. Es ging mir nicht sonderlich gut.«

»Weil es am Morgen einen Disput mit dem Direktor gab?«

»Nein, keinen Disput.«

»Sondern?«

»Einige Eltern hatten sich über mich beschwert. Er hat mich verteidigt und mich beschützt, mir aber auch unmissverständlich gesagt, dass ich die Eltern bei meinen Entscheidungen mit ins Boot holen muss.«

»Okay. Wie lange sind Sie auf der Couch gelegen?«

»Puh. Bis mein Freund nach Hause gekommen ist.«

»Wann war das?«

»So um fünf?«

Krammer rechnete im Kopf nach. Der Tod war laut Polizeiarzt zwischen sechzehn und achtzehn Uhr eingetreten. Frau Angermaier hatte kurz nach vier das Büro verlassen. Theoretisch hatte Isabella Klinger also genug Zeit, gegen halb fünf in die Schule zurückzukehren und den Direktor zu ermorden. Dann konnte sie um fünf wieder zuhause auf der Couch liegen. Das Zeitfenster war knapp, aber es war möglich.

»Ihnen ist klar, dass wir das abchecken müssen?«

»Tun Sie sich keinen Zwang an.« Sie holte ihr Telefon hervor und hielt Krammer das Display mit den Kontaktdaten ihres Freundes hin.

»Darf ich?«, nahm er ihr das Smartphone aus der Hand und wählte die Nummer. Die Mathematiklehrerin schaute überrumpelt zu.

Ihr Freund bestätigte das Alibi. Er wusste mit absoluter Sicherheit, dass er schon zehn Minuten vor fünf zuhause gewesen war, weil Isabella Klinger ihn um zwei angerufen und ihm mitgeteilt hatte, dass es ihr nicht gut ginge. Auf dem Heimweg hatte er noch Kopfschmerztabletten aus der Apotheke geholt und der Kassabon mit Uhrzeit würde seine Aussage bestätigen. Krammer gab das Telefon zurück. Dann drückte er ihr noch seine Visitenkarte in die Hand.

»Wenn Sie noch etwas wissen, was für unsere Ermittlungen wichtig sein könnte, egal was, dann melden Sie sich!« Mit diesen Worten entließ er sie und öffnete das Fenster. Er brauchte Frischluft.

11

Alois inhalierte seine Selbstgedrehte und lehnte dabei an der bröckelnden Mauer. Julia hielt sich die kalte Energydrink-Dose an die Schläfe.

»Hast du Kopfschmerzen?«

»Ein bisschen.«

»Wenn du krank bist, melden wir uns ab«, machte sich Alois Sorgen.

»Geht schon«, schüttelte sie den Kopf. Im selben Augenblick gingen die Pager auf. Es war ihnen nur eine kurze Pause vergönnt gewesen, ärgerte sich Alois und zog an seiner Zigarette.

Julia hielt Nachschau am Terminal, ehe sie ihre Dose leerte.

»Wir kennen die Adresse«, verzog sie ihr Gesicht.

»Echt?«

»Michaela Lueger!«

»Schon wieder?«

»Holen wir dieses Mal die Polizei dazu?«

»Lass uns mal sehen, was passiert ist.« Alois dämpfte den Glimmstängel an der Wand ab, die irgendwann einmal weiß getüncht gewesen war, und klemmte sich hinters Lenkrad.

»Bist du schon wieder dran?«

»Schaut so aus!«, grinste Alois und startete den Motor.

Sie fanden Michaela Lueger am Treppenabsatz vor. Sie kauerte auf den untersten Stufen und lehnte die rechte Gesichtshälfte gegen das Mauerwerk, um ihre Blessuren zu kühlen. Die Knie hatte sie angewinkelt, die Ellbogen auf die Oberschenkel gestützt, den Kopf in ihren Händen vergraben. Sie schluchzte leise.

»Frau Lueger, was ist passiert?«, wollte Julia wissen. Sie stellte den Notfallrucksack am Boden ab und kniete sich neben ihr hin.

Alois hielt sich ein wenig im Hintergrund. Das war so ein Frauending, dachte er. Außerdem wollte er Schmiere stehen, für den Fall, dass ihr prügelnder Lebensgefährte, dieser Russ, wieder zum ungünstigsten Zeitpunkt auftauchen sollte.

»Darf ich mir die Verletzungen ansehen und sie versorgen?«, versuchte Julia die Patientin streng nach Checkliste zu untersuchen.

»Lassen Sie, es ist nichts«, wurde sie abgewiesen.

»Frau Lueger! Wir sind da, um Ihnen zu helfen! Verstehen Sie das?«

»Sie können mir nicht helfen«, reagierte die Verletzte heftig. Julia wich überrascht zurück.

»Komm, Julia! Wir machen uns wieder vom Acker. Es warten eine Menge Patienten auf uns, die unsere Hilfe zu schätzen wissen.« Alois hatte genug gesehen und gehört.

»Aber …!«

»Nichts aber. Du hast sie ja gehört. Es ist nichts, wir können ihr nicht helfen. Also?«

Michaela Lueger begann zu heulen. »Ja, verpisst euch. Ich bin euch sowieso egal!«, schrie sie hysterisch.

Ein paar Türen weiter lugte eine ältere Dame heraus, sah die Helfer der Rettung und schloss die Tür wieder.

»Sie sind uns nicht egal«, versuchte Julia ruhig zu bleiben und warf Alois einen bösen Blick zu.

»Weiber!«, murmelte dieser und fuhr sich mit Daumen und Zeigefinger durch seinen Oberlippenbart. Eine Zigarette würde seine Nerven beruhigen.

»Aber Sie müssen uns halt auch helfen lassen«, wischte Julia ein paar Haare zur Seite, um die Wunde an der Schläfe genauer zu sehen. »Das sollte wahrscheinlich genäht oder geklebt werden, damit keine hässliche Narbe bleibt.«

»Wir können auch zu Ihrem Hausarzt fahren, wenn Sie nicht ins Krankenhaus wollen, damit Sie der durchcheckt«, schlug Alois vor.

»Ja, in Ordnung«, stand Frau Lueger unvermittelt auf. »Dr.

Gruber kennt mich gut. Ihm kann ich mich anvertrauen.«

»Gut«, war auch Julia einverstanden. »Müssen Sie noch in die Wohnung hoch?«

»Nein, ich hab alles dabei.« Sie klopfte auf ihre beiden Gesäßtaschen der eng anliegenden Jeans. In einer ragte das Handy hervor, in der anderen ihr Portemonnaie.

»Okay, dann wollen wir«, wandte sich Alois um und hielt den beiden Damen die Haustür auf. Julia stützte die angeschlagene Frau. Ungefähr so musste es ausgesehen haben, als ihn Vanessa in seinem Delirium aufgefunden und zum Krankenwagen begleitet hatte, grübelte er.

»Was haben Sie herausgefunden?«, wollte Holubek wissen, der die ganze Zeit über im Konferenzzimmer zugebracht hatte.

Einige Lehrer waren dazu übergegangen, Hausübungen zu verbessern oder die nächste Unterrichtseinheit vorzubereiten. Andere waren den ganzen Vormittag über verheult an ihrem Platz gesessen oder hatten stumm zum Fenster hinausgestarrt.

Der Schulhof, in dem sonst über hundert Kinder herumtollten und Lärm machten, war völlig verwaist. Man hatte die Schülerinnen allesamt nach Hause geschickt. Krammer hatte beschlossen, die Kinder, wenn überhaupt, erst am folgenden Tag zu befragen.

»Gibt es Anhaltspunkte?«, hakte Holubek nach und knabberte an einer Karotte. Krammer wurde kribbelig.

Sie gingen den breiten, hohen Gang hinunter. An den Wänden klebten Schülerzeichnungen. Der Tatort rund um die zerschlagenen Vitrinen war abgesperrt, die Spurensicherung werkte noch immer auf Hochtouren.

»Dieser Lemmerer dürfte ein ziemlicher Frauenversteher gewesen sein«, ließ sich Krammer entlocken.

»Was bedeutet das für unsere Ermittlungen?«

»Weiß ich noch nicht. Aber wenn ich diese Frau Angermaier

richtig verstanden habe, dann hat er irgendwie alle Lehrerinnen begrapscht oder angebaggert. Einige fühlten sich geschmeichelt, aber einige wohl auf den Schlips getreten.«

»Vielleicht hat das einem Ehegatten nicht geschmeckt?«, stopfte Holubek das letzte Stück Gemüse in den Mund.

»Das werden Sie herausfinden«, bohrte Krammer seinen Zeigefinger in Holubeks Brust.

»Was werde ich herausfinden?«

»Ob wir eine Gemeinsamkeit bei der langen Liste an Verdächtigen zwischen Brunnmeier und Lemmerer finden. Ich glaube nicht, dass es ein Zufall ist, dass die beiden Freunde innerhalb weniger Tage zu Tode gebracht wurden.«

»Da gebe ich Ihnen recht.«

»Na, dann an die Arbeit«, schickte Krammer seinen Assistenten los. Er selbst wollte noch eine Zeit lang am Tatort bleiben, sich umsehen und umhören.

»Und noch etwas: Wir müssen unbedingt die Freunde der beiden, den Bankstellenleiter und diesen Obauf, einbestellen. Die wissen sicher mehr, als sie uns am Tennisplatz gesagt haben!«

»Ich versuche, die beiden zu erreichen und einzubestellen«, nickte Holubek. Dann eilte er davon.

Krammer begab sich noch einmal an den Tatort. Die Kriminaltechnik war mittlerweile fertig und er konnte ohne Störungen die Eindrücke aufsaugen. Was wollte ihnen der Täter sagen? Was war der Auslöser für diesen Hass gewesen? Krammer befürchtete, dass das hier noch nicht das Ende der Geschichte war.

Dr. Grubers Ordination war zum Bersten voll. Alois schüttelte den Kopf. Seit Jahren ging es in allen erdenklichen Bereichen um Datenschutz. In Arztpraxen gab es keinen Datenschutz. Mehr als ein Dutzend Patienten saß kränklich, mit müden, geschwollenen Augen, geröteten Nasen und bleichen Gesichtern im Warteraum und bekam alles mit, was die Ordinationsgehilfinnen mit den anderen Hilfesuchenden besprachen.

»Ihr müsst einen Moment warten«, zeigte Hermi in den Wartebereich.

»Ich hab alle Zeit der Welt«, zuckte Alois mit den Schultern.

Julia nahm ihr Handy aus der Tasche und verschaffte sich ein Info-Update. Als sie ihr Gerät wieder wegsteckte, griff Alois nach seinem.

»Ich rufe die Leitstelle an und sag ihnen, dass es noch dauern wird«, deutete er mit einer Kopfbewegung an, dass er an die frische Luft gehen wollte.

»Mach nur«, nahm es Julia zur Kenntnis.

Alois holte sich den Tabak aus dem Auto und drehte sich eine Zigarette. Nach einem tiefen Zug informierte er seinen Disponenten, dass sie auf unbestimmte Zeit blockiert waren.

Endlich kam Dr. Gruber mit der Patientin aus seinem Behandlungsraum und übergab sie an die Sanitäter.

»Müssen wir etwas wissen?«, fragte Alois.

Der Mediziner sah sich hilfesuchend um. Überall neugierige Augen und Ohren.

»Auf ein Wort«, bedeutete er Alois, ihn zu begleiten. Er schloss die Tür hinter sich. Die beiden kannten sich schon seit ewigen Zeiten. Alois war schon bei der Rettung, als Gruber dort seinen Zivildienst absolviert hatte. Daher konnte er sich dem erfahrenen Sanitäter beruhigt anvertrauen.

»Also. Ihre Verletzungen sind nur oberflächlich. Von dieser Seite her gäbe es keinen Grund für eine Einweisung ins Krankenhaus. Ich konnte die Patientin aber trotzdem überzeugen, mit euch mitzufahren und sich durchchecken zu lassen.«

»Damit sie von dem groben Kerl Abstand gewinnt«, mutmaßte Alois.

»Hm«, verzog Dr. Gruber das Gesicht.

»Was?«, bemerkte Alois sein Zögern.

»Gut, im Vertrauen. Frau Lueger war früher schon mehrfach

in psychiatrischer Behandlung. Es gibt eine Diagnose eines sehr geschätzten Kollegen und die lautet *Pseudologie*.«

»Pseudo was?«

»Pathologisches Lügen!«

»Wie jetzt?«

»Frau Lueger ist offensichtlich eine pathologische Lügnerin, die sich vermutlich selber Verletzungen zufügt.«

»Um ihren Lebensgefährten loszuwerden?«

»Das weiß ich nicht.«

»Wozu das Ganze? Wenn sie ihn hasst, soll sie sich von ihm trennen?«

»Wenn alles auf der Welt so einfach und rational zu erklären wäre?«, zuckte der Arzt mit den Schultern.

»Sollen wir diese Info im Krankenhaus weitergeben?«

»Ich werde das telefonisch klären.«

»Okay, Doc!«

»Wir müssen uns so schnell wie möglich treffen«, begann Reifeltshammer zu reden, ohne sich mit einer Begrüßungsformel aufzuhalten.

»Dir auch einen schönen guten Morgen«, gähnte Andreas Obauf. Er hatte vormittags keine Termine gehabt und war daher von seinem Freund aus dem Schlaf gerissen worden.

»Hörst du keine Nachrichten?«

»Nicht im Schlaf. Nein. Wieso?«

»Leo ist tot. Ermordet!«

»Was?«

»Wurde gerade in den Nachrichten durchgegeben. Verdammt. Ich mach mir echt Sorgen!«

»Das ist echt eine Scheiße. Aber deswegen musst du dir nicht gleich Sorgen machen!«

»Wer von uns wird der Nächste sein?«

»Keiner. Was redest du da?«

Reifeltshammer ließ einen lauten Seufzer los. »Da ist jemand auf Rachefeldzug! Verstehst du nicht?«

»Unsinn«, wiegelte Obauf ab. »Sigmar ist von einem unzufriedenen Mandanten abgemurkst worden. Das haben sie am Wochenende im Fernsehen gesagt.«

»Und Leo?«

»Wahrscheinlich ist ein Ex-Schüler Amok gelaufen. Das hört man doch jetzt andauernd.«

»Ich weiß nicht.« Reifeltshammer war alles andere als beruhigt.

»Glaub mir. Das wird sich alles aufklären.«

Reifeltshammer Der Bankdirektor seufzte und legte grußlos auf.

Kaum hatten die Sanitäter ihre Mittagspause beendet, wurden sie in den vierten Stock geschickt, um dort einen älteren Herrn, Jahrgang 1931, abzuholen, der nach Hause entlassen wurde. In der Liftkabine hing ein Plakat zum Thema Suchtprävention an der Wand. Beratungstermine immer dienstags und donnerstags von fünfzehn bis sechzehn Uhr. Alois wusste genau, was er da zu hören bekäme. Akkupunktur, autogenes Training, Stärken des Selbstwertgefühls, und, und, und. Er hatte den ganzen Scheiß schon über sich ergehen lassen. Es war der Versuch des Selbstbetrugs. Es war ein riesiger Beschiss.

Das Öffnen der Aufzugstür erlöste ihn und er folgte Julia in den Gang hinaus. Ein paar Schritte, dann fand sich auf der rechten Seite der Schwesternstützpunkt. Eine wunderhübsche Schwester mit großen, durch Lidschatten und Wimperntusche noch größer wirkenden Augen, Ponyfrisur und einem ausladenden Dekolleté saß vor den beiden an ihrem Arbeitsplatz. Alois kam gar nicht umhin, länger als erlaubt den Anblick zu genießen.

»Ihr holt sicher den Herrn Adlwanger, oder?«

»So ist es.«

»Super, er wartet schon auf euch«, reichte sie ihnen die Papiere. »Tür 7!«

»Okay.«

Eine andere Pflegerin begleitete die beiden ins Zimmer und sorgte dafür, dass nichts liegenblieb. Dann ging es wieder mit dem Lift nach unten in die Rettungsgarage.

»Hast du ihre großen Augen gesehen?«, fragte sie.

»Mhm.«

»Wie die von der berühmten amerikanischen Malerin«, überlegte Julia. »Ich hab erst kürzlich den Film gesehen. Mit Christoph Waltz in der Hauptrolle.«

»Ich weiß, wen du meinst«, nickte Alois. »Sie hatte wirklich große Augen und zwei große Herzen hatte sie auch«, spielte er auf ihre großen Brüste an.

»Du bist so ein Trottel!«, wandte sich Julia entsetzt ab.

Alois zuckte mit den Schultern.

»Aber wo er recht hat, hat er recht«, murmelte der Alte und kicherte.

Einige kleine Wölkchen hatten sich auf den blauen Himmel verirrt und versteckten von Zeit zu Zeit die pralle Sonne, ehe sie sich wieder in den Vordergrund drängen konnte. Die Straße Richtung Norden flimmerte in der Hitze.

»Haben Sie schon eine Verbindung, eine Schnittmenge der beiden Verdächtigenlisten finden können?«, wollte Chefinspektor Krammer wissen.

»Bis jetzt noch nicht. Aber wir stehen noch ganz am Anfang«, zuckte Holubek entschuldigend mit den Schultern.

Sie hatten auf der einen Seite siebzehn Namen, die sich aus der Aufarbeitung Brunnmeiers Klienten ergeben hatten. Das Durchleuchten von Lemmerers schwarzer Liste gestaltete sich wesentlich schwieriger.

»Vielleicht haben wir ja auch den total falschen Ansatz«, zweifelte Holubek an der Sinnhaftigkeit seiner Recherchen.

»Was meinen Sie?«

»Nun, vielleicht finden wir den Täter am Tennisplatz. Oder beim Angelverein. Oder was weiß ich, wo noch?«

»Sie haben recht. Aber irgendwo müssen wir mit der Suche beginnen, nicht?«

»Sicher.«

Schweigend fuhren sie die nördliche Ausfallstraße den steilen Hügel hinauf. Lemmerer hatte in einer prunkvollen Villa über der Stadt gewohnt. Eine kleine, feine Siedlung hatte sich da etwas außerhalb des Stadtzentrums auf einer Anhöhe mit traumhaftem Blick bis hinein zu den Nördlichen Kalkalpen gebildet. Wenn es das Wetter zuließ. Heute sah man nicht so weit, denn die Hitze flimmerte und rötlicher Saharasand lag in der Luft.

Das große Wohnzimmer bot durch die gläserne Front eine tolle Aussicht und war gemütlich und modern eingerichtet. Da hatte der gute Mann sicher so manche Party veranstaltet und die Puppen tanzen lassen, dachte Krammer.

Das Arbeitszimmer fand sich im Nordwesten des Gebäudes. Zahlreiche Bücher über Pädagogik und Didaktik standen im Regal. Aber auch hier konnte der Chefinspektor nichts Auffälliges entdecken. Er klappte den Laptop am Schreibtisch auf. Er war passwortgeschützt.

»Bringen Sie den in die KTU!«, hielt er Holubek das Gerät hin, der es in einen Asservatenbeutel gleiten ließ.

Alois wuchtete den Notfallrucksack auf die Krankentrage, die Julia bereits aus dem Wagen gerollt hatte. Die Diagnose lautete *Atemnot*.

Als sie das oberste Stockwerk erreicht hatten, schlug ihnen am Gang dieser ganz spezielle Geruch nach Urin und Desinfektionsmittel entgegen. Der Schwesternstützpunkt war wie üblich unbesetzt.

Alois wandte sich in alle Richtungen und sah im Westflügel eine rot blinkende Lampe über einer der Zimmertüren. Dort musste eine Schwester am Werken sein.

Tatsächlich hörten sie schon im Gang vor der Tür das Säuseln des Sauerstoffs und zwei Schwestern, die auf eine Patientin einredeten.

»Grüß Gott!«, versuchte Alois die Situation zu entspannen.

»Ja, gut, dass ihr da seid«, keuchte die ältere der beiden Pflegerinnen. Schweißtropfen glänzten auf ihrer Stirn.

»Was hat die Patientin?«, fragte Julia und öffnete den Notfallrucksack.

»Sie leidet schon länger an Dyspnoe, fiebert immer wieder hoch. Aber eine Sauerstoffsättigung unter 90, das ist schon besorgniserregend!«, erklärte die Jüngere.

»Wie geht's Ihnen denn mit der Luft, Frau Katzenschläger?«, fragte Alois und strich der faltigen, alten Dame über die Schulter.

»Ja mei! Sein sollt man halt nimmer!«

»Na, na. Draußen scheint die Sonne und schickt uns strahlende Grüße. Da haben solche Gedanken keinen Platz«, munterte er sie auf.

Die Alte verzog ihr Gesicht zu einer Grimasse.

»Beim Reden hat man nicht den Eindruck, dass sie ernsthaft mit der Luft ringt«, wandte er sich an die Pflegerinnen.

Julia hatte begonnen, die Vitalwerte von Frau Katzenschläger zu ermitteln, hatte ihr die Blutdruckmanschette um den Oberarm gelegt und das Pulsoxymeter aus dem Heim durch das eigene ersetzt. Sie nickte Alois zufrieden zu.

»Wer ist Ihr Hausarzt?«, fragte er.

»Der Dr. Gruber«, las die Ältere aus der Krankenakte vor.

»Gut, dann schauen wir bei ihm vorbei. Der hat mittwochs eh Nachmittags-Ordi«, nickte sich Alois selber zu.

Die Sauerstoffsättigung betrug mittlerweile 98. Die Sanitäter bereiteten alles vor, um Frau Katzenschläger mittels Rollboard möglichst schonend vom Bett auf die Trage zu verbringen.

Frau Angermaier saß wieder in perfekter Körperhaltung am Tisch, der Rücken gerade, der Blick entschlossen. Vor einer guten Stunde war sie beim Empfang aufgetaucht und hatte nach dem Chefinspektor gefragt. Jetzt saß sie ihm in einem freien Vernehmungsraum gegenüber.

»Was können Sie mir berichten?«, forderte er die langjährige Sekretärin auf, nachdem er ihr den gewünschten Tee serviert hatte.

Frau Angermaier nippte an ihrem Tee. »Ich habe heute noch lange nachgedacht. Auch darüber, ob jemand aus dem Lehrerkollegium zu so einer Tat fähig wäre«, wählte sie ihre Worte mit Bedacht.

»Und? Was ist dabei herausgekommen?«

»Ich kann mir beim besten Willen nicht vorstellen, dass es jemand aus unserem Kreis war. Direktor Lemmerer war trotz allem sehr beliebt und hat einen guten Job gemacht.«

Krammer verzog enttäuscht sein Gesicht. War die ergraute Dame dafür zu ihm ins Präsidium gekommen?

»Für wahrscheinlicher halte ich es«, fuhr sie fort, »dass ein ehemaliger Schüler oder eine ehemalige Schülerin dafür verantwortlich sein könnte.«

Krammer richtete sich in seinem Stuhl auf. »Und fallen Ihnen da auch Namen ein oder ist das bloß ein allgemeiner Verdacht?«

»Es ist schwierig, in andere Menschen hineinzublicken. Aber es würden mir schon ein paar Rotzlöffel einfallen, denen ich es zutrauen würde, mit einem Baseballschläger durch die Schule zu ziehen und alles kurz und klein zu schlagen.«

»Sie meinen, es war nur ein Lausbubenstreich und Direktor Lemmerer ist demjenigen nur versehentlich über den Weg gelaufen?«

»Könnte doch sein?«

»Tja. Würde es sich um einen Einzelfall, um eine isoliert betrachtete Mordermittlung handeln, könnte man so eine Situation in Betracht ziehen«, erwischte Krammer sich dabei, ebenfalls geschliffene Sätze zu konstruieren.

»Aber?«

»Aber ich bin davon überzeugt, dass wir den Mord in Zusammenhang mit dem seines besten Freundes Dr. Brunnmeier vor wenigen Tagen setzen müssen. Und dann fällt die Zufallstheorie ins Wasser«, machte der Chefinspektor ein bekümmertes Gesicht.

Frau Angermaier nickte.

»Ich dachte nur …«

»Ja?«, hoffte Krammer auf eine Fortsetzung.

»Ich weiß auch nicht, was ich dachte«, senkte sie den Kopf.

»Da ist doch noch etwas, oder?«, beugte sich der Ermittler nach vorne.

Frau Angermaier trank den Tee aus. Dann zupfte sie ihr Kleid zurecht. »Nein. Sie haben recht. Das war dumm von mir, an einen … wie nannten Sie es … Lausbubenstreich zu denken. Das war schon ein gezielter Angriff gegen seine Person«, wurde sie noch nachdenklicher. »Ich möchte Ihre Zeit nicht länger in Anspruch nehmen.« Sie erhob sich.

Krammer blickte zu ihr auf. Er war überzeugt, dass irgendetwas in ihrem Kopf arbeitete. Die Sekretärin verschwieg wichtige Informationen. Wie konnte er ihr diese entlocken? Er wusste es nicht.

»Nun gut. Sie können mich jederzeit kontaktieren«, stand er ebenfalls auf und hielt ihr die Hand zum Gruß hin.

»Ja, in Ordnung. Guten Tag!«

Alois stellte den Rettungswagen quer vor der Ordination ab und blockierte dabei drei Parkplätze. Er legte seine Sonnenbrille aufs Armaturenbrett und zog den Zündschlüssel ab. Er rümpfte die Nase. Vier Autos standen so dilettantisch da, dass für ihn kein Platz mehr war. Eine Stellfläche, die sogar für Rettungstransporte mittels Bodenmarkierung reserviert war, wurde von einem goldgelben Sportcoupé blockiert.

»Sicher ein Vertreterauto«, murmelte Julia durch das kleine Schiebefenster.

Kopfschüttelnd öffnete Alois seinen Gurt.

»Ich schau mal in die Ordi«, enthielt er sich jeden Kommentars.

Die Ordination war zum Bersten voll. Trotz des sommerlichen Wetters wurde an allen Enden und Ecken gehüstelt und gerotzt.

Alois trat an das Fenster der Ordinationsgehilfin und erzählte, warum sie gekommen waren.

»Es wäre super, wenn der Doktor zu uns rauskommen könnte«, zog Alois ein fragendes Gesicht. Er konnte an Hermis Miene erkennen, dass ihr das gar nicht schmeckte.

»Ist die alte Dame nicht mobil?«, wollte die Ordinationsgehilfin wissen.

»Naja, Tanzkurs wird die Lady keinen mehr besuchen«, rutschte ihm heraus.

Da huschte sogar der als Ordinationsdrachen verschrienen Hermi ein Grinsen übers Gesicht. »Also gut, ich werde schauen, was sich machen lässt.«

Krammer schloss seine Augen und ließ die Stirn auf die kühlen Fliesen sinken, während er sich am Pissoir erleichterte. Für einen kurzen Moment an nichts denken. Kein Druck, bloße Erleichterung.

»Chef, die KTU hat da was«, platzte Holubek herein.

»Im Ernst?«, polterte Krammer und schüttelte die letzten Tropfen ab.

»Sorry, aber ich dachte, dass Sie das interessiert?«, wandte sich Holubek ab. Er hatte Lemmerers Laptop unter dem Arm.

Krammer machte den Reißverschluss zu, wusch sich bedächtig die Hände und folgte schließlich kopfschüttelnd seinem Assistenten zurück zum Arbeitsplatz. Holubek hatte seinen Haferbrei nicht fertiggegessen. Angewidert schob Krammer die Schüssel zur Seite.

»Also, was haben wir?«

»Sie sollten sich das ansehen«, klappte Holubek den Laptop auf und startete das Video.

Das Bild zeigte ein junges Mädchen, dreizehn oder vierzehn Jahre jung. Sie saß in Lemmerers Direktion, wie Krammer am Hintergrund unschwer erkennen konnte. Die Kamera musste irgendwo im Bücherregal hinter dem Direktor versteckt sein.

»Deine Klassenlehrerin hat dich zu mir geschickt, weil du wiederholt unpünktlich zum Unterricht erschienen und dann noch aufmüpfig und frech gewesen bist. Was kannst du zu deiner Verteidigung sagen?«, hörte man Lemmerer sagen.

Das Mädchen war für ihr Alter stark geschminkt und trug Designerklamotten. Krammer fragte sich, wie sie sich das leisten konnte und ob ihre Eltern wussten, wie sich ihre Tochter für die Schule zurechtmachte. Lässig kaute sie an einem Kaugummi und rümpfte gelangweilt die Nase.

»Hast du nichts zu sagen?«

»Ihr steckt sowieso alle unter einer Decke«, bellte sie ihn an.

»Was soll das heißen?«

»Wer glaubt mir schon?«

»Versuch es.«

»Pah!«

Es entstand eine kurze Pause, ehe man den Direktor aufstehen hörte. Er trat von hinten an die Schülerin heran, strich ihr fast beiläufig durchs Haar und legte ihr schließlich die Hände in den Nacken.

»Du weißt, dass ich dich bestrafen muss. Es kann nicht sein, dass jeder tut und lässt, was er will. Es gibt Regeln und die müssen eingehalten werden.«

Er massierte ihren Nacken und ließ seine Linke unter die Bluse rutschen. Man konnte erkennen, wie das Mädchen, das zuvor noch cool und selbstsicher dagesessen hatte, erstarrte.

»Wie du schon sagtest: Wer glaubt dir schon. Keiner wird dir glauben«, hörte man Lemmerer grunzen, ohne sein Gesicht zu sehen.

Die Kamera fing nur das gelähmt dasitzende Mädchen ein. Seine Hand strich ihr sanft über die Brüste, dann über ihr Kinn und das blasse Gesicht. Schließlich ließ er wieder von ihr ab und Lemmerer kehrte offensichtlich wieder auf seinen Platz zurück. Krammer stoppte das Video.

»Gibt es mehr von dem Zeug?«, fragte Krammer und merkte, wie ihm die Stimme versagte. Holubek nickte.

Verdammt, was war dieser Lemmerer für ein Arschloch, was für ein Monster gewesen? Krammer verspürte für einen Moment eine große Lust, den Fall einfach zu den Akten zu legen. Der Täter oder die Täterin hatte der Menschheit einen großen Gefallen getan.

»Die KTU ist bereits auf dem Weg in die Direktion und sucht nach der Kamera«, erklärte Holubek.

»Gut. Wenn die Kamera weg ist, dann haben wir ein handfestes Motiv«, stellte Krammer fest.

»Und wenn nicht?«

»Dann müssen wir der Sache natürlich ebenso nachgehen. Vielleicht sind noch Aufnahmen auf der Kamera, die er noch nicht auf seinen Laptop überspielt hat.«

»Das werden wir bald wissen«, zeigte sich sein Assistent siegessicher.

»Hören Sie«, hatte Krammer schon einen neuen Arbeitsauftrag. »Wir brauchen die Identität aller Opfer«, versuchte er seinen Groll beiseite zu schieben und wieder die nötige Professionalität an den Tag zu legen.

»Wir sind schon dran«, bestätigte Holubek.

»Gut so!«, schnappte sich Krammer seinen Notizblock. »Und durchleuchten Sie diese Angermaier. Ich will alles über Sie wissen. Ob Sie Kinder hat, einen Mann, ob Sie schon mal einen Strafzettel wegen Falschparken ausgefasst hat, und, und, und!«

»Reden wir von dieser Angermaier?«, deutete Holubek auf den leeren Vernehmungsraum, in dem die Sekretärin des Schuldirektors ihre Aussage gemacht hatte.

»Ja, genau. Diese Angermaier«, zog er das Diese in die Länge. »Sie ist nicht ganz koscher. Einerseits sehr auskunftsfreudig und andererseits so unwissend«, verzog er sein Gesicht und wandte sich dem Ausgang zu.

»Was machen Sie, Chef?«

»Ich führe eine Befragung durch«, hielt er sich bedeckt und eilte zum Wagen.

Lachend traten Dr. Gruber und sein Patient aus Behandlungsraum 2. »Dann bis zum nächsten Mal, Andreas!«

Sie schüttelten sich in der Tür noch einmal die Hand, dann verließ dieser Andreas mit seinen mit mächtig viel Gel gestylten Haaren und federnden Schritten die Ordinationsräumlichkeiten.

»Was haben wir noch?«, seufzte Gruber und lehnte sich an den Tresen, hinter dem Schwester Hermi thronte.

»In der 1 wartet Frau Sommer, aber die Rettung verlangt auch nach dir«, zeigte sie mit dem Zeigefinger auf Alois, der wie ein vergessenes Kleidungsstück an der Wand neben der Garderobe lehnte.

Dr. Gruber blickte auf und erkannte Alois.

»Okay. Ich hole nur schnell meine Tasche«, eilte er in Behandlungsraum 2 zurück, um die nötigsten Utensilien bei der Hand zu haben.

»Das ist nicht euer Ernst«, tobte Andreas Obauf, als Alois ins Freie trat. »Ihr könnt mich doch nicht einfach verparken?«

»Aber du Vogel kannst dich auf den für uns reservierten Platz stellen, oder was?«, konterte Alois scharf.

»Was heißt euer Platz?«

Alois zeigte stumm auf das Schild an der Wand. Obauf kletterte in sein tiefer gelegtes Gefährt und murmelte zahlreiche Schimpfwörter vor sich hin.

»Nur weil du eine Uniform anhast, glaubst du, jemand zu sein, Hosenbrunzer!«, war noch das Netteste, was Alois vernehmen konnte.

Er hörte nicht zu, sondern öffnete stattdessen die Schiebetür. »Der Doc kommt gleich«, informierte er Julia und Frau Katzenschläger.

»Mei, der Dr. Gruber, dieser fesche Kerl. Da kriegt man ja gleich einen höheren Blutdruck, wenn der zur Tür reinkommt«, hatte die alte Dame ihren Humor nicht verloren.

Dr. Gruber kam zum gleichen Ergebnis wie die Sanis. Die Vitalwerte der Patientin waren keineswegs beunruhigend. Daher wurde die alte Dame wieder zurück ins Heim gebracht.

Alois ließ sich mächtig Zeit, gurtete sich umständlich an und wartete, bis der neue Auftrag endlich am Terminal aufschlug. Dann erst warf er den Rückwärtsgang ein und reversierte gefühlt ein Dutzend Mal. Die Sensoren piepsten aus allen Rohren. Es machte ihm einen Riesenspaß, dabei zuzusehen, wie der Versicherungsvertreter genervt in den Rückspiegel starrte und darauf wartete, endlich ausparken zu können.

»Wieso bringt ihr sie uns wieder?«, war die Stationsschwester verblüfft und entsetzt zugleich.

»Der Doc und wir sind uns einig. Die Diagnose von Frau Katzenschläger lautet: Kaputtes Puls-Oxy«, hob Alois die Schultern. Anders konnten die ungewöhnlichen Werte im Heim nicht erklärt werden. Die Schwester lief rot an und murmelte Unverständliches. Dann rief sie einer Kollegin, damit diese wieder beim Umlagern half.

»Wie's ausschaut werden Sie hundertzehn!«, scherzte Alois und verabschiedete sich von Frau Katzenschläger.

12

Reifeltshammer und Obauf trafen zeitgleich beim Polizeiposten ein. Sie begrüßten sich mit Handshake und betraten das Gebäude. Der Portier schickte sie in den zweiten Stock, wo sie aufgefordert wurden, Platz zu nehmen. Stumm starrten sie auf die gegenüberliegende Wand, die in einer cremeweißen Farbe getüncht war.

Sie hatten sich nichts zu sagen. Obauf überlegte, seinem ängstlichen Freund einen Maulkorb zu verpassen, wusste aber, dass es keinen Sinn machte, ihm etwas vorzuschreiben. Wahrscheinlich war die Memme ohnehin zu feige, etwas zu erzählen.

Reifeltshammers Herz pochte. Seit er den Anruf erhalten hatte, eine offizielle Aussage bei der Polizei machen zu müssen, schwirrten die unterschiedlichsten Gedanken durch seinen Kopf. War an seinem Verdacht etwas dran oder hatte sein Freund Andreas recht? Würde er nicht alles zerstören, was er sich in seinem Leben aufgebaut hatte, wenn er den Mund aufmachte?

Am Ende des Ganges hing eine Uhr an der Wand, die unerbittlich tickte. Das war Psychoterror pur! Reifeltshammer rutschte unruhig auf dem ungemütlichen Sitz hin und her. Obauf stand auf und holte sich einen Becher Wasser vom Wasserspender schräg gegenüber und blickte verärgert auf seine Uhr. Er hatte Wichtigeres zu tun als hier zu warten und zu schmoren.

Chefinspektor Krammer hatte einige Mühe gehabt, ihr Haus zu finden. Die Einbahnregelung in die verkehrsberuhigte Wohnstraße war von seinem Navi nicht erkannt worden. Endlich parkte er sein Gefährt zwischen zwei alten Buchen und trat an den frisch gestrichenen Gartenzaun. Dahinter hatte sich Frau Angermaier ein kleines Paradies erschaffen. Sie wohnte in einem netten, kleinen Häuschen mit Mansarde. Die Fensterläden waren im selben Dunkelbraun gestrichen wie der Zaun, das Dach mit Biberschwanzziegel eingedeckt.

Krammer öffnete das Gartentürchen und schritt entschlossenen Schrittes durch den Vorgarten zum Haus. Zu beiden Seiten des Gartenweges präsentierte sich ihm ein perfekt getrimmter Rasen, eine bunte Blumenrabatte diente als Abgrenzung. Da ist jemand mit Herz und Sinn für Ästhetik am Werk, dachte Krammer.

»Sie?«, zog Frau Angermaier eine Augenbraue hoch, als sie dem Kriminalisten die Haustür öffnete.

»Ja, ich!«

»Wie kann ich Ihnen helfen?«

»Ich hätte da noch ein paar Fragen«, bemühte er sich, nicht gleich mit der Tür ins Haus zu fallen.

»Kommen Sie doch herein«, ließ sie ihn ein. »Wollen Sie eine Tasse kalten Tee?« Einladend wies sie ihm einen Platz in der Wohnlandschaft zu.

»Das wäre nett.«

Krammer verrührte einen Löffel braunen Rohzucker in seiner Tasse und studierte die ältere Dame, die auch in ihren eigenen vier Wänden einen adretten Eindruck hinterließ. Er stellte sie sich bei der Gartenarbeit vor, wie sie mit perfekter Frisur und sauberen Händen in der Erde wühlte.

»Wie kann ich Ihnen also helfen?«, riss sie ihn aus seinen Gedanken.

»Nun«, wusste er nicht, wie er es angehen sollte. »Wir haben mittlerweile den Laptop des Direktors ausgewertet und darauf eine erhebliche Zahl von Videos gefunden.«

Frau Angermaier zeigte keine Reaktion. Eine tolle Schauspielerin, dachte Krammer.

»Viele davon wurden mit einer Kamera in seinem Arbeitszimmer in der Schule aufgenommen. Meine Kollegen sind gerade auf dem Weg in die Direktion, um diese sicherzustellen.«

»Eine Kamera? Im Büro des Direktors?« Sie wirkte entrüstet. »Sie machen Scherze!«

»Ich bin ein absolut humorloser Mensch«, versuchte Krammer, sich seinen Ärger nicht anmerken zu lassen. »Erst recht, wenn es um die Arbeit geht. Frau Angermaier«, lehnte er sich nach vorne. »Es wäre langsam an der Zeit, das Schmierentheater sein zu lassen und mir die ganze Wahrheit zu sagen.«

»Ich habe keine Ahnung, wovon Sie sprechen!« Sie schüttelte ihren Kopf und trank Tee.

Krammer versuchte, seine Wut mit Tee hinunterzuspülen. Der Zucker gab ihm frische Kraft. »Direktor Lemmerer hat ganz offensichtlich nicht nur weibliche Lehrkräfte, sondern auch, oder soll ich sagen vor allem, Schülerinnen, dreizehn-, vierzehnjährige Mädchen sexuell genötigt. Und jetzt sagen Sie mir nicht, Sie hätten in all den Jahren, die Sie Tür an Tür mit ihm gearbeitet haben, nichts davon mitbekommen«, schlug er mit der flachen Hand auf den Couchtisch.

Frau Angermaier erschrak. Dann stand sie auf und wandte sich der Terrassentür zu, die in den Garten hinausführte. In einem Eck hatte sie eine bunte Insektenwiese angelegt. Es surrte und brummte, was das Zeug hielt.

Krammer merkte, dass es auch in ihrem Innersten brodelte, sie sich noch im Zwiespalt befand. Was würde sie ihm auftischen? War sie endlich bereit, alles preiszugeben, was sie wusste?

»Hören Sie«, begann sie und nahm wieder Platz. »Ich wusste tatsächlich nichts von einer Kamera. Ich bin ja nicht die Putzfrau, die überall mit dem Staubwedel herumwischt.«

»Aber?«

»Aber ich hab mir natürlich schon so meine Gedanken gemacht.«

»Gedanken gemacht?«

»Es ist schon ein paar Mal vorgekommen, dass eine von den rotzfrechen Gören nach dem Besuch beim Direktor ziemlich …

wie soll ich sagen … verändert … aus seinem Büro gekommen ist. Lange Zeit habe ich mir nichts dabei gedacht. Ich hab Direktor Lemmerer bewundert, wie er es geschafft hat, diese zuvor so coolen Mädels, die meinten, niemand könne ihnen etwas anhaben, auf den Boden zurückzuholen. Ich habe mir gedacht: Gut, dass sie jetzt so kleinlaut sind. Vielleicht haben sie ihre Lektion gelernt. Aber ich hätte niemals an so etwas gedacht.«

»Aber?«

»Nichts aber.«

»Kommen Sie. Rücken Sie mit der ganzen Geschichte heraus.«

Sie trank ihre Tasse leer. Krammer nahm auch einen Schluck. Der kalte Tee war bei der Affenhitze wirklich eine Wohltat. Frau Angermaier stellte die Tasse auf den Unterteller.

»Irgendwann hat das Gerücht die Runde gemacht, dass Direktor Lemmerer Grenzen des Anstands überschritten hätte. Ich konnte und ich wollte das nicht glauben, bis zu dem Tag, an dem er die Tür nicht ordentlich geschlossen und ich mitgehört habe, was er mit einer Schülerin gemacht hat.«

»Was haben Sie gehört?«

»Ich kann mich nicht mehr im Detail erinnern. Das liegt mehr als ein Jahr zurück, vielleicht sogar zwei.«

»Versuchen Sie sich zu erinnern!«, forderte Krammer sie auf.

»Puh. Ich weiß nicht.« Sie zögerte und überlegte. »Er hat ihr Komplimente gemacht. Dass sie wunderhübsch und intelligent sei. Dass es dumm von ihr sei, wenn sie sich mit ihrer patzigen Art unbeliebt mache. Und dann habe ich gehört, wie er sagte, dass er sie verwöhnen könnte, wenn sie ein braves Mädchen sei. Und ich habe gehört, wie sie laut aufschrie und dann einen Augenblick später flüchtete.«

Krammer nickte. Das passte genau ins Bild. »Und dann?«

»Dann stand er plötzlich in der Tür. Starrte mich an. Ich wich seinem Blick aus, versuchte, mir nichts anmerken zu lassen. Vielleicht, dachte ich, hätte ich ja auch etwas missverstanden.

Dann hat er irgendetwas von wegen unbelehrbaren, erziehungsresistenten, wohlstandsverweichlichten Ludern gemurmelt und die Tür geschlossen.«

»Hm«, massierte Krammer seine Nasenwurzel und hoffte, dass sie noch mehr erzählen würde. Aber es kam nichts mehr.

»Wie heißt das Mädchen?«, zückte er seinen Notizblock.

»Ich bin ziemlich sicher, dass es sich um das Lackner-Mädchen gehandelt hat.«

»Die vom *Gasthaus zur Linde*?«, horchte Krammer auf.

»Ja, die!«

»Interessant. Und kam es in der Folge zu einer Aussprache? Kam ihr Vater in die Schule?«

»Nein. Das Mädchen war total eingeschüchtert. Die hat das sicher nicht zuhause erzählt.«

»Hm.«

Das war eine ziemlich dünne Suppe, aber ein Anfang. Vielleicht kam es ja auch im Gasthaus zu einem Übergriff, an dem auch Dr. Brunnmeier beteiligt war. Dann hatten sie endlich ein plausibles Motiv.

»War die Leni danach irgendwie anders?«, bohrte Krammer nach.

»Wieso Leni?«

»Sie sagten doch, dass es sich um Lackners Tochter gehandelt habe?«

»Ja, aber die andere.«

»Die andere? Welche andere?«

»Na, die um ein Jahr ältere, die Gitti war das!«

Die Sonne versteckte sich hinter dem Hügel, der sich wie ein Wall um die relativ junge Reihenhaus-Siedlung wickelte. Alois parkte den Wagen auf dem für Feuerwehreinsätze reservierten Platz und zog die Handbremse an.

»Na, dann lass uns mal nach dem Rechten sehen«, sperrte er

den Wagen ab und folgte Julia, die den Notfallrucksack geschultert hatte.

Die Notfallmeldung ließ Herzbeschwerden vermuten. Die Patientin, eine Frau Hayder, war laut Terminal Ende dreißig. Da konnte es auch viele andere Gründe für die angegebenen Symptome geben.

Die Patientin öffnete selbst die Tür und ließ die beiden ein. Sie ging, in einen Schlafrock gehüllt und mit dicken Socken an den Füßen, vor. Ein strenger Geruch schlug den Sanitätern entgegen. Eine Katze huschte Alois zwischen den Beinen durch. Die Tapete an der Wand hing in Fetzen herunter. Sie diente der Katze, nein, den Katzen als Kratzbaum. Alois zählte ein halbes Dutzend Tiere auf dem Weg ins Wohnzimmer.

Der Raum wurde durch ein Regal in einen Wohn- und einen Essbereich geteilt. Hinter dem Raumteiler konnte Alois jemand auf dem Sofa lungern sehen. Im Fernsehen lief ein typisches Männerprogramm. Irgendetwas mit getunten Motoren und gepimpten Karosserien.

Die Patientin setzte sich auf einen der Sessel, die aussahen, als seien sie von der Mülldeponie geholt worden, ohne den Helfern einen Platz anzubieten.

»Mei, mir geht es so schlecht«, begann sie.

»Können Sie das näher beschreiben?«, erwiderte Julia und kniete sich neben ihr hin.

»Mein Herz pocht, ich glaub, ich hab einen Puls von 200. Und es pocht bis in meinen Schädel hoch. Ich hab das Gefühl, dass es mir gleich den Kopf zerreißt.«

»Hm.« Julia holte die Blutdruckmanschette hervor und legte sie der Patientin an.

Alois schnappte sich das Pulsoxymeter und steckte es ihr an den Zeigefinger. Während er darauf wartete, dass das Gerät einen Wert anzeigte, warf er einen Blick in die Runde. Auf zwei Stühlen lagen Katzen. Die Sessel waren wohl genauso neu wie das Haus. Aber auch hier hatten die Haustiere mit ihren scharfen Krallen bereits ganze Arbeit geleistet. Im Eck zur Küche standen zwei halbvolle Futternäpfe am Boden.

Nach wenigen Sekunden wussten Julia und Alois, dass die Vitalwerte der Patientin ideal waren. Blutdruck, Puls und Sauerstoffsättigung im Blut waren perfekt. Ihr Zustand musste wohl psychische Gründe haben.

»Hatten Sie schon mal Probleme mit dem Blutdruck?«, erkundigte sich Alois.

»Ja, ständig. Ich hab das immer wieder, aber noch nie so extrem wie jetzt, nicht, Schatz?«, warf sie einen Blick durch das Regal auf ihren Gatten, der vor dem TV-Gerät zu schlafen schien.

»Mhm«, hörten sie als Antwort.

»Ihre Werte sind okay«, zuckte Julia mit den Schultern. »Sie haben keinen Bluthochdruck. Kann es sein, dass die Symptome psychischer Natur sind?«

»Was wollen Sie mir damit sagen?«, fuhr die Dame hoch. »Haben Sie schon ein EKG geschrieben?«

»Wir sind Sanitäter, keine Ärzte«, versuchte sie Alois zu beruhigen.

»Haben Sie ein EKG mit?«

»Grundsätzlich schon.«

»Dann schreiben Sie ein EKG. Ich bin sicher, dass Sie dann sehen, dass ich nicht simuliere!«

»Es hat ja keiner was von simulieren gesagt«, versuchte sich Julia zu verteidigen.

Die Patientin begann, ihre Bluse aufzuknöpfen. Ein großes, buntes Herz war auf ihre Brust tätowiert.

»Hören Sie«, ließ sich Alois von ihren großen, festen Brüsten nicht beeindrucken. »Wir sind nicht darauf eingeschult, ein EKG zu schreiben oder gar zu lesen.«

»Und jetzt?«

»Wir haben zwei Möglichkeiten«, erklärte Alois. »Entweder

fahren wir ins Krankenhaus und lassen Sie dort durchchecken oder Sie warten, bis Sie wieder einen Arzt erreichen. Der kann ein EKG schreiben und weitere Tests machen.«

»Sie glauben also, ich bilde mir das alles ein«, wurde die Patientin immer aggressiver.

»Es gibt viele Gründe für Herzrasen. Aber noch einmal. Wir sind keine Ärzte. Wir bringen Sie aber gerne ins Spital!«

Ein Mädchen, vielleicht vier oder fünf Jahre alt, tapste zur Tür herein. »Mama, ich hab Hunger. Krieg ich was zu essen?«

»Schatz, mir geht es nicht gut. Frag doch Papa, ob er dir was macht.«

»Okay!«, wuselte sie sogleich weiter.

»Papa? Papa?«, rüttelte sie ihren Vater.

»Siehst du nicht, dass Papa rastet? Ich bin grade von der Arbeit heim und völlig fertig.«

»Aber ich hab Hunger!«, protestierte die Kleine.

»Schon gut«, stand Frau Hayder auf und schloss nur notdürftig ihre Bluse. Sie ließ die beiden Sanis verblüfft stehen und nahm ihre Tochter bei der Hand. »Was willst du denn?«

»Popcorn!«

»Gut, dann mach ich dir Popcorn.« Sie holte eine Packung aus einem der Schränke und ließ sie in der Mikrowelle verschwinden.

»Popcorn gegen Hunger?«, flüsterte Julia, indem sie ihre Lippen bewegte. Alois zuckte mit den Schultern.

Ihr Mann lungerte nach wie vor auf der Couch und verfolgte das Wettrennen zweier Monstertrucks. Alois erinnerte das an ihn selbst, als er sich, von Schuldgefühlen zerfressen, völlig gehen hatte lassen und mit allen nur erdenklichen Mitteln, mit Alkohol, Nikotin und vielen äußeren Eindrücken wie Fernsehen und lauter Musik, versucht hatte, seine Emotionen zu betäuben.

»Können Sie mir nicht irgendwas geben, damit ich wieder runterkomme?«, wollte die Patientin wissen. Sie kratzte mit ihren langen, gefärbten Fingernägeln an einer Kruste in der Ellenbeuge.

»Wie gesagt, wir sind keine Ärzte. Am besten wird es sein, wenn Sie morgen zum Hausarzt gehen«, packte Alois seine Kollegin am Arm und drängte sie Richtung Ausgang.

Frau Hayder verzog ihr Gesicht. Sie blickte an sich hinunter, störte sich aber nicht daran, dass ihre Brüste noch immer in der Auslage hingen. Julia schloss demonstrativ den Reißverschluss ihrer Fleece-Weste.

»Mama, wieso ist Papa immer so müde?«, wollte die Kleine wissen.

»Weil er so viel arbeiten muss.« Sie griff sich an die Schläfe und lehnte sich an die Kredenz, während der Teller in der Mikrowelle seine Runden drehte. »Willst du einen Schluck Cola dazu?«

»Oh, ja!«, kreischte das Mädchen.

Alois schob Julia auf den Gang hinaus. »Auf Wiedersehen und alles Gute!«, rief er betont laut und schloss die Tür.

»Was war das?«, wollte Julia wissen.

Alois zuckte bloß mit den Schultern.

Als Julia wieder im Rettungswagen Platz genommen hatte, entledigte sie sich ihrer Weste.

»Seit wann bist du so prüde?«, fragte er.

»Ich bin nicht prüde, aber die muss uns doch nicht ihre Titten zeigen. Was wollte sie uns damit sagen?«

»Vielleicht war der Plan, uns zwei für eine Sexorgie mit Partnertausch und allem Drum und Dran zu gewinnen?«, mutmaßte Alois.

»Aber sicher doch!«

»Soll ich nochmal läuten?«, meinte Alois ironisch.

»Und die Tochter filmt alles mit der Videokamera, oder was?«, lachte Julia. »Komm, lass uns fahren, ehe etwas Schreckliches passiert!«

»Schlimm ist, dass mein Puls kein bisschen in die Höhe ist«, schüttelte er den Kopf. »So weit ist es mit mir schon gekommen.«

»Fandest du die Alte etwa heiß?«

»Eben nicht. Aber wenn ich sie in einer Bar getroffen und sie ihre Brüste vor mir entblößt hätte, hätte ich sie sicher nicht verjagt.«

»Mann, bist du notgeil.«

»Da redet grade die Richtige«, bog er zur Tankstelle ab. »Wir tanken und machen Schluss für heute.« Vorher galt es aber noch eine Dreiviertelstunde zittern, in der ihnen der Pager einen Strich durch die Rechnung machen konnte.

Krammer stürmte in sein Büro. Der Puls war erhöht und das Adrenalin ließ sein Herz pochen. Er spürte, dass sie endlich einen Durchbruch in den Ermittlungen geschafft hatten. Mit dem Namen Brigitte Lackner hatte er auch das Bindeglied zwischen den beiden Fällen gefunden.

»Wir brauchen einen Durchsuchungsbeschluss für das *Gasthaus zur Linde*«, forderte er Holubek auf.

»Okay, Chef, aber …«

»Und dann brauche ich alles, was es über die Familie Lackner zu wissen gilt. Wie ist die Frau gestorben? Hat Hans Lackner Schulden? Gibt es eine Strafakte oder eine Strafanzeige?«, konnte es Krammer gar nicht schnell genug gehen. Sie mussten jetzt endlich Nägel mit Köpfen machen.

»Wird erledigt, Chef, aber …«

»Und dann muss ich wissen, ob Lackner in den Akten von Brunnmeier auftaucht. Also jetzt abgesehen davon, dass er dort Stammgast war.«

»Ja, Chef …«

»Was?«

»Was machen wir mit Reifeltshammer und Obauf?«

»Wieso?«

»Die warten seit geschlagenen zwei Stunden im Gang.«

»Stimmt«, griff sich Krammer an die Stirn. Er blickte auf seine Armbanduhr. Eigentlich sollte er seit einer halben Stunde zuhause sein. Seine Frau hatte Karten fürs Kabarett gekauft. Dabei war sein Job Kabarett genug.

»Ich kann beim besten Willen nicht …«

»Kein Problem. Ich mach das!«, nickte Holubek wissend und kramte eine Karotte aus einem Plastikbeutel hervor.

»Danke«, verabschiedete sich der Chefinspektor. Deine Gelassenheit möchte ich haben, dachte er noch, als er davoneilte.

Als Holubek die beiden Männer nach Hause entließ, war es draußen bereits dunkel. Er fuhr den Computer herunter und seufzte. Die Befragung hätte er sich sparen können, Reifeltshammer und Obauf waren einsilbig und distanziert gewesen. Keiner der beiden wollte oder konnte ein Motiv für die Morde an ihren Freunden erkennen.

13

Die Bar erinnerte an die guten alten Zeiten des letzten Jahrtausends. Die alten Vorhänge, alten Tapeten und alten Möbel kannte Andreas Obauf, seit er ein Jugendlicher war und er in diesem stinkenden und stickigen Loch seine ersten Erfahrungen des Erwachsenwerdens gemacht hatte.

Obauf starrte in den in sich zusammenfallenden Schaum seines Biers. Ja, sogar das trübe Bierglas schien dreißig Jahre alt zu sein. Er erinnerte sich an einen kalten Dezember-Abend kurz vor Weihnachten. Sie saßen wie immer zu viert an diesem Tisch unter der Treppe ins obere Stockwerk, wo die Billardtische standen.

Die Bude war so verqualmt, dass man kaum den einen Meter entfernt sitzenden Freund erkennen konnte. Der Rauch kratzte in den Augen und brachte sie zum Tränen. Am nächsten Morgen würde er kaum ein Wort herausbringen, weil die Stimmbänder einerseits vom beißenden Rauch und andererseits vom Schreien, mit dem man die laute Barmusik zu übertönen versuchte, so angeschlagen sein würden.

Die Tür ging auf und die *Lange Eva* trat ein. Sie war eine Berühmtheit in der Stadt.

Man hörte hinter vorgehaltener Hand, dass sie die einzige Nutte der Stadt war. Üblicherweise setzten sich die Männer, die Bock auf diese Art der Unterhaltung hatten, in den Wagen und fuhren nach Linz, wo es an jeder Straßenecke Auswahl an Prostituierten gab. Aber hier in der Provinz, da gab es bloß die *Lange Eva*.

Sie stöckelte mit wackeligen Beinen zur Bar und bestellte einen billigen Fusel. Das Geschäft lief schlecht, gerade jetzt vor Weihnachten. Da war es draußen kalt und die potenziellen Freier mussten zuhause den Christbaum aufputzen.

»Wie alt wird die sein?«, fragte Sigmar.

»Sie schaut aus wie sechsundsechzig«, murmelte Leo. Er zeichnete zwei Ziffern in die Luft, um sicherzugehen, dass die anderen ihn verstanden.

»Ich glaube, dass die höchstens vierzig ist«, wippte Andreas seinen Kopf nach rechts und links.

»Fragt sie halt, wenn ihr so neugierig seid«, versuchte es Raffael in seiner typisch analytischen Art.

»Ja, geh hin und frag sie«, forderte Leo seinen besten Freund auf. Sigmar war der Anführer, der coolste von ihnen.

»So wichtig ist das auch nicht. Sie schaut schrecklich aus. Richtig abgefuckt!«

Damit traf er voll ins Schwarze. Ihre Kleider waren zerschlissen, ihre Schminke verschmiert und mit ihren geschätzten fünfundvierzig Kilo Körpergewicht wirkte die etwa einen Meter siebzig lange Eva wie ein Zombie.

Die *Lange Eva* kippte den Drink auf ex hinunter und drehte sich um. Sie hakte ihre knochigen Ellbogen am Tresen ein und ließ ihren durchdringenden Blick durch die Bar schweifen. Abrupt wandten die vier Jungs ihre Blicke von ihr ab und nahmen einen Schluck vom Bier, das eigentlich nicht schmeckte, weil es lauwarm und abgestanden war. Aber mehr als zwei Gläser wollten oder konnten sie sich nicht leisten und die Nacht war noch jung.

»Na, ihr Hübschen? Noch nie eine Frau mit Arsch und Titten gesehen?«, hatte sich die *Lange Eva* von der Theke abgestoßen und war mit wenigen schnellen Schritten an ihren Tisch getreten. Bei ihren Worten griff sie sich aufreizend an die besagten Körperteile.

»Sicher. Und jüngere und schönere«, grinste Sigmar sie an.

Sie hob eine Augenbraue. »Dann hoffe ich, dass dir diese jungen, hübschen Dinger auch einen runterholen, wenn dir danach ist«, sah sie ihn herausfordernd an.

»Jederzeit«, war Sigmar um keine Antwort verlegen.

»Schön für dich. Und wie sieht's bei den anderen aus?«

Andreas Obauf merkte, wie er einen Steifen bekam. Die Wahrheit war, dass sie noch nie eine nackte Frau gesehen hatten, von Mutter mal abgesehen, und sie allesamt noch völlig unerfahren und Jungfrau waren.

»Was würde mich der Spaß kosten?«, fragte er und wunderte sich im selben Moment, dass er wirklich gefragt hatte.

Die *Lange Eva* zog die Nase hoch und wischte sich mit dem Handrücken quer durchs Gesicht. »Für dich dreihundert Schilling, junger Mann!«

Alle starrten Andreas an. Die Nutte stand so nah am Tisch, dass er die Löcher in der Strumpfhose sehen und ihr billiges, intensives Parfum riechen konnte. Seine Freunde sahen ihn herausfordernd an. Jetzt konnte er nicht mehr zurück. Um Zeit zu gewinnen, holte er sein Portemonnaie hervor und sah, dass er drei Fünfziger, drei Zwanziger und einige Zehner mit sich trug. Er wollte schon mit trauriger Miene kundtun, dass er nicht so viel Geld dabeihatte.

»Wir zahlen zusammen«, stieß ihm Leo in die Rippen. »Oder?« Alle nickten.

Leo holte einen Fünfziger heraus und legte ihn vor seinem Freund auf die Tischplatte. Sigmar folgte seinem Beispiel aufs Wort. Beide blickten Raffael, den Sparfuchs unter ihnen, an. Mit einem Nasenrümpfen zauberte auch er einen Fünfzig-Schilling-Schein aus seinem bunten Geldtäschchen und legte ihn dazu.

»Dreihundert also«, stammelte Andreas und legte seinen Anteil auf den Tisch. »Und wie soll das jetzt ablaufen?«

Die *Lange Eva* fingerte nach dem Geld und ließ es in einer Tasche ihres ledernen Minirocks verschwinden. »Gleich hier am Männerklo!«, zog sie ihn hoch und schleppte ihn davon.

Die drei Freunde lachten frivol. Andreas wusste nicht, wie ihm geschah. Sie marschierte mit ihm aufs Männerklo.

»Einen Zehner musst du noch für das Blausiegel hinlegen, zeigte sie auf den verbeulten Automaten in der Ecke, der auch schon bessere Zeiten gesehen hatte. Unsicher starrte Andreas auf das blecherne Teil.

»Oder soll ich dir einen blasen?«, griff sie ihm in den Schritt. Andreas Obauf stand wie angewurzelt da. Nichts mehr war von dem coolen Burschen zu erkennen.

»Gut, dann wollen wir es so machen«, zog sie ihn in die erstbeste Kabine, verschloss die Tür und drückte ihn gegen die Kabinenwand. Eher er es sich versah, kniete sie vor ihm und zog ihm die Hose zu den Knöcheln hinunter. Noch bevor sie richtig angefangen hatte, konnte sich Andreas nicht mehr halten.

»Na, das war aber ein kurzes Vergnügen«, grunzte sie wie Sandra Bullock in Miss Undercover.

Die Prostituierte nahm einige Tücher von der Klopapierrolle, wischte dem versteinerten Jungen den Penis sauber und zog ihm die Hose wieder hoch.

»Also doch das erste Mal«, grinste sie ihn mit ihren faulenden Zähnen an und drückte ihm einen Kuss auf die Wange.

Langsam erwachte Andreas aus seiner Schockstarre. Er zog sich die Kleider zurecht und schloss den Gürtel seiner Hose. Die *Lange Eva* hatte sich in der Zwischenzeit an die gegenüberliegende Kabinenwand gelehnt und eine Zigarette angezündet. Der Rauch stieg ihr aus Mund und Nase. Sie grinste noch immer schelmisch.

Andreas erkannte, dass sie viel jünger war, als sie vermutet hatten. Das grässlich geschminkte Gesicht, die schlechten Zähne und das knochige Skelett erinnerten ihn an seine Urgroßmutter. Aber die zierlichen Finger, die kleinen, festen Brüste und die gekräuselten Ohrläppchen verrieten, dass sie höchstens dreißig Jahre alt war.

»Können wir noch ein paar Minuten warten, bevor wir zurückgehen?«, fragte er kleinlaut. Wenn er nach nur zwei Minuten mit ihr auf der Toilette wieder zu den anderen stoßen würde, dann würde ihm später keiner seine abenteuerlichen Geschichten glauben, die er sich in den nächsten Sekunden ausdenken wollte.

»Ist gut. Eine Zigarettenlänge«, hielt sie ihm den Glimmstängel hin. Er lehnte kopfschüttelnd ab. »Dann hab ich aber auch eine Bitte«, sah sie ihn fragend an. Obauf schwieg. »Erzähl deinen Jungs keine Schauermärchen, wie du mich von hinten gefickt und zur Ekstase gebracht hast. Okay?«

»Okay!«, nickte Andreas.

So war das damals gewesen, erinnerte sich Obauf und nippte an seinem Soda-Zitrone. Insofern hatte sich schon einiges geändert, dachte er, während er auf die hölzerne WC-Tür starrte, deren Furnier schon an etlichen Stellen abblätterte.

Die Bar war, so wie alle in diesem Land, mittlerweile rauchfrei, die Musik, zumindest jetzt um zwei Uhr Früh, gedämpfter und die Bardame, die alle paar Minuten mit einem Schwammtuch über den Tresen wischte, erweckte den Eindruck, dass man Wert auf Sauberkeit legte.

Er selbst hatte sich nicht verändert, musste er sich in diesem Moment eingestehen. Er war genauso verunsichert und ängstlich wie damals, während er noch immer versuchte, den coolen Macker zu spielen.

Apropos cooler Macker: Die Tür wurde geöffnet und ein unrasierter Kerl in dunkelgrauem Anzug und weißem T-Shirt darunter trat ein. Seine spitzen Halbschuhe erweckten den Eindruck, dass er auf Cowboys und den Wilden Westen stünde. Unter dem linken Auge machte sich eine hässliche Narbe breit, wie Obauf bemerkte, als der Typ an ihm vorbeilatschte, ohne ihn eines Blickes zu würdigen.

Das musste der Kerl sein, den ihm ein Kumpel empfohlen und den Kontakt hergestellt hatte. Ben, wie er von der Bardame genannt wurde, bestellte ein Bier und trank das Glas auf einen Schluck fast leer. Dann holte er eine Tabakdose heraus und bastelte ein Snus unter seine Oberlippe.

»Mach mir noch eins«, deutete er auf sein Glas, wandte sich um, nickte Obauf kurz zu und verschwand auf der Toilette.

Andreas Obauf blickte auf die Tischplatte vor ihm. Er sah die alten Schillingscheine vor sich liegen und die löchrige Netzstrumpfhose. Dann quälte er sich von der harten Bank hoch und steuerte mit weichen Knien auf die Toilette zu. Der Kondomautomat war irgendwann in den letzten dreißig Jahren ausgetauscht worden, wie er auf den ersten Blick erkennen konnte. Die Pinkelrinne war einzelnen Pissoirs gewichen und eine Liste an der Innenseite der Tür sollte darauf hinweisen, dass die Toilette regelmäßig gereinigt wurde.

»Hast du das Geld?«, riss ihn der Cowboy aus seinen Gedanken.

»Tausend Euro!«, ließ Obauf die Scheine zwischen Zeigefinger und Mittelfinger gleiten.

»Gut!«, fischte der Fremde ein Paket aus der Innentasche seines Sakkos. Es war eine in ein Stofftaschentuch eingewickelte Glock mit Patronen Kaliber 9 mm. »Seriennummer ist herausgefeilt, also nicht nachvollziehbar.«

»Und das Ding funktioniert, wenn ich sie brauchen sollte?«

»Wie geschmiert!«

»Okay.«

Die ganze Aktion hatte keine zwei Minuten gedauert. Andreas Obauf, der Versicherungsvertreter, wollte auf Nummer sicher gehen. Mit einem zufriedenen Lächeln auf den Lippen trat er an die Bar, bezahlte sein Soda-Zitrone und verließ das Lokal. Jetzt konnte ihn nichts und niemand überraschen.

Alois war sich nicht sicher, ob die neuen Mitarbeiter immer jünger oder er immer älter wurde. Ein paar Jahre noch, dann konnten die frisch gebackenen Zivildiener und die jungen Mädchen, die ein Freiwilliges Soziales Jahr absolvierten, seine Enkelkinder sein.

An diesem Morgen nahm er mit einiger Überraschung zur Kenntnis, dass man ihn erstmals mit der neuen FSJ, wie Natascha allgemein auf der Dienststelle genannt wurde, eingeteilt hatte. Das junge Mädchen war erst vor wenigen Wochen neunzehn Jahre alt geworden.

Natascha hockte im Rettungswagen und zählte die Ampullen, so wie man es in der Ausbildung lernte. Alois klopfte aufs Autodach. »Guten Morgen!«

»Ah, guten Morgen!«

»Wir haben heute das Vergnügen«, versuchte Alois das Eis zu brechen. Was ging dem jungen Ding wohl durch den Kopf, wenn er ihn, den versoffenen, heruntergekommenen Alten sah?

»Du kannst mich ja auf einen Kaffee einladen, dann hab ich auch was von dem Vergnügen«, bestätigte sie die Gerüchte, wonach sie ein hübsches, nettes, aber freches, kleines Biest war.

»Kaffee? Lässt sich machen. Sonst noch was?«

»Ein Schoko-Croissant, wenn du schon so fragst«, grinste sie ihn herausfordernd an.

»Das musst du dir selbst in der Konditorei besorgen«, bedauerte Alois. »Eigentlich wäre es dein Job gewesen, dich bei unserem ersten gemeinsamen Dienst mit einer selbstgemachten Mehlspeise einzuschleimen«, konterte er.

»Da wärst du nicht glücklich geworden. Aber vielleicht kann ich meine Oma ja mal überreden, eine doppelte Masse zu machen. Dann fällt sogar was für dich ab.«

»Das klingt vernünftig. Passt beim Wagen alles?«

»Ja, voll!«

»Gut, dann melde ich uns einsatzbereit.« Dann ging es ab in den Bereitschaftsraum.

»Um dich gleich darauf einstellen zu können«, stellte Alois den Kaffee vor ihr auf den Tisch. »Wenn du mit mir Dienst hast, dann gehen wir die Sache etwas ruhiger an.«

»Wie meinst du das?«

»Ich brauche keine Action mehr. Aus dem Alter bin ich raus. Ein paar Krankentransporte, eventuell eine Synkope oder so. Aber das ist auch schon das Höchste der Gefühle!«

»Und das weißt du, weil …?«

»Höhere Kräfte!«

»Aha!«, grinste Natascha.

»Ich hoffe, du verstehst, was ich meine.«

»Ja, voll!«

Alois nahm mit seinem Espresso neben der jungen Sanitäterin Platz. Sie hatte ihr Handy in den Fingern und tippte darauf herum. Warum wunderte ihn das? Das kannte er ja schon von Julia. Er öffnete den Mund und wollte eine spitze Bemerkung über die Jugend und ihre Handysucht ablassen, als die Pager einsatzmäßig anschlugen.

»Das nennst du ruhig angehen?«, sah Natascha ihren erfahrenen Kollegen an.

Alois zuckte mit den Schultern und trank seinen Kaffee aus. Am Terminal stand die Einsatzdiagnose *VU schwer*.

Das konnte ja lieb werden, dachte Alois.

Er hasste es, wenn das Blut spritzte und sie anschließend den Rettungswagen einer Grunddesinfektion unterziehen mussten.

Mit quietschenden Reifen jagte er den Wagen aus dem Hof. Natascha hatte Mühe, sich in ihrem Sitz zu halten. Der Einsatzort befand sich vor einer Schule. Volks- und Hauptschule in einem Gebäude mit zwei Eingängen. Wenn es das war, was Alois befürchtete, dann war ein Schüler oder eine Schülerin angefahren worden. Das war quasi der worst case.

Vier Fahrzeuge kamen aus dem dämmrigen Wald auf die Lichtung vor dem *Gasthaus zur Linde* und rasten ohne Rücksicht auf die Schlaglöcher, die den geschotterten Vorplatz säumten, auf den Eingang zu. Zwei Kleinbusse der Kriminaltechnik, ein Streifenwagen und der Dienstwagen von Chefinspektor Krammer parkten sich ein und hinterließen eine dichte Staubwolke. Das Wirtshaus glich Dornröschens Schloss, finster, leise und von Efeu bewachsen lag es vor den Polizisten. Einer der uniformierten Beamten ging forschen Schrittes auf die Eingangstür zu und hämmerte mit der Faust dagegen. Krammer hingegen wich ein paar Meter zurück, um besser erkennen zu können, ob in einem der oberen Fenster ein Licht brannte.

Die Kollegen der Kriminaltechnik begannen, ihr Werkzeug aus dem Wagen zu hieven. Es dauerte einige Zeit, ehe im oberen Stockwerk Licht anging.

»Was soll der Lärm?«, brummte Hans Lackner.

»Herr Lackner. Wir haben einen Durchsuchungsbeschluss«, hielt ihm Holubek einen Wisch entgegen.

»Was soll der Unsinn?«

»Herr Lackner. Öffnen Sie die Tür. Dann reden wir in aller Ruhe darüber«, ging Krammer dazwischen.

»Geben Sie mir zwei Minuten«, deutete er auf seine nackte Brust.

»In Ordnung!«

Krammer bedeutete den Uniformierten, das Haus zu umrunden und sicherzustellen, dass die Familie nicht durch einen Hintereingang flüchtete. Man wusste ja nie.

Es dauerte fast fünf Minuten, ehe Lackner die Wirtshaustür öffnete. Ohne lange zu fackeln marschierte Thürridl mit seinem Hartschalenkoffer am verdutzten Wirt vorbei, seine Mitarbeiter folgten auf dem Fuße.

»Was soll das Ganze?«

»Herr Lackner, lassen Sie uns drinnen weiterreden«, drängte Krammer den Wirt ins Innere und setzte sich an die Bar. »Haben Sie ein Glas Wasser für mich?«

»Hm«, kam von Lackner. Er stellte zwei Gläser und zwei Flaschen Mineralwasser auf den Tresen und lehnte sich mit verschränkten Armen an die Schränke hinter ihm. »Also?«

»Herr Lackner. Unsere Recherchen haben ergeben, dass Brunnmeier und Co nicht nur Stammgäste bei Ihnen waren, sondern dass Sie die vier Herren auch privat gut kennen.«

»Ja, und?«

»Dr. Brunnmeier hat nach dem Tod Ihrer Gattin die Verlassenschaft geregelt«, begann Holubek.

»Das ist korrekt!«

»Und bei der Bank haben Sie einen Kredit laufen, den Filialdirektor Reifeltshammer betreut.«

Lackner nickte.

»Und bei Herrn Obauf haben Sie eins, zwei, drei, vier Versicherungen abgeschlossen«, zählte Holubek auf.

»Auch das ist korrekt. Das ist doch normal, dass man solche Geschäfte bei seinen Freunden macht, die man kennt und denen man vertraut. Oder etwa nicht?«, sah er den Chefinspektor an, als würde er sich von diesem so etwas wie Schützenhilfe erhoffen.

»Herr Lackner. Ihre Töchter haben die Schule besucht, an der Leo Lemmerer Direktor ist«, ergänzte Krammer.

»Da blieb nicht viel Auswahl. Es ist die Schule, in dessen Schulsprengel wir wohnen. Was soll das alles?«

»Wir müssen jeder Spur nachgehen.«

»Und weiter?«

»Es sieht so aus, dass Sie und Ihre Töchter beide Opfer gekannt haben, dass der erste Mord direkt vor Ihrer Haustür passiert ist, dass die Leiche von hier fortgeschafft wurde, so als wollte man von Ihrem Parkplatz als Tatort ablenken, und dass Sie für den ersten Mord kein Alibi haben. Alles Weitere werden wir bei einer Befragung auf dem Polizeiposten klären.«

»Werden meine Mädchen und ich verhaftet?«

»Nein, ich habe bloß von einer Befragung gesprochen. Dann sehen wir weiter.«

»Also brauchen wir einen Anwalt?«

»Nur, wenn Sie etwas angestellt haben.«

Holubek trank ein Glas Mineral. »Würden Sie bitte Ihre Töchter wecken?«

»So ein Humbug«, schüttelte Hans Lackner den Kopf. »Ich glaub das alles nicht!«

Dann polterte er die Treppe hoch und weckte Gitti und Leni.

»Jedes Messer und jedes Gerät, das als Schlagstock in Frage kommt, muss unter die Lupe genommen werden«, betonte Krammer gegenüber seinen Kriminaltechnikern.

»Wir sind keine Anfänger«, murmelte Thürridl.

»Sorry, ich weiß!«

»Weißt du, was man erfinden müsste?«, fragte Alois. Er saß, eine Zigarette im Mundwinkel, am Trittbrett und paffte kleine Rauchwölkchen in die Luft. Zuvor hatten sie alles gereinigt und sogar den Fußboden mit einem feuchten Lappen aufgewischt. Seine Finger fühlten sich an wie Schwimmhäute.

»Nein, was denn?«, gab Natascha das Stichwort, damit er fortfahren konnte.

»Einen Schulbus!«

»Ha?«

»So ein großes Ding, mit dem sie Runden drehen und die Kinder zuhause einsammeln und dann geschlossen vor der Schule abladen«, erklärte er ihr.

Natascha verstand seinen sarkastischen Unterton nicht und runzelte daher die Stirn. Alois war allerdings nicht in der Stimmung, seinen Scherz zu erklären. Aber er wusste, dass dieser Unfall zu vermeiden gewesen wäre, wenn nicht so viele Kinder mit dem Elterntaxi zur Schule gebracht würden.

Der Unfall hatte sich direkt vor der besagten Schule zugetragen. Ein neunjähriger Junge lag blutüberströmt am Straßenrand, eine große Menschenmenge hatte sich rund um den Notfallort gebildet, aber niemand leistete dem armen Jungen Erste Hilfe.

Eine Dame mittleren Alters lief hysterisch schreiend auf und ab. Wie sich schnell herausstellte, hatte sie den Jungen beim Zurücksetzen übersehen und angefahren.

Natascha und Alois hatten den Jungen möglichst flott im Rettungswagen auf der Vacuummatratze ruhiggestellt und begonnen, die Blutungen zu stillen und die Atmung sicherzustellen. Der schwerverletzte Schüler war schließlich nach der Erstversorgung mit dem Notarzthubschrauber ins Krankenhaus geflogen worden. Er schwebte in Lebensgefahr. Seine Schultasche war flach wie ein Tablet.

Alois dämpfte die Zigarette am Fliesenboden aus und schippte den Stummel ins Freie.

»Ich trink jetzt einen Kaffee«, stand er auf und putzte sich den Hosenboden ab.

»Ja, voll!«, nickte Natascha und folgte ihm in den Aufenthaltsraum.

14

»Fürs Protokoll. Ihr Name ist Brigitte Lackner?«

Das spindeldürre, blasse Mädchen nickte unmerklich.

»Bitte sprechen Sie laut, damit wir es auf Tonband haben«, tippte Holubek auf das Schwanenhalsmikro.

»Ja«, zirpte sie.

»Gut. Okay. Äh. Darf ich du sagen?«, wirkte Holubek unsicher. Sein Chef hatte ihm aufmunternd die Gesprächsleitung übertragen.

»Ja«, kam wieder als Antwort.

»Okay. Also. Beginnen wir am Freitagabend letzter Woche. Wo warst du da?«

»Zuhause?«, hörte sich die Antwort wie eine Frage an.

»Im *Gasthaus zur Linde*?«

»Nicht im Gasthaus. In meinem Zimmer.«

»Also einen Stock drüber sozusagen.«

Sie nickte.

»Vernehmung Johann Lackner«, hielt sich Krammer ganz nah an das Mikrofon.

»Weswegen sind wir hier?«, wunderte sich Hans Lackner.

»Herr Lackner. Wie Sie bereits wissen, wurde der erste Mord direkt vor Ihrer Haustüre begangen.«

»Das ist mir bekannt. Ja.«

»In einer ersten Befragung haben Sie gemeint, nichts gehört und nichts gesehen zu haben.«

»Das ist korrekt. Ich habe geschlafen.«

»Nun. Was Sie uns nicht gesagt haben, ist, dass neben Ihnen und Ihrer jüngeren Tochter Leni, die in der Gaststube stand und auch nichts gehört und gesehen haben will, auch noch Ihre ältere Tochter Brigitte anwesend war«, sah Krammer den Befragten mit angehobener Augenbraue an.

»Ja, und? Ich hab Ihnen nichts verschwiegen. Sie haben nicht danach gefragt. Was tut das zur Sache?«

»Was macht Ihre Tochter?«

»Wie meinen Sie das?«

»Geht sie noch zur Schule, geht sie arbeiten?«

»Sie ist … sie geht grundsätzlich noch zur Schule… aber … sie ist krankgeschrieben«, senkte Lackner den Kopf.

»Wie lange schon?«

»Ein gutes Jahr.«

»Wieso? Was ist mit ihr?«

»Das geht Sie nichts an!«, hatte sich Lackner in seinem Stuhl aufgerichtet und sah Krammer angriffslustig an.

»Hören Sie, bei Mord geht mich alles etwas an!«, hielt der Chefermittler stand. »Also?«

»Du weißt, dass in dieser Nacht ein Mann vor eurem Haus am Parkplatz ermordet wurde?«

Brigitte Lackner senkte den Kopf und hauchte ein kaum vernehmbares Ja durch ihre Lippen.

»Du musst lauter sprechen!«

Sie blickte auf. Die Videokamera im Eck blinkte rot. »Ja.«

»Wo warst du zu diesem Zeitpunkt?«

»Im Bett. Ich habe geschlafen.«

»Die ganze Nacht? Du bist nie aufgewacht? Du bist nicht etwa aufgestanden und ans Fenster, weil du einen Schlag, einen Schrei oder das Aufheulen mehrerer Motoren gehört hast?«

»Nein.«

Holubek wartete, ob da noch mehr kam.

»Ich nehme Medikamente«, murmelte sie. »Dann schlafe ich bis in die Morgenstunden.«

»Hm.« Holubek seufzte. Er brachte nichts Ergiebiges aus dem Mädchen heraus. »Hast du Dr. Brunnmeier gekannt?«

Sie nickte wieder. »Ja.«

»Woher? Wann hast du ihn zuletzt gesehen?«

»Er ist fast jeden Freitagabend zu uns ins Wirtshaus gekommen«, gab sie zu Protokoll.

»Und du warst auch immer in der Gaststube?«

»Schon länger nicht«, flüsterte sie. Sie holte ein Taschentuch hervor und tupfte sich die feuchte Nase ab.

Ich muss dir wirklich alles aus der Nase ziehen, dachte Holubek und blätterte in seiner Mappe.

»Wann war also deine letzte Begegnung mit Dr. Sigmar Brunnmeier?«

»Weiß nicht?«

»Ungefähr? Letzten Freitag? Letzten Monat? Letztes Jahr?«

»Letztes Jahr.«

»Und seither hast du ihn nicht gesehen, nicht gesprochen?«

»Nein.«

»Was ist passiert beim letzten Aufeinandertreffen?«

»Was soll passiert sein?«

»Das frag ich dich!«

»Nichts.«

»Ist es nicht so, dass es zu einem sexuellen Übergriff gekommen ist und du es ihm jetzt heimgezahlt hast?«, sah er sie erwartungsvoll an.

Brigitte Lackner zeigte keine Regung. Also holte er ein Foto des ersten Opfers hervor.

»Elf Mal hast du zugestochen. Immer und immer wieder. Die ganze Wut, die ganze aufgestaute Wut musste raus!«

Sie sah kurz auf das Foto mit dem blutüberströmten Anwalt, dann blickte sie den Ermittler an und schüttelte den Kopf.

»Wieso sagen Sie so etwas?«

»War es nicht so?«

»Nein.«

Holubek packte das Foto wieder weg und seufzte.

»Ich möchte jetzt ganz genau, minutiös, wissen, was am Freitagabend passiert ist«, klatschte Krammer auf die Tischplatte.

»Was meinen Sie?«

Leni sah ihn verwirrt an.

»Wann sind die letzten Gäste heimgegangen? Was ist in der Zeit, in der du mit den vier Promis allein warst, passiert? Was ist draußen vor dem Haus gelaufen?«

»Nichts!«

»Wie nichts?«

»Es ist nichts passiert. Die Tür war bereits abgeschlossen. Die vier Herren haben bezahlt, dann habe ich die Tür aufgesperrt, sie hinausgelassen und hinter ihnen wieder zugesperrt. Dann hab ich das Licht in der Gaststube abgedreht und bin in mein Zimmer hinauf.«

»Was hast du gehört, nachdem du die Wirtshaustür abgesperrt hattest?«

»Gar nichts!«

»Kein Aufheulen eines Motors? Kein Hundekläffen?«

»Ja, gut. Ich hab gehört, wie die in ihre Autos gestiegen und die Motoren gestartet haben«, zuckte Leni mit den Schultern.

»Wie viele Motoren?«

»Weiß ich nicht. Ich zähl doch nicht mit, wie oft ein Motor aufheult«, schüttelte sie verständnislos den Kopf.

»Und weiter?«

»Nichts weiter. Verdammt, was wollen Sie hören? Es war nichts und ich weiß nichts!«

Krammer sprang auf. Es war zum Haare Raufen.

»Lassen Sie meine Mädchen in Ruhe«, versuchte Lackner ruhig zu bleiben. »Die hatten es nicht leicht. Wir haben uns zu wenig Zeit für die beiden genommen. Sind nie mit ihnen raus, haben nie Urlaub gemacht, weil wir immer im Wirtshaus gestanden sind. Dann der frühe Tod meiner Frau … die Mädchen haben hautnah miterlebt, wie sie ganz langsam, nach und nach verfallen ist …«

»Das muss schwer gewesen sein«, versuchte sich Krammer einzufühlen.

»Hm.«

»Auch für Sie. Als Alleinerzieher …«

»Machen Sie jetzt auf Kumpel, auf good guy?«, blickte sich Lackner um. »Wo ist der bad guy?«

»Das hier ist kein Hollywood-Film. Das ist das richtige Leben und ich versuche, zwei bestialische Morde aufzuklären«, empörte sich Krammer.

»Dann gehen Sie raus und suchen den Mörder, anstatt eine arme, unbescholtene Familie unter Generalverdacht zu stellen«, wurde Lackner lauter.

»Ich stelle nur Fragen und ich hätte gerne Antworten. Bis jetzt kommt immer nur: Ich habe nichts gesehen, ich habe nichts gehört, ich habe nichts gewusst«, lehnte sich Krammer zurück und wartete auf eine Reaktion. Die beiden Männer schwiegen einander an.

Holubek suchte ein Foto des ermordeten Schuldirektors hervor und drapierte es vor Brigitte auf dem Tisch.

»Probieren wir es mit Direktor Lemmerer«, schob er das Bild langsam über den Tisch. »Wann hast du den Direktor zum letzten Mal gesehen?«

Brigitte Lackner sah nicht hin. Sie musste sich aufs Äußerste konzentrieren, um nicht zu hyperventilieren. Warum tat der Polizist das? Warum ließ er sie nicht in Ruhe?

»Brigitte!«, wurde er lauter.

Sie sah ihm direkt ins Gesicht.

»Was war zwischen dem Direktor und dir?«

»Was soll gewesen sein?«

»Hat er dich vergewaltigt?«

»Nein!«

»Sexuell belästigt?«

»Wieso sagen Sie das?«

»Es hat keinen Sinn, es zu leugnen. Wir haben das Ganze auf Video.«

»Was?«

»Direktor Lemmerer hatte eine Kamera in seinem Büro versteckt. So ein Ding, wie wir es hier haben«, deutete er auf die blinkende Kamera im Eck. »Wir haben alles auf Band. Wie er dich angefasst und dir Avancen gemacht hat.«

»Er hat was gemacht?«, verzog sie verständnislos das Gesicht.

»Muss ich dir das Video vorspielen?«

Sie schüttelte den Kopf. »Da war nichts«, machte sie eine abwertende Handbewegung.

»Du bist seit über einem Jahr in psychiatrischer Behandlung«, wechselte Holubek das Thema.

»Hm.«

»Das war kurz nachdem dieses Video aufgenommen wurde.«

»Ich weiß von keinem Video«, erwiderte sie trotzig.

»Haben dich Brunnmeier und Lemmerer vergewaltigt?«

Sie schüttelte den Kopf.

»Du kannst es mir sagen. Du kannst nichts dafür. Die beiden sind die Bösen. Sie haben dir weh getan. Und jetzt haben sie dafür bezahlt.«

»Ich will nach Hause.«

»Das geht jetzt nicht.«

Brigitte Lackner verschränkte die Arme vor der Brust und ließ sich in ihrem Stuhl zurück. Ihre Gestik sagte deutlich, dass sie sich jeder weiteren Befragung entzog. Holubek seufzte verzweifelt.

»Erzähl mir von den vier Promis. Wie sind die so?«, schlürfte Krammer an seinem Automatenkaffee.

»Was soll ich sagen? Vier normale Kerle, die sich billige Witze erzählen und ihre Manieren für gewöhnlich zuhause lassen«, zuckte Leni mit den Achseln.

»Wie kann ich mir das vorstellen?«

»Naja, Blondinenwitze, anzügliche Bemerkungen, so was eben. Und es kann schon mal vorkommen, dass einer seinen Rotz ausspuckt, als würde er im Garten sitzen!«

Krammer nickte. »Und dann gehst du hin, hockst dich auf den Boden und wischt den Boden auf.«

»So in der Art.«

»Und dann denken sich die vier: Was können wir noch tun, um das Mädel zu erniedrigen?«

»Ich weiß nicht, was die denken. Ich kann nicht Gedanken lesen.«

»Ich stell mir das nur vor. Die vier … Herren sitzen an ihrem Tisch und beginnen, Blondinenwitze zu erzählen. Du ärgerst dich, läufst rot an. Das turnt die vier an. Also werden die Witze deftiger, persönlicher. Dann spucken sie auf den Boden oder verschütten Bier. Jetzt hockst du zu ihren Füßen. Sie starren geil auf dein Hinterteil. Und dann kommt eins zum anderen. Der Erste packt dich, zerrt dich auf den Tisch, reißt dir die Kleider vom Leib …«

»Aus! Hören Sie auf!«, atmete Leni schwer.

»War es nicht so?«, blickte der Chefermittler das Mädchen mit den glühenden Wangen scharf an. »War es nicht so?«

»Wer denkt sich so kranke Sachen aus?«, schüttelte sie den Kopf. »Sie etwa?« Es entstand eine längere Pause. »Ja, die vier Typen waren Scheißkerle. Man könnte sagen, dass sie mich sexuell belästigt haben. Dass sie, im Spaß, um mich gefeilscht haben.«

»Wie kann ich mir das vorstellen?«

»Na, Mädchen. Wie viele Scheine muss ich auf den Tisch legen, damit du mich mit hinauf in dein Zimmer nimmst, hat der

Lemmerer mal gesagt und Hundert-Euro-Scheine hingeblättert. Dann haben alle wie Hyänen gelacht. Sie hatten einen tierischen Spaß. Aber das war auch schon alles.«

»Das könnte man zur Anzeige bringen«, nickte Krammer.

»Und dann? Dann steht meine Aussage gegen die von vier angesehenen Persönlichkeiten. Das ist kränkend, tut aber letztlich niemandem weh«, schüttelte sie verächtlich den Kopf.

»Und weiter?«

»Früher war das noch viel schlimmer. Was glauben Sie, wie oft ich es erlebt habe, als ich noch ein ganz kleiner Gschrapp war und in irgendeinem Eck der Gaststube meine Hausaufgaben gemacht habe, dass jemand meiner Mama aufs Hinterteil gegriffen hat. Das war ganz normal. Da hat keiner einen großen Tamtam darum gemacht. Dieses ganze me-too-Getue, tss!«

Krammer starrte das Mädchen an. Würde sie das so offen ansprechen, wenn tatsächlich mehr passiert war? Er nahm den Schnellhefter in beide Hände und klopfte damit mehrmals auf den Tisch, um die Blätter damit ordentlich zu schlichten, dann ließ er Leni im Vernehmungsraum allein zurück.

»Herr Lackner. Lassen Sie mich rekapitulieren. Vier honorige Herren verbringen den Abend in ihrer Gaststätte. Sie sind nach zweiundzwanzig Uhr die einzigen und letzten Gäste. Kurz nach Mitternacht verlassen sie die Gaststube und fahren nach Hause. Nur einer, Dr. Sigmar Brunnmeier, wird ein paar Meter von seinem Wagen entfernt unter einer großen, mächtigen Linde mit elf Messerstichen ermordet.« Krammer legte ein Foto des blutüberströmten Opfers auf den Tisch. »Wer aller wusste, dass er Brunnmeier in dieser Nacht an diesem Ort antreffen würde?«

Lackner zuckte mit den Schultern. »Jeder!«

»Lassen wir das so stehen«, ging Krammer auf diesen Einwand nicht näher ein. »Wenige Tage später wird ein zweiter … Herr … dieser illustren Runde … wie soll ich sagen … hingerichtet«, deponierte Krammer eine Aufnahme des Schuldirektors in der Vitrine baumelnd auf dem Tisch.Krammer wartete wieder auf eine Reaktion. Wieder kam keine. Also fuhr er fort.

»Fassen wir zusammen: Opfer eins wird unmittelbar nach dem Besuch Ihrer Gaststätte auf Ihrem Parkplatz ermordet, nachdem er nachweislich Ihre Tochter Leni sexuell belästigt hat.«

»Sexuell belästigt?«

»Stellen Sie sich nicht ahnungslos«, schlug Krammer auf den Tisch. »Und Opfer Nummer zwei hat Gitti sexuell bedrängt«, legte Krammer eine Fotokopie aus der Videosequenz auf den Tisch.

»Aber?« Lackner hielt sich eine Hand vor den Mund.

»Sie wussten wirklich nichts davon?«

»Nein, woher denn?«

»Und dass Ihre Tochter nur Wochen später ihren ersten Suizidversuch begangen hat, hat Sie nicht stutzig gemacht?«

»Aber … was … woher?«

Krammer wurde aus Hans Lackner nicht schlau. Wusste er tatsächlich nichts von alldem? Konnte man so blind sein?

»Wir machen eine Pause!«, bestimmte der Chefinspektor und stand auf.

Krammer schlürfte an seinem Automatenkaffee. Es musste der vierte oder fünfte an diesem Vormittag sein. Holubek nuckelte an seiner Trinkflasche, in der ein selbstgemachter, khakifarbener Smoothie darauf wartete, seine Darmflora anzuregen. Brigitte Lackner und ihr Vater saßen hinter einem Einwegspiegel. Gitti hockte apathisch auf ihrem Stuhl und blickte auf ihre abgenützten Turnschuhe. Ihr Vater kratzte sich nervös am Kinn. Durch die offene Tür des Technikraums hatte Krammer freie Sicht auf sein Büro. Leni spielte sich mit seinem Drehstuhl und wirbelte so wild herum, dass Krammer schon beim Hinschauen schwindlig wurde.

»Was machen wir mit den dreien?«, riss Holubek seinen Vorgesetzten aus dessen Gedanken.

»Hm.«

»Wir haben bis jetzt nichts Handfestes, oder?«

»Wir starten noch eine Runde mit verteilten Rollen«, beschloss Krammer. »Mal schauen!«

»Und dann?«

»Was haben wir mittlerweile über die Angermaier? Ich glaube, sie ist eine falsche Schlange!«

»Ich kümmere mich gleich darum.«

»Gut.«

15

»Da muss ich rangehen«, hielt Alois sein Telefon in die Höhe. Natascha nickte. Sie warteten gerade in der Notaufnahme, wie üblich eine unendliche Tortur.

Alois nahm den Anruf entgegen. »Einen Moment!«

Er wusste, dass es keine hundert Schritte zur Raucherterrasse waren. Dort angekommen hielt er das Handy wieder ans Ohr. »Was gibt's?«

»Ich hab ein paar Sachen recherchiert, das interessiert dich sicher«, begann Julia das Gespräch.

»Nein, sicher nicht! Was tust du schon wieder?«, war Alois erbost.

»Hör zu!«

»Ich glaube, ich will es gar nicht wissen.«

»Jetzt wart mal ab!«

»Gut, rede!«

»Okay«, musste sich Julia nach diesem Wortgefecht erst sammeln. »Also, wir haben doch über deinen Horvath geredet.«

»Über meinen Horvath? Wie das schon wieder klingt.«

»Also: Dieser Anton Haider hatte früher ein Bootsunternehmen und hat Bootstouren organisiert. Ursprünglich an der Adriaküste und später, während der Jugoslawien-Kriege, ist er nach Norddeutschland und Dänemark und hat dort Trips zum Fischen in der Nordsee angeboten.«

»Woher weißt du …?«

»Ich hab halt so meine Kontakte«, verriet sie nicht mehr.

»Okay. Und was willst du mir damit sagen?«

»Vor knapp acht Jahren kam es bei einem dieser Nordseetrips zu einem Unfall. Die Urlauber dürften, soweit ich das im Internet nachlesen konnte, zu heftig gefeiert haben. Einer davon ist dann mit über zwei Promille Alkohol im Blut über Bord gegangen und ertrunken.«

»Das ist schlimm. Aber was hat das mit Haider zu tun?«

»Er war der Skipper und als solcher verantwortlich für die Sicherheit seiner Passagiere.«

»Okay. Daher also sein Leben an der Donau. Ohne Geld, aber am Wasser«, nickte Alois, obwohl Julia das natürlich nicht sehen konnte.

»Genau. Er ging mit seiner Firma baden und hat alles verloren. Aber jetzt kommt's!«, machte es Julia spannend.

»Was?«

»Du errätst nie, wer bei besagter Schiffstour mit an Bord war!«

»Brunnmeier und Lemmerer!«, lag die Antwort auf der Hand.

»Brunnmeier, Lemmerer, ja, genau«, klang Julia enttäuscht, dass er ihr die Pointe weggeschnappt hatte.

»Das heißt, die beiden haben mit dem Unfallopfer gemeinsam gesoffen?«

»So schaut es aus. Sie und noch einige Typen, Deutsche und Österreicher. Wahrscheinlich hätten sie verhindern können, dass der Kerl über Bord geht. Wir können also davon ausgehen, dass die beiden wenigstens eine Mitschuld am Tod des deutschen Urlaubers haben, während Haider zum Zeitpunkt des Unfalls unter Deck geschlafen hat«, schloss Julia.

»Das wird die Polizei sicher auch rausbekommen«, mutmaßte Alois.

»Kann ich mir nicht vorstellen. Ich habe konkret nach Anton Haider im Internet gesurft, sonst wäre ich nie auf diese Story gekommen.«

»Wie dem auch sei. Tu nichts Unüberlegtes, hörst du?«

»Natürlich nicht, Papi«, ätzte Julia.

»Du, ich muss jetzt«, sah Alois, wie Natascha mit dem leeren Patientensessel vor dem Aufzug vorfuhr.

»Okay. Wir sehen uns morgen Früh!«

»Ja, perfekt«, beendete Alois das Gespräch.

Holubek stellte dem Mädchen die gewünschte Limonade hin und nahm gegenüber Platz. Sein Magen rumorte. Seit zwei Wochen aß er nur Müsliriegel und trank Smoothies. Was hätte er jetzt für eine Leberkässemmel gegeben? Er schloss für einen Moment die Augen und sammelte sich. Dann öffnete er die Ermittlungsakte und überflog Lenis Meldezettel.

»Fortsetzung der Vernehmung Magdalena Lackner«, sprach er ins Mikrofon und nahm den Meldezettel in die Hand. »Du bist gerade einmal fünfzehn Jahre und ein paar Monate alt«, begann er das Gespräch.

Leni nickte stumm.

»Wer hat die Gäste bewirtet, als du noch nicht fünfzehn warst?«

»Papa.«

»Keine Aushilfen?«

»Gelegentlich, ja. Aber nach zweiundzwanzig Uhr, da verlangen ja alle Nachtaufschlag. Da ist schon immer jemand aus der Familie hinter dem Tresen gestanden.«

»Früher also deine Mutter?«

»Ja.«

»Und später deine ältere Schwester?«

»Ja. Ein paar Mal, aber …«

»Aber?«

»Dann ist es ihr nicht so gut gegangen.«

»Sie hat schon einige Suizidversuche hinter sich.«

»Nein, das kann man so nicht sagen.«

»Wie denn?«

»Sie hat sich geritzt.«

»Ohne Tötungsabsicht?«

»Genau.«

Holubek legte ihren Meldezettel beiseite und blätterte den Krankenakt ihrer Schwester durch. Es standen keine Diagnosen auf seinem Papier, aber er konnte zeitlich nachvollziehen, wann sie in medizinischer beziehungsweise in stationärer Behandlung war. Die Sache hatte mit fünfzehn Jahren und vier Monaten begonnen, also kurz nachdem sie wahrscheinlich begonnen hatte, abends im Wirtshaus auszuhelfen.

»Du bist mit fünfzehn erstmals hinterm Tresen gestanden?«

»Zum ersten Mal ausgeholfen habe ich, da war ich vielleicht elf. Mama war schon schwer krank und Papa hatte alle Hände voll zu tun.«

»Und wann bist du zum ersten Mal am Abend nach zweiundzwanzig Uhr mit den vier besagten Herren allein in der Gaststube gewesen?«

Leni zögerte.

»Ich bin nicht vom Jugendamt!«

»Ein paar Wochen nach meinem fünfzehnten Geburtstag.«

»Und bei Brigitte war das genauso?

»Ja, ich denke schon. Ja, sie hat sich riesig gefreut, dass ihr Papa so viel Verantwortung übertragen hat. Ich erinnere mich noch genau.« Leni dachte an diesen Moment zurück. »Aber nur ein paar Monate, dann …«

»Alles klar«, schloss Holubek seine Akte.

Krammer nahm mit einem Becher Kaffee in der Hand Platz. Er wusste nicht mehr, der wie vielte es war. Gitti saß, die Beine angewinkelt, zusammengerollt auf ihrem Platz und starrte ihre Knie an.

»Und du bist dir sicher, dass du nichts willst?«

»Ich will heim!«

»Diesen Wunsch kann ich dir leider noch nicht erfüllen. Ich hab noch ein paar Fragen. Oder anders ausgedrückt. Ich warte auf Antworten von dir«, sah er sie erwartungsvoll an. Aber Gitti hatte schon wieder ihren Kopf zwischen den Knien versteckt.

»Als du fünfzehn wurdest, hast du manchmal allein die Geschäfte im Gasthaus geschaukelt, stimmt das?«

Gitti nickte.

»Ich brauche deine Antwort für die Aufnahme.«

»Jaaa!«, presste sie widerspenstig hervor.

»Auch manchmal am Freitagabend, wenn Brunnmeier, Lemmerer und die anderen beiden allein in der Gaststube waren.«

»Mhm.«

Krammer verzog sein Gesicht.

»Leni hat uns erzählt, dass die vier immer wieder sexistische Witze gemacht haben und sexuelle Andeutungen.«

»Pah!«

»Was heißt das? Ja oder nein?«

»Kann schon sein!«

»Und ist es dabei zu einem sexuellen Übergriff gekommen?«

»Nein.«

»Kein Betatschen, kein Begrapschen?«

»Weiß ich nicht mehr!«

»Mädchen. Erzähl mir nicht, dass du so etwas vergessen würdest!«, klatschte Krammer mit der flachen Hand auf den Tisch. Langsam verlor er die Geduld.

»Nein, da war nichts.«

»War es nicht so, dass dich Brunnmeier und Lemmerer vergewaltigt haben und du daraufhin einen Selbstmordversuch unternommen hast?«

»Aaah«, schrie sie und hielt sich die Ohren zu.

Krammer wartete, bis sie sich wieder beruhigt hatte.

»Sollen wir eine Pause machen?«

»Ich will hier raus! Ich will zu Papa!«

Sie zog sich den Pulli über den Kopf und versteckte diesen wieder zwischen ihren Beinen. Sie mauerte auf der vollen Länge.

Sieben Stunden waren sie unterwegs gewesen, nun saßen Alois und Natascha endlich auf der Dienststelle und ließen die Seele baumeln. Die Sonne hatte alle Kräfte gebündelt und den Bereitschaftsraum aufgeheizt. Alle hingen erschöpft in den Seilen.

Der Pager riss die beiden aus ihrer Lethargie.

»Mit dir lass ich mich nicht mehr einteilen«, murrte Natascha. »Da fährt man ja ohne Pause. Mann, Alter!«

»Das Leben ist kein Honiglecken«, lächelte Alois milde und schnürte sich seine Schuhe zu. Er war schon viel zu lange dabei, um noch von einer Situation überrascht zu werden.

Gerade als Natascha die Klingel betätigen wollte, wurde die Haustür geöffnet.

»Ah, gut, dass ihr da seid!«, wurden sie von einem großen, feschen Mann Anfang dreißig empfangen. »Habt ihr keine Bahre mit?«

»Die haben wir heute zuhause gelassen«, rutschte Alois heraus. Er reagierte immer allergisch auf das Wort Bahre, denn die wurde von Totengräbern verwendet.

»Könntet ihr die Schuhe ausziehen?«, fragte der Schönling.

»Können wir nicht«, war Alois' Blutdruck schon auf 200.

»Sorry!«, versuchte Natascha zu vermitteln und warf Alois einen bösen Blick zu. »Aber wir rutschen nicht auf Socken durchs Haus. Bei aller Liebe …«

»Vielleicht könntet ihr euch dann zumindest die Schuhe abputzen. Wir sind gerade erst eingezogen. Der Parkettboden ist noch ganz neu«, setzte der Herr des Hauses seinen allerliebsten Dackelblick auf und fuhr sich verzweifelt durch sein Haar.

Missmutig streiften die beiden Sanitäter ihre Schuhe ab und folgten ihm ins Wohnzimmer. Da weiß man, wo das Geld zuhause ist, dachte Alois. Ein riesiger Wohnraum wurde von einem Raumteiler, in dem ein großes, buntes Aquarium verbaut war, abgetrennt. Die Schwangere fanden sie halb sitzend, halb liegend auf einer ledernen Wohnlandschaft, die mit Fellen ausgelegt war, vor.

»Schön, dass ihr da seid«, quälte sie sich hoch.

»Nicht, Schatz!«, drückte sie ihr Mann nieder. »Die sollen dich zum Auto tragen.«

»Unsinn«, stand sie neuerlich auf. »Ich kann schon allein zum Auto gehen«, protestierte sie.

»Hatten Sie schon den Blasensprung?«, fragte Natascha.

»Nein, nein. Es ist nur so ein Ziehen alle paar Minuten.«

»Wann haben Sie den Geburtstermin?«

»Der war am Montag. Aber da haben sie mich wieder nach Hause geschickt.«

»Okay. Dann wollen wir«, hakte Alois die Frau unter und wandte sich zum Ausgang.

»Eine Tasche ist gepackt?«, sah Natascha den überrumpelten Gatten an.

»Äh, ja!«, zauberte er einen Rollkoffer hervor, der zwischen Wohnlandschaft und bodenlangem Vorhang versteckt gewartet hatte.

»E-Card, Eltern-Kind-Pass?«, checkte Alois ab, ob die notwendigen Unterlagen dabei waren.

»Hab ich in meiner Handtasche«, zeigte die Frau auf den Tisch.

Natascha ging voran und prallte mit der Nase gegen die gläserne Tür, die in den Gang hinausführte. Es krachte und schepperte und Natascha torkelte rückwärts. Der Rollkoffer kippte um und riss den Drachenbaum mit sich, der auf einem kleinen hölzernen Hocker thronte.

Herr Holzer jaulte auf und versuchte, die Zimmerpflanze im Fallen zu erwischen. Er kam allerdings zu spät, die Blumenerde versaute den Teppich vor der Wohnlandschaft.

»Scheiße!«, hielt sich Natascha die angeschlagene Nase.

»Scheiße!«, fluchte auch der Hausherr und stellte den Blumentopf samt Drachenbaum zurück auf den Hocker.

Frau Holzer musste lachen.

»Dann hast du jetzt wenigstens ein bisschen Arbeit, solang ich nicht daheim bin«, warf sie dem verdutzten Gemahl eine Kusshand zu und bedeutete Alois, dass sie so weit sei.

»So, Herr Lackner. Jetzt wird Tacheles geredet!«, ließ Krammer die Mappe auf den Tisch klatschen.

»Was soll das heißen?«

»Dass wir uns seit Stunden im Kreis drehen. Dreh- und Angelpunkt ist ihre ältere Tochter Gitti.«

»Wie Dreh- und Angelpunkt?«

»Sie wurde von Direktor Lemmerer schon zu Schulzeiten, als sie gerade einmal vierzehn war, sexuell belästigt. Und dann steht sie allein in der Gaststube mit diesen vier ehrenwerten Herrschaften und da muss etwas passiert sein. Man hat sie bedrängt, wahrscheinlich vergewaltigt. Waren alle vier dran beteiligt?«

»Wer behauptet, dass Gitti vergewaltigt wurde?«, entrüstete sich ihr Vater.

»Irgendwie steht der Vorwurf im Raum«, hüstelte der Chefinspektor.

»Wer hat diesen Vorwurf erhoben? Ich nicht. Gitti sicher auch nicht«, wunderte sich Herr Lackner.

»Ihre Tochter macht keinen Mucks.«

»Eben.«

»Aber irgendetwas muss vor einem Jahr vorgefallen sein. Alle, die wir befragt haben, haben uns erzählt, dass Ihre Tochter ein lustiges, aufgewecktes Mädchen war. Bis sie sich vor einem Jahr etwa zum ersten Mal das Leben nehmen wollte und seither ein psychisches Wrack ist«, starrte Krammer ihren Vater fragend an. »Was ist passiert?«

»Das kann ich Ihnen nicht sagen. Aber es tut nichts zur Sache«, verschränkte Lackner die Arme vor der Brust. »Nur so viel. Meine Tochter hat mit den Morden nichts zu tun. Sie könnte nicht einmal einer Fliege was zu leide tun. Das ist alles Unsinn!«

»Für mich bleibt sie die Tatverdächtige Nummer eins. Sie kannte beide Opfer, hat für die Tatzeiten kein Alibi. Und wenn Sie mich nicht vom Gegenteil überzeugen, dann hat sie auch ein Motiv.«

»Hm.«

»Also?«

»Sie werfen zwei Ehrenmännern, einem Anwalt und einem Schuldirektor, vor, ein fünfzehnjähriges Mädchen vergewaltigt zu haben. Damit wollen Sie vor Gericht ziehen?«, verzog Lackner das Gesicht. »Ich werde jetzt meine Tochter mit nach Hause nehmen. Und Sie, Sie sollten endlich Ihre Arbeit machen«, erhob sich Brigittes Vater.

»Setzen Sie sich!«

Nach langem Zögern nahm er wieder Platz.

»Es gibt aus meiner Sicht noch eine andere Möglichkeit«, studierte Krammer die Mimik seines Gegenübers.

»Vielleicht steckt ja auch der Vater hinter der Sache. Diese Mistkerle haben Ihre Älteste missbraucht. Jetzt bemerken Sie, dass Ihre Jüngste auch in Gefahr ist. Dass das kein einmaliger Ausrutscher war, sondern dass diese grauslichen Typen auch bei Leni beginnen, die Grenzen auszuloten. Also müssen Sie einen Schlussstrich ziehen, ehe es zur Katastrophe kommt und Ihre zweite Tochter auch für ihr ganzes restliches Leben verkorkst wird.«

»Blödsinn, Blödsinn, Blödsinn! Entweder Sie haben einen Haftbefehl, oder ich nehme meine Mädchen mit nach Hause«, schlug Lackner auf die Tischplatte.

»Den hab ich in null Komma nichts! Also, noch einmal. Entweder Sie können mir jetzt eine plausible Erklärung liefern, wieso ich von meiner Meinung abgehen sollte, oder Sie und Ihre Tochter bleiben bis auf Weiteres in U-Haft.«

Er blickte Lackner streng an und merkte, wie es hinter seiner Stirn arbeitete. Schließlich zog Lackner sein Mobiltelefon aus der Hosentasche, öffnete ein Video auf seinem Handy und reichte es dem Chefermittler.

Auf dem Video sah man Brigitte Lackner in ihrem Kinderzimmer mit den Plüschtieren. Das Video war von schlechter Qualität, äußerst grobkörnig und amateurhaft aufgenommen. Trotzdem erkannte man, was man erkennen sollte. Brigitte entkleidete sich in ihrem Zimmer. Man konnte durch die gewebten Gardinen ihre kleinen Brüste erkennen und wie sie sich vor dem Spiegel anguckte.

»Einer von ihren Schulfreunden«, zeichnete Lackner Anführungszeichen in die Luft, »hat das von unserer Linde aus aufgenommen und dann das Video an alle seine Kontakte verschickt. Die Kommentare waren beschämend und ätzend!«

Brigittes Vater nahm das Telefon wieder an sich. »Verstehen Sie jetzt, warum sich Gitti das Leben nehmen wollte? Von ihren besten Freundinnen verraten und vernichtet zu werden? Von einem Burschen, in den sie verknallt war, so gedemütigt zu werden? Darum redet sie seither kaum ein Wort mehr und möchte sich vergraben, verstecken, gar nicht mehr sein!«, kullerten Tränen über die Wangen des Vaters.

Krammer räusperte sich betreten.

»Ich nehme jetzt meine Tochter mit nach Hause, hören Sie?«, würgte er hervor und stand auf.

Es entstand eine lange Pause. Krammer wirkte betroffen.

»Ja, in Ordnung«, nickte Krammer.

III. Abschnitt

16

Alois drückte den Wecker ab und schlich ins Badezimmer. Er wusste nicht, welcher Impuls ihn immer und immer wieder dazu bewegte, dem konstant lärmenden Geräusch des Weckers nachzugeben und die Füße aus dem Bett zu heben. Vielleicht lag es daran, dass auch der nächtliche Schlaf keine Erleichterung brachte.

Er starrte in ein ihm unbekanntes Gesicht. Die Augen waren nur zu Schlitzen geöffnet, seine Tränensäcke hingen wie die Brüste einer alternden Nutte nach unten. Seine unrasierten Wangen erinnerten ihn an jene Obdachlosen, die sie in regelmäßigen Abständen in Parks aufgriffen und zum Ausnüchtern in Notfallambulanzen transportierten.

War das seine Bestimmung? War das der Sinn des Lebens? Wer war auf die Idee gekommen, dass man dem Leben einen Sinn geben musste? In seiner nebulösen Erinnerung an eine glückliche Kindheit, was immer das auch heißen mochte, war ihm eingebläut worden, dass es da mehr gab. Die Welt zu einem besseren Ort machen, oder so ähnlich. War die Welt ein besserer Ort geworden? Mitnichten.

Der Mensch war gerade drauf und dran, diese Welt, wie er sie kannte, auszuradieren. Die noch so abstrusesten Fiktionen früherer Tage waren längst überholt und an Abscheulichkeit übertroffen worden. Es war wohl wirklich nur noch eine Frage von Jahren, nicht von Generationen, bis dieser Planet zu einem unwirtlichen, nahezu unbewohnbaren Ort geworden sein würde und sich einige wenige Überlebende wieder dem Dasein des Urmenschen annäherten. Ums Fressen sorgen, ums Überleben kämpfen, zurückgeworfen in sich selbst.

Während er mit dem Rasierapparat sein Kinn massierte, überlegte Alois, ob er sich nicht krankmelden und wieder niederlegen sollte. Was würde es ändern? Er fühlte sich nicht unentbehrlich. Aber irgendwo in seinem Hinterkopf saß ein letzter Funke Lebenswille, der ihm sagte, dass es der Anfang vom Ende wäre, wenn er sich gehen ließe.

Er klatschte sich ein paar Tropfen Aftershave ins Gesicht, ehe er sich auf den Badewannenrand setzte und die Socken überstreifte. Die Augen schließen und nie wieder aufmachen, ging ihm durch den Kopf. Das Vibrieren des Handys ließ ihn hochschrecken.

»Ich nehm Gebäck mit«, lautete die SMS.

Sie ist die Einzige, die noch an mich glaubt, grinste Alois und kämpfte sich hoch. Irgendwie würde er auch diesen Tag überstehen. Spätestens nach der zweiten Zigarette und der zweiten Tasse Kaffee würde es wieder erträglich sein, sagte er sich und zündete sich die erste an. Der Rauch stieg ihm in die Nase und kitzelte ihm eine Träne in die Augen. Er startete den Wagen und machte sich auf den Weg zur Arbeit.

»Verdammte Scheiße«, fluchte der sonst so besonnene Banker und sprang auf.

Er hatte sich soeben den Kaffee über Hemd und Hose geleert. Panisch versuchte er mit der Serviette die heiße braune Brühe abzuwischen.

»Schatz! Das hat keinen Sinn. Ich leg dir einen frischen Anzug raus«, eilte seine bessere Hälfte ins Schlafzimmer.

Raffael Reifeltshammer starrte auf die Hand, in der er die verschmutzte Serviette hielt. Sie zitterte leicht. Was ist mit dir los, dachte er. Du reagierst völlig irrational. Beruhige dich!

Zwei von drei Freunden waren tot, ermordet. Da hatte er alles Recht der Welt, nervös und ängstlich zu sein. Vielleicht sollte er sich ein paar Tage freinehmen und wegfahren?

Emma, seine Frau und Mutter seiner Kinder, öffnete die Jalousien im Schlafzimmer. Die Morgensonne lachte sie an. Dann ging sie um das Bett herum und öffnete die unscheinbare Tür in der Tapetenwand. Dahinter verbargen sich ein eigenes Bad und ein Schrankraum.

Ihr Gatte hatte ein halbes Dutzend identer Anzüge, für jeden Werktag einen und einen sechsten extra. Dazu wählte sie das hellblaue Hemd, das perfekt gebügelt und faltenfrei an einem Kleiderbügel hing. Sie war stolz auf ihren wunderschönen, intelligenten und erfolgreichen Gatten, der ihren Traum von der perfekten Familie im perfekten Haus mit Pool im Garten wahrgemacht hatte.

»Hier!«, hielt sie ihm die Kleider hin.

»Ich bin so ein Schussel. Ich weiß gar nicht, wieso …«, stammelte Raffael.

»Das passiert den Besten«, lachte Emma und strich ihm liebevoll über die Wange. »Komm, schau, dass du nicht zu spät kommst. Ich mach das sauber, keine große Sache. Ich hab dich lieb«, küsste sie ihn und drückte ihn für einen Moment. »Und am Abend machen wir eine Flasche Wein auf und lachen über das alles.«

»Du bist die Beste. Ich weiß gar nicht, womit ich dich verdient habe«, fasste er sie am Kinn und erwiderte ihren Kuss. Dann zog er sich um und schnappte seine lederne Arbeitstasche, die am Sims wartete. »Bis dann!«

In der Tür machte er noch einmal kehrt und drückte Emma einen letzten Kuss auf die Lippen.

»Ich liebe dich!«, sagte er und blickte ihr tief in die Augen.

»Ich weiß«, nickte sie und schubste ihn zur Tür hinaus.

Nach dem Autocheck führte Julia ihren Kollegen in den Aufenthaltsraum. Sie entlockte der Kaffeemaschine für Alois einen Espresso und legte einige Croissants auf einen Teller.

»Womit habe ich das verdient?«, wunderte sich Alois.

»Einfach so«, zuckte sie mit den Schultern und setzte sich zu ihm. »Und wie war der Dienst mit Nati?«

»Nati?«

»Natascha. Alle nennen sie bloß Nati.«

»Ich nicht. So einen schönen Namen derart verunglimpfen. Das grenzt schon an … schwere Körperverletzung.«

»Ach was. Wie war's?«

»Ganz okay. Es war viel zu tun.«

»Ganz okay?«

»Was hast du?«

»Jetzt ehrlich. Nati … Natascha ist doch eine Nervensäge, oder?«

»Ich kann mich nicht beklagen. Aber wie gesagt … wir waren so viel unterwegs, da hatte sie kaum Zeit zum Nerven!«

»Du Glücklicher!«

»Sorry, dass ich keine besseren Nachrichten für dich habe«, grinste Alois und biss in sein Nougatcroissant. Er spürte schon, wie der Zuckerspiegel stieg.

»Wir müssen über Horvath und seinen Bootsunfall reden«, rückte Julia mit dem Thema heraus, das ihr eigentlich unter den Fingernägeln brannte.

»Unbedingt«, verzog Alois sein Gesicht, als hätte er soeben in eine saure Zitrone gebissen.

»Weißt du, was ich auch noch überlegt habe?«

»Nein, aber du wirst es mir sicher gleich sagen.«

»Hey, wenn dich das alles nicht interessiert, dann sag es einfach. Oder bin ich es, die dich nervt?«, verschränkte Julia gekränkt ihre Arme vor der Brust.

»Nein. Komm schon. Es interessiert mich wirklich«, boxte er ihr freundschaftlich auf den Oberarm.

»Okay. Ausnahmsweise verzeih ich dir.« Sie trank einen Schluck Kaffee. »Also: Was, wenn die Hinterbliebenen des Unfallopfers hinter den Morden stecken?«

»Wie kommst du jetzt da drauf?

»Nun, der Horvath …«

»Haider!«

»Gut. Dieser Haider wirkt doch total heruntergekommen. Dem traue ich so organisierte und strukturierte Morde gar nicht zu. Aber was, wenn die Hinterbliebenen zwar Schadensersatz aus dem Prozess bekommen haben, aber eigentlich der Meinung sind, dass die Saufkumpane die Schuldigen sind?«

»Da sind eine Menge Hätti-Tätti-Wari dabei«, seufzte Alois. »Überlass das bitte der Kriminalpolizei.«

»Du bist so ein fauler Sack.«

»Erwischt.«

Alois verputzte sein Croissant. Mit vollem Mund setzte er fort: »Wie schon gesagt. Informiere die Kripo über deinen Verdacht. Den Rest sollen die machen. Du bist Sanitäterin, keine Polizistin. Kapiert?«

»Ja, kapiert«, war Julia enttäuscht.

Raffael Reifeltshammer betrat die Bankstelle durch den Mitarbeitereingang an der Rückseite. Durch einen dunklen, engen Schlurf ging es in sein Büro. Er warf sein Sakko über einen Besucherstuhl und streifte die Schuhe ab. Den ersten Kundentermin hatte er erst um neun, bis dahin konnte er seine Mails abrufen und die neuesten News aus der Zentrale studieren.

Es verging kein Tag, an dem nicht ein neues Produkt auf den Markt geworfen wurde, sich bei einem anderen Sparprodukt die Konditionen änderten oder eine neue Agenda ausgegeben wurde. Irgendwelche gelangweilten Bürokraten machten den Mitarbeitern draußen an der Front das Leben schwer.

Danach rief er die aktuellen Aktienkurse auf und las die Berichte der Analysten. Er riet seinen Kunden meist zum Kauf von Fonds, weil sich da das Risiko in Grenzen hielt. Es gab aber auch die Risikofreudigen, die auf Geheimtipps von ihm hofften. Angesichts der Weltlage musste in erneuerbare Energien investiert werden. Dazu brauchte er keine studierten Analysten.

Lautes Stimmengewirr riss ihn aus seinen Gedanken hoch. Es lag noch keine drei Wochen zurück, da hatte es schon einmal ungewohnten Aufruhr in der Bank gegeben. Er erinnerte sich an die Situation, als wäre sie gestern gewesen.

»Sie können da nicht rein!«, hörte er Frau Mitterlehner kreischen. Ein Rumpeln und ein Poltern später wurde seine Tür aufgerissen.

»Da versteckt er sich ja, der Gauner«, hörte er einen erbosten Kunden schreien.

Reifeltshammer schoss aus seinem Stuhl hoch und blinzelte für einen Moment auf sein Sakko, ein Automatismus, der in dieser Situation lächerlich anmutete.

»Was …?«

»Sorry, ich konnte ihn nicht aufhalten«, drückte Frau Mitterlehner ihr Bedauern aus.

»Schon in Ordnung«, nickte ihr Reifeltshammer zu. »Nehmen Sie doch Platz«, bot er dem schimpfenden und tobenden Mann einen Stuhl an. Dieser blieb stehen und wartete, bis die Schalterbeamtin die Tür hinter ihm geschlossen hatte.

Reifeltshammer versuchte cool zu bleiben und setzte sich. Mit den Zehenspitzen angelte er nach seinen Schuhen und versuchte erfolglos hineinzuschlüpfen.

»Also? Worum geht es denn?«

»Ihr Ganoven habt mir den Kredit gekündigt und die gesamte Summe in Rechnung gestellt«, flog vor lauter Aufregung der Speichel durch die Luft.

»Beruhigen wir uns einfach mal«, versuchte er auf Zeit zu spielen. »Sie nehmen Platz, geben mir Ihren Namen und ich suche mir den Fall im Computer raus«, rückte er den Monitor zurecht.

»Russ. Gerald Russ«, hatte sich der aufgeregte Kunde ein wenig beruhigt.

»Russ … hm … ah ja … da haben wir es ja. Nun, Herr Russ. Die Sache schaut so aus, dass Sie zwei Kredite laufen haben. Einen für die Anschaffung neuer Einrichtung. Da sind noch 4.732 Euro und 62 Cent offen. Und dann haben wir noch einen Kredit auf Ihren Wagen laufen, bei dem die Außenstände im Moment 22.084 Euro und 76 Cent betragen. Bei diesem Kredit konnte zuletzt zwei Mal die Rate nicht beglichen werden, weil der Überziehungsrahmen auf Ihrem Girokonto auch schon am Limit ist.«

»Das mag schon sein«, fuhr Russ wieder hoch. »Aber das ist nur vorübergehend.«

»Herr Russ«, versuchte Reifeltshammer ruhig zu bleiben. »Sie haben Ihren Job verloren. Ich verstehe, dass Ihre Situation schwierig, um nicht zu sagen, angespannt ist.«

»Ja, eben. Meine Lage ist angespannt. Das bringt es auf den Punkt. Aber ich bin ja fast täglich am AMS. Ich bemühe mich, einen neuen Job zu finden. Und sobald ich den habe, kann ich auch den Kredit wieder zurückzahlen.«

»Nun, Herr Russ. Da sind doch einige Wenn und Aber dabei. Wir brauchen Sicherheiten!«

»Und ich brauche ein bisschen Zeit. Ein paar Wochen.«

»Tut mir leid, aber da sind mir die Hände gebunden. Das entscheidet die Zentrale. Ich kann da rein gar nichts machen«, zuckte Reifeltshammer mit den Schultern.

»Wusste ich doch, dass ihr allesamt Gauner seid. Ihr ruiniert Existenzen, ohne mit der Wimper zu zucken.«

»Na, na, na. Nicht ganz so dramatisch. Verkaufen Sie Ihren Wagen und die Sache schaut gleich ganz anders aus.«

»Und wie soll ich dann zur Arbeit kommen?«

»Zu welcher Arbeit?«

Russ schluckte. Dieses Arschloch hatte keine Skrupel, ließ ihn ins offene Messer laufen. Langsam stand Russ auf und ging zur Tür.

»Das wird euch noch leidtun«, richtete er drohend den Finger auf den Banker und verschwand grußlos.

Nun gab es schon wieder Aufruhr in der Bank. Reifeltshammer sprang auf, schlüpfte in seine Schuhe und eilte nach vorne in den Schalterbereich. In wenigen Schritten erreichte er den Kassenbereich.

Ein Maskierter stand, einen Baseballschläger in der Linken und eine Schusswaffe in der Rechten, vor dem Schalter und bedrohte die beiden Mitarbeiterinnen dahinter. Zwei Kunden lagen bäuchlings vor den Automaten, die sie gerade benutzt hatten, am Teppichboden.

»Ah, da kommt ja der Chef!«, hörte er den Bankräuber schreien. »Der hat sicher einen Schlüssel oder einen Code für den Tresor. Deine Leute wollen mir weismachen, dass sie kein Geld rausrücken können.«

»Jetzt beruhigen wir uns mal alle«, versuchte Reifeltshammer die Situation zu deeskalieren.

»Ich bin ganz ruhig«, erwiderte der Maskierte und schwang seine Keule. »Solange ich nicht verarscht werde.«

»Kein Mensch hier verarscht Sie!«

»Gut. Also ich will von allen die Hände sehen. Und du«, deutete er mit seinem Schläger auf den Filialdirektor hin. »Du sperrst jetzt zuallererst die Eingangstür zu.«

Reifeltshammer befolgte die Anweisungen und schloss die Tür ab. »Und jetzt?«

»Jetzt fesselst du alle mit Kabelbindern«, warf er ihm einen Bund Kabelbinder vor die Füße. »Die Hände am Rücken und die Beine auch, hörst du?«

»Ja, in Ordnung.« Er fesselte zuerst die Kundschaften in der Hoffnung, dass er den Bankräuber ablenken und seinen Mitarbeiterinnen die Gelegenheit geben könnte, den Alarm auszulösen.

»Wenn eine von euch die Arme senkt, knall ich sie ab«, ließ sich der Täter nicht irritieren.

Schließlich lagen alle vier gefesselt am Boden. Der Bankräuber stopfte jedem eine Stofftasche, die als Werbeartikel auf einem Stehtisch lagen, in den Mund und vergewisserte sich, dass die Kabelbinder ordentlich zugezurrt waren.

»Lass uns nach unten gehen«, deutete er mit einer Kopfbewegung auf die Wendeltreppe.

»Seien Sie doch vernünftig. Das hat alles keinen Sinn«, versuchte der Bankdirektor Zeit zu gewinnen.

»Quassel mich nicht voll. Soll ich dir Beine machen?« Drohend hob er seinen Baseballschläger.

»Ich geh ja schon.«

Der Räuber folgte ihm mit Sicherheitsabstand. Reifeltshammer öffnete mittels Fingerprint die Tür zum Tresorraum. Zu beiden Seiten gab es Schließfächer, in denen Kunden ihr Hab und Gut bunkern konnten. An der Stirnseite wartete ein massiver Tresor aus Sicherheitsstahl.

»Weiter«, fuchtelte der Täter ungeduldig mit der Waffe.

Reifeltshammer öffnete durch Eingabe eines fünfstelligen Codes die Tresortür. Der Bankräuber holte unter seiner Jacke eine zusammengefaltete Tasche hervor.

»Voll machen!«, herrschte er den Banker an.

Mit zittrigen Händen ließ Reifeltshammer Geld bündelweise in die Tasche gleiten.

»Und jetzt?«, packte Reifeltshammer ein letztes Paket mit Fünfzigern in die Tasche, die schon gut gefüllt war.

»Jetzt kannst du dir aussuchen, ob ich dir in den Bauch schießen und dich langsam verbluten lassen oder ob ich dir mit dem Schläger den Schädel einhauen soll.«

Der Bankdirektor lächelte unsicher. »Was soll das? Ich habe alles gemacht, was Sie wollten!«

»Nur meinen Kredit hast du nicht gestundet!«

Reifeltshammer wischte sich den Speichel aus dem Gesicht.

»Herr Russ?«, wunderte sich der Bankdirektor. »Sind Sie das?«

»Also hast du dich für den Bauchschuss entschieden«, hielt ihm der Bankräuber die Waffe an den Bauch und drückte ohne zu zögern ab.

Der Knall hallte als Echo vielfach von den Wänden wider. Der Maskierte erschrak, ebenso das Opfer. Reifeltshammer griff sich ungläubig auf die Wunde, sah, wie das Blut zwischen seinen Fingern hervorquoll und starrte den Täter an.

»Sind … Sie … wahnsinnig …?«, fiel Reifeltshammer vornüber auf die Knie. Dann hustete er Blut und sank zur Seite. Mit jedem Pulsschlag pumpte der Körper unaufhörlich Blut nach draußen. Reifeltshammer rollte sich schmerzverzerrt zusammen wie ein Embryo. Es dauerte noch einige Sekunden, ehe sein Herz für immer zu schlagen aufhörte.

Der Maskierte löste sich aus seiner Erstarrung, schnappte die Tasche, stopfte Waffe und Baseballschläger hinein und eilte die Treppe hoch. Eine der Angestellten starrte ihn mit angsterfüllten Augen an.

»Gibt es einen Hinterausgang?«, brüllte er sie an.

Sie fixierte die Tür, auf der *Personal* stand und aus der Reifeltshammer gekommen war. Russ stürmte Richtung Ausgang. Ehe er die Tür ins Freie öffnete, zog er sich die Maske vom Gesicht und verließ so unaufgeregt wie möglich die Bankfiliale.

17

»Hast du alles eingepackt?«, fragte Herr Oberleitner.

»Ja«, erwiderte seine Frau geduldig.

»Einen Kamm und das Telefon?«

»Ja, mein Schatz.«

»Gut.«

»Die E-Card haben Sie auch dabei?«, fragte Julia und legte den Gurt an.

»Ja, in meiner Geldbörse. Danke, ich habe alles«, nickte Frau Oberleitner und verzog schmerzverzerrt ihr Gesicht. Bei der rüstigen Rentnerin wurde ein bösartiger Krebs diagnostiziert, der längst in weite Teile ihres Körpers ausstrahlte. Ohne starker Schmerzmittel konnte sie sich nicht mehr auf den Beinen halten. Tapfer kämpfte sie gegen den übermächtigen Gegner an.

»Dann legen wir los!«, gab Alois das Kommando und schob den Tragsessel zum Rettungswagen.

»Einen Moment noch«, stoppte ihn Herr Oberleitner.

Er küsste seine Gattin auf den Mund. »Komm bald wieder, mein Schatz! Ich halte hier die Stellung.«

Frau Oberleitner griff in den Weihwasserbehälter bei der Eingangstür und bekreuzigte sich. Dann nickte sie Alois zu, dass sie nun so weit war.

»Da kommen mir fast die Tränen«, flüsterte Alois, nachdem er den Sessel verankert und die Heckklappe geschlossen hatte. Julia nahm ihm wortlos die Papiere aus der Hand. Sie versuchte sich nichts anmerken zu lassen, aber auch ihr war diese rührende Szene zu Herzen gegangen, war Alois überzeugt.

»So, fahr schon los«, verscheuchte sie ihn ruppig und schloss die Seitentür.

Alois musste schmunzeln. Nur keine Schwäche zeigen, dachte er und startete den Boliden.

Gerald Russ hatte sein Fluchtauto vor der Bank abgestellt. Als er um die Ecke kam, sah er die Blaulichter kommen. Schnell musste er eine Entscheidung treffen und flüchtete zu Fuß. Er schulterte die prallvolle Sporttasche und marschierte so gelassen wie möglich in die andere Richtung davon.

Die Gasse war nicht sehr breit und auf einer Straßenseite parkten noch zahlreiche Autos. Er blieb vor einer Auslage mit Kinderspielzeug stehen und schielte unauffällig zurück. Er wurde nicht verfolgt. Zwei Streifenwagen stoppten vor der Bankfiliale mit quietschenden Reifen.

Russ setzte seinen Weg fort, überquerte die Straße und bog in einen Innenhof ein, von dem er wusste, dass er durch einen engen Durchgang auf die Hauptstraße gelangte. Wieder blickte er sich um. Keiner nahm Notiz von ihm. Er ging stadtauswärts. Langsam und gemächlich. Mit der Masse schwimmen, dachte er und versuchte, seinen Puls und seine Atmung zu kontrollieren.

Ein Rettungswagen kam ihm entgegen. Russ senkte seinen Blick auf den Boden und ging unbeirrt weiter. Ein paar hundert Meter, dann würde er in eine Querstraße abbiegen und zwischen den neuerrichteten Wohnblöcken im ehemaligen Schwemmgebiet untertauchen.

»War das nicht der …?«, verdrehte Julia den Kopf und schielte aus dem Seitenfenster.

»Wer?«, konzentrierte sich Alois weiter auf den Verkehr.

»Na, der …«, fiel ihr der Name nicht ein. »Der, der die Lueger immer grün und blau schlägt«, erinnerte sie sich an den Namen seiner Lebensgefährtin.

»Ah, der Russ. Kann schon sein«, zuckte Alois mit der Schulter.

»Egal«, machte Julia eine abfällige Handbewegung.

»Was ist da vorne los?«

»Ich hab keine Ahnung. Es fühlt sich an wie im Krieg«, bog

Alois kopfschüttelnd in eine Nebenstraße ab, um dem Stau zu entkommen.

Ein paar Schritte noch, dann hatte Russ den Wohnblock erreicht. Er war überrascht, wie einfach alles abgelaufen war. Alles genau nach Plan. Jetzt musste er nur noch in den dritten Stock kommen, ohne Aufsehen zu erregen. Ab nun würde alles gut werden, war er überzeugt.

Die Landstraße war pfeilgerade und fast so breit wie eine Schnellstraße. Zu beiden Seiten breiteten sich Äcker und Wiesen aus. Die meisten Felder waren bereits abgeerntet, die Reste eingearbeitet. Tief stehende Wolken tauchten die Landschaft in ein trostloses Grau. Nach einer langgezogenen Kurve wartete die nächste Gerade, gesäumt von uralten Apfel- und Birnbäumen.

Obauf stellte den Tempomat auf 130 und drehte die Musikanlage lauter. *Also sprach Zarathustra* von Richard Strauß schallte aus den Lautsprechern. Der Vertreter trommelte mit den Fingern aufs Lenkrad, drückte sich mit seinem gesamten Gewicht in die Sitze, dirigierte zu den epochalen Klängen der Bläser und schloss zu guter Letzt seine Augen. Das Herz pochte, die Adern an seinen Schläfen fühlten sich an, als würden sie jeden Augenblick zerspringen.

Der Verkehrsfunk machte seinen magischen Moment zunichte: »Wir unterbrechen unser Programm für eine wichtige Durchsage. Auf die Stadtbank in der Innenstadt wurde ein Banküberfall verübt, die Polizei hat alle Zu- und Abfahrten gesperrt. Sie sollten die Innenstadt also meiden, sofern es möglich ist. Ein Sprecher der Exekutive berichtet, dass es in der Bank zu Schüssen kam. Näheres ist im Moment noch nicht bekannt.«

Obauf ging vom Gas und ließ seinen Wagen auslaufen. Bei einer Parkbucht hielt er an. Die Musik aus dem CD-Player setzte wieder ein. Nachdenklich stellte er die Musik aus. Sollte das ein Zufall sein? Er hatte nach dem zweiten Mord schon so ein seltsames Gefühl gehabt, das nun langsam, aber sicher zur Gewissheit wurde.

Er wählte Reifeltshammers Nummer und kam sofort in die Mobilbox. Obauf grübelte und steckte sich seine E-Zigarette in den Mund. Auch beim zweiten Versuch meldete sich sein Freund nicht. Dann wählte er den Polizeinotruf und wurde an eine extra eingerichtete Hotline verwiesen. Doch auch dort erhielt er keine befriedigende Auskunft. Im Moment sei die Lage noch unklar, man müsse sich erst einen Überblick verschaffen, hieß es.

»Verdammte Scheiße! Wir sind immer zwei Schritte hinterher«, konnte er es nicht fassen.

Irgendwie passte das Bild, das sich ihnen bot, überhaupt nicht zu den ersten beiden Morden. Bei Brunnmeier und Lemmerer war es etwas Persönliches gewesen. Der Overkill, die elf Messerstiche und die Zurschaustellung. Aber hier, ein ganz einfacher Banküberfall mit tödlichem Ausgang. Und trotzdem wusste Krammer, dass es kein Zufall sein konnte, dass nun der Dritte der vier Stammtischbrüder tot vor ihm lag.

»Was haben wir?«, fragte er aus einer Gewohnheit heraus, obwohl sich die Situation ganz klar darstellte.

»Schuss in den Bauch aus kürzester Nähe«, erhielt er zur Antwort.

»Könnte also auch aus einem Gerangel heraus passiert sein?«, erkundigte sich der Chefermittler.

»Durchaus denkbar!«

»Okay. Danke.«

»Chef?«, hatte Holubek interessante Neuigkeiten.

»Was?«, wichen die beiden in den hinteren Winkel des Tresorraumes zurück.

»Andreas Obauf!«

»Was? Ist er auch …?«

»Nein. Er ist bei uns im Büro. Er will Polizeischutz!«

»Gut. Wir werden uns den Knaben jetzt mal so richtig zur Brust nehmen«, begann Krammer schon im Hinausgehen damit, sich des ungeliebten Schutzanzuges zu entledigen. Jetzt mussten endlich Antworten her. Obauf kannte das Motiv für die Morde. Anders war das nicht zu erklären.

Gerald Russ stellte den Baseballschläger in die Ecke im Vorzimmer und öffnete den Hängeschrank auf der gegenüberliegenden Seite. Er kletterte auf den Schuhschrank und ließ die Schusswaffe in einem Schuhkarton verschwinden. Dann stopfte er die Sturmhaube und die Lederhandschuhe in die Tasche mit dem Geld und ließ diese ebenfalls ganz hinten im Eck verschwinden. Danach entledigte er sich seiner Fleece-Weste und zog anschließend seine Schuhe aus.

Michaela saß auf dem Sofa und schaute eine Talkshow. Er beachtete sie kaum. Stattdessen verschwand er im Badezimmer und ließ sich ein Vollbad ein. Nur noch mit seiner Unterhose bekleidet stellte er sich vor den Fernsehapparat.

»Ich will noch einmal ganz von vorne anfangen«, begann er das Gespräch.

»Was?«, runzelte sie die Stirn.

»Wenn du willst, dann kannst du ein Teil davon sein. Wenn nicht, soll es mir auch recht sein.«

»Ich weiß nicht, wovon du sprichst.«

»Ich werde mein jetziges Leben hinter mir lassen. Ich hab jetzt genug Geld, um irgendwo, in Südamerika oder so, ein neues Leben zu beginnen. Du kannst da auf deinem versifften Sofa versauern oder mitkommen. Liegt ganz bei dir. Überleg's dir!«

Ohne auf eine Antwort zu warten, kehrte er ins Badezimmer zurück und schloss ab. Jetzt würde er erst einmal sein Vollbad genießen und den ganzen Dreck seines alten Lebens abwaschen. Michaela Lueger stand leise auf und schlich ins Vorzimmer. Vorsichtig öffnete sie die Tasche und sah die Bündel voller Geld. Ein flüchtiges Lächeln strich über ihr Gesicht.

Sie schloss die Tür zum Wohnzimmer, steckte sich einen Strickpantoffel zwischen die Zähne und schloss die Augen. Sie holte tief Luft und rammte dann ihren Kopf gegen den Kleiderhaken. Sofort klaffte eine große Platzwunde auf der Stirn, das Blut floss ihr übers Gesicht. Es fühlte sich warm an. Die Wunde brannte wie Höllenfeuer. Sie biss fest in den Pantoffel und verkniff sich, ihren Schmerz hinauszuschreien.

Gleich neben der Garderobe war ein Erste-Hilfe-Kasten an der Wand montiert. Michaela holte Verbandszeug heraus und drückte sich einen Packen Zellstoff gegen die Wunde. Sie spürte die riesengroße Beule an der Stirn. Sie fühlte sich wie ein junges Einhorn auf dem Sprung zum Erwachsenwerden.

Sie merkte, wie ihr langsam übel wurde und sich alles zu drehen begann. Der pulsierende Schmerz schien sie zu überwältigen. Reiß dich zusammen! Sie holte das Telefon aus der Hosentasche und wählte den Notruf.

Obauf wärmte seine Hände an einem Becher Kaffee, den ihm Holubek gebracht hatte. Heiß und schwarz. Der Sekundenzeiger der Wanduhr tickte und hämmerte in seinem Schädel. Er saß jetzt schon geraume Zeit in diesem farblosen, karg eingerichteten Verhörraum. Das Herz pochte in seiner Brust, die Angst drückte ihm aufs Gemüt.

Endlich ging die Tür auf und Chefinspektor Krammer kam in den Raum. Gehetzt zog er sein Sakko aus und warf es achtlos über einen Stuhl. Dann nahm er am Tisch Platz.

»Wie kann ich Ihnen helfen?«

»Ja, also. Ich würde gerne um Personenschutz ersuchen«, begann Obauf. Krammer hob überrascht eine Augenbraue.

»Wissen Sie eigentlich, was bei uns dieser Tage los ist?«, schüttelte Krammer verständnislos den Kopf.

»Ja. Darum bin ich hier.«

»Wie soll ich das verstehen?«

»Es hat heute schon wieder einen Toten gegeben«, wischte sich Obauf über den verschwitzten Nacken.

»Das ist richtig. Der Dritte innerhalb weniger Tage!«

»Lassen Sie mich raten: es ist Raffael!«

Krammer hob wieder eine Augenbraue.

»Raffael Reifeltshammer!«

»Woher?«

»Hab ich recht?«

»Ja, das stimmt!«

»Sehen Sie? Daher möchte ich Personenschutz. Ich habe Grund zu der Annahme, dass ich der Nächste sein könnte.«

Krammer stand auf und ging gestresst auf und ab.

»Wie kommen Sie darauf? Weil Sie mit den anderen einmal die Woche Karten spielen?«

»Nein.«

»Welche Gemeinsamkeiten haben Sie noch?«

»Was haben Sie in den letzten Tagen ermittelt und recherchiert, wenn Sie das nicht wissen?«

»Ich weiß, dass Sie alle gemeinsam zur Schule gegangen sind und seit Jahrzehnten befreundet sind. Aber Sie müssen ja etwas … ich sag einmal … angestellt haben und irgendjemanden so verletzt haben, dass dieser Jemand nun einen derartigen Rachefeldzug gestartet hat.«

»So sieht es aus.«

»Und?«

Krammer sah sein Gegenüber herausfordernd an.

»Es gab da einmal ein … wie soll ich sagen … einen Zwischenfall, der vielleicht Anlass geben könnte, dass Jemand, wie Sie das ausgedrückt haben, nicht gut auf uns zu sprechen ist.«

»Das haben Sie aber nett formuliert. Können Sie ins Detail gehen?«

»Das war keine schöne Geschichte, über die ich nicht gerne rede.«

»Sie wollen etwas von mir«, hob Krammer wieder seine Augenbraue. Er wurde langsam ungeduldig. Er sollte drei Morde aufklären, die wahrscheinlich in Zusammenhang standen. Wenn dem so war, dann hatte er es mit einem Serienmörder zu tun. Und dieser Clown stahl ihm kostbare Zeit. »Also?«

»Ich kann Ihnen nicht mehr sagen!«

»Kennen Sie die Identität jener Person, die Ihnen allen ans Leder will?«

»Nein, leider.«

»Sorry, aber unter diesen Umständen kann ich Ihnen nicht helfen. Bei aller Liebe, aber kein Mensch würde mir die Überstunden genehmigen. Entweder Sie rücken mit der Story heraus, oder wir beenden das hier!«

Krammer sah, wie Obauf mit sich rang. Dann, als keine Reaktion kam, nahm er Platz und öffnete seine Ermittlungsakte. Er fischte die Bilder aus Brunnmeiers Arbeitszimmer hervor und knallte sie vor Obauf auf den Tisch. Das Foto mit den fünf feschen Burschen am Strand, jenes mit den vier älteren Herren am Fischkutter und das mit den Zigarre rauchenden Männern.

»Wann wurde das aufgenommen?«, tippte der Chefinspektor auf die älteste Aufnahme.

»Da waren wir das letzte Mal zusammen glücklich«, seufzte Obauf und öffnete einen Hemdknopf.

»Was meinen Sie damit?«

»Wir fünf waren jahrelang unzertrennlich, kannten uns seit dem Kindergarten. Gemeinsame Abenteuer, gemeinsames Lernen, gemeinsame Spieleabende. Natürlich besuchten wir dieselben Schulen und maturierten am selben Tag. Die Maturareise sollte unser letztes gemeinsames Treffen sein, denn danach würden wir uns in alle Winde zerstreuen, befürchteten wir«, schwelgte Obauf in Erinnerungen. Er wollte, dass endlich alles ans Tageslicht kam, wollte endlich mit sich ins Reine kommen.

»Das Foto wurde auf der Maturareise aufgenommen?«, war Krammer neugierig.

»Ja. In Kroatien wetteiferten wir, wer sich schneller und konsequenter sein Hirn resetten konnte. Es wurde abwechselnd Bier und Gin Tonic konsumiert. Saufen bis in die Morgenstunden, vormittags ausschlafen, am Nachmittag ein bisschen schwimmen und Sport. Da, als dieses Foto aufgenommen wurde, spielten wir Beachvolleyball am Strand vor Krk, da war die Welt noch in Ordnung!«

»Was ist danach passiert?«

»Am dritten Abend trafen wir einen Deutschen, der uns Koks anbot. Wir haben uns in unserem jugendlichen Leichtsinn darauf eingelassen und uns das Zeug, ohne viel nachzudenken, eingeworfen. Es war der größte Fehler unseres Lebens, den wir auf ewig bereut haben und der uns nie losgelassen hat.«

Obauf machte eine Pause, er kämpfte mit den Tränen. Krammer stellten sich die Nackenhaare auf.

»Ich kann mich nur noch bruchstückhaft an die folgenden Stunden erinnern«, setzte Obauf fort, »aber wir haben ein paar Mädels einer anderen Maturaklasse getroffen. Zwei von ihnen wollten auch etwas von dem weißen Pulver haben, daher folgten sie uns an den Strand. Sigmar war wie immer der Rädelsführer, erklärte den Mädels, dass wir unten am Strand ein Motorboot zur Verfügung hätten und wir eine Spritztour machen wollten. Natürlich war das gelogen. Stattdessen lagen einige Ruderboote kopfüber im Sand. Die Nacht war hell, der Mond leuchtete über uns. Alles war verschwommen und unwirklich. Schließlich kam es, wie es kommen musste. In unserem Drogenrausch konnten wir Realität von Fiktion nicht mehr unterscheiden. An Details kann ich mich, wie gesagt, nicht mehr erinnern. Das liegt sicher an den Drogen, vielleicht aber auch daran, dass ich seit dieser Nacht versuche, das Ganze zu vergessen und zu verdrängen. Ich weiß nur so viel, dass die Situation völlig aus dem Ruder lief.«

Jetzt kullerten die Tränen über sein Gesicht. Krammer und Holubek schwiegen betreten. Damit hatten sie nicht gerechnet. Erst nach geraumer Zeit beruhigte sich der Versicherungsvertreter wieder und schob das Bild von sich weg.

»Und dann?«, wollte Krammer wissen.

Obauf fuhr sich abwesend durchs Gesicht, wischte sich die letzten Tränen mit dem Handrücken weg.

»Am nächsten Tag schworen wir einander, dass wir nie wieder ein Wort darüber verlieren würden. Das Geschehene musste in Kroatien bleiben.«

»Und die anderen?«

»Sigmar und Leo haben das ziemlich schnell abgeschüttelt. Im Innersten hat uns allen die Geschichte zugesetzt, denke ich. Felix ist daran zerbrochen.«

»Felix?«

»Der da.« Obauf tippte auf jenen Jungen, den Holubek bislang nicht identifizieren hatte können. »Felix kam nie über die Sache hinweg. Er wollte Kunst studieren, verfiel aber schon bald den Drogen. Die Dämonen ließen ihn nicht mehr los. Eineinhalb Jahre später beging er Selbstmord«, hüstelte Obauf verlegen.

»Das klingt jetzt ein bisschen so, als seid ihr die Opfer gewesen und nicht die armen Mädchen?«, musste sich Krammer zurückhalten.

»Ja … nein … also … ich mein, natürlich waren die Mädchen die Opfer und … ja, wir … wir quasi die Täter«, stammelte Obauf. »Aber, es ist nicht so, dass wir jetzt auf diese Geschichte stolz gewesen wären und … oder besser gesagt, dass wir uns mit dieser Tat gebrüstet hätten«, schnaufte der Versicherungsvertreter. »Wir waren selber am Boden zerstört. Wir hatten das nicht geplant. Wir waren … wir sind keine Monster, sondern eigentlich nette Kerl mit einem Gewissen, wenn Sie wissen, was ich meine!«

»Aber was ist jetzt passiert? Wer ist da auf einem Rachefeldzug?«, erschloss sich Krammer noch nicht ganz.

»Ich vermute, dass eines der beiden Mädchen uns vier auf dem Zettel hat. Drei hat sie ja schon erwischt«, fuhr sich Obauf mit dem Zeigefinger über die Gurgel.

18

»Irgendwie hat das schon Methode«, fluchte Julia.

»Was?«

»Wie fahren schon wieder zu der Verrückten, die sich selbst verletzt und es als häusliche Gewalt aussehen lässt«, erklärte sie und quittierte den Auftrag.

Schwere Kopfverletzung nach häuslicher Gewalt, stand am Terminal. Die Adresse war den beiden bestens bekannt.

»Wieso kann nicht mal wer anderes dorthin fahren? Sind wir die einzige Rettungsmannschaft weit und breit?«, schüttelte Julia verständnislos den Kopf.

»Die in der Leitstelle haben sicher bei mir ein Sternchen am Dienstplan stehen«, amüsierte sich Alois. Er war froh, dass sie es wieder mit einem Routineeinsatz zu tun bekamen. Er brauchte keine Aufregung und keinen Stress in seinem Leben.

»Und wofür steht das Sternchen?«, bohrte sie nach.

»Für *kaputter Kerl* oder so. Darum werde ich pausenlos zu kaputten Existenzen wie dieser Lueger geschickt«, schmunzelte er.

»Kaputter Kerl könnte hinkommen«, nickte Julia. »Konsti fährt zur Witwe des Bankdirektors. Die ist völlig neben der Spur!«

»Woher weißt du das schon wieder?«

»Moderne Kommunikation!«, hob sie ihr Smartphone in die Luft. »Ich bin noch immer in der Zivi-WhatsApp-Gruppe.«

»Und da werden solche Details ausgeplaudert? Habt ihr schon mal was von Datenschutz gehört?«, ärgerte sich Alois.

»Jetzt mach dir mal nicht ins Hemd. Bleibt ja alles intern.«

Seine gemurmelte Antwort ging im Piepsen der Rückfahrkamera unter.

Emma Reifeltshammer war ein Häufchen Elend. Der diensthabende Arzt war unabkömmlich, die gerufenen Sanitäter konnten nicht mehr tun, als der trauernden Witwe die Hand zu halten.

Chefinspektor Krammer und sein Assistent versuchten erfolglos, brauchbare Informationen aus der Frau herauszubekommen. Die große, schlanke Schwarzhaarige versteckte ihr Gesicht in einem Berg von Taschentüchern.

»Heute Morgen …«, schniefte sie. »Heute Morgen war noch alles in bester Ordnung.«

Holubek nickte aus einem Reflex heraus.

»Er war der beste, der liebevollste, der freundlichste Mensch, den ich je getroffen …!«

Zivi Konstantin und sein gleichaltriger Kollege hockten wie steinerne Skulpturen zu ihren Füßen und waren mit der Situation völlig überfordert.

Der liebevollste Mensch mit einem dunklen Fleck in seiner Vergangenheit, dachte Krammer und kratzte an seiner Narbe.

»Er war mein Lebensmensch! Was soll ich ohne ihn jetzt tun?«, sah sie auf und starrte den Chefinspektor an.

Krammer nahm ein Familienfoto zur Hand. Die vier posierten auf einem Wollteppich vor einem Profifotografen. Alles war farblich und kompositorisch perfekt abgestimmt.

»Was soll ich Ella und Timon sagen, wenn sie von der Schule kommen?«

»Frau Reifeltshammer …«, wusste Krammer keine Antwort.

Michaela Lueger saß mit verheulten Augen im Vorzimmer und hielt sich eine Wundauflage an die Stirn. Sie wirkte bleich und schien einiges an Blut verloren zu haben.

»Darf ich mal?«, nahm ihr Julia die Wundauflage aus der Hand und verschaffte sich einen Überblick. »Das muss auf jeden Fall genäht werden«, stellte sie mit fachkundigem Blick fest.

Alois sah sich in dem düsteren Vorzimmer um. Der Baseballschläger stand wie zuletzt neben der Eingangstür. Er konnte aber kein Blut daran entdecken. Trotzdem nahm er den Schläger auf und sah sich das Sportgerät näher an. Dann öffnete er die Wohnungstür und legte den Schläger draußen auf den Gang. Sicher ist sicher, dachte er.

Julia legte einen ordentlichen Verband an. Die Wunde klaffte deutlich auseinander, da würde sicher eine Narbe bleiben.

»Was ist passiert?«, wollte Alois wissen.

»Er hat mich gegen die Garderobe geschleudert«, deutete Frau Lueger auf den blutverschmierten Haken an der Wand. Auch unter der Garderobe klebte Blut am Boden.

»Wieso hat er das getan?«

»Brauchen Männer einen Grund, um ihre Frauen zu verprügeln?«, erwiderte sie mit leerer Stimme.

Alois und Julia sahen einander beschämt an. Was sollten sie darauf entgegnen? Aus dem Wohnzimmer war ein Räuspern zu vernehmen.

»Wollen Sie den Kerl anzeigen, damit das endlich ein Ende hat?«, griff Alois zum Telefon.

Irgendwie konnte er sich nicht vorstellen, dass sich die Patientin laufend selbst verletzte. Irgendetwas war an der Geschichte seltsam. Vielleicht sagte sie doch die Wahrheit und wurde regelmäßig von ihrem Lebensgefährten geschlagen. Was wusste der Hausarzt schon? Er kam ja nie vor Ort, stellte bloß eine Ferndiagnose, die auf einem alten psychiatrischen Bericht basierte.

»Soll ich die Polizei rufen, dass er weggewiesen wird?«, zögerte Alois noch. Immerhin hatte Frau Lueger bisher immer einen Rückzieher gemacht oder ihren Freund sogar verteidigt.

»Ja«, antwortete sie überraschend.

Alois blickte Julia mit großen Augen an.

»Ja, ich will ihn anzeigen. Sie haben recht. Ich muss mich endlich zur Wehr setzen.«

»Gut«, tippte Alois die Nummer der Polizei.

Im selben Augenblick kam Gerald Russ ins Vorzimmer.

»Was?«, blickte er verdutzt drein. »Ihr schon wieder?«

Alois versuchte die beiden Frauen zu beschützen, indem er sich in den Weg stellte.

»Was hast du schon wieder angestellt?«, fragte Russ seine Lebensgefährtin.

»Gehen Sie bitte zurück ins Wohnzimmer«, versuchte Alois ruhig zu bleiben. Innerlich kochte er. Er hasste solche Arschlöcher, die sich an wehrlosen Frauen vergriffen.

»Sie sagen mir sicher nicht, was ich in meiner Wohnung tun und lassen soll?«, baute sich Russ bedrohlich vor Alois auf.

»In meiner Wohnung«, hüstelte Michaela.

Alle sahen sie überrascht an.

»Das ist meine Wohnung. Du wohnst hier gratis auf Untermiete«, ergänzte sie mit kräftiger Stimme.

»Sie haben es gehört«, nickte Alois und versuchte sich seine Angst nicht anmerken zu lassen. Verdammt, wir hätten die Polizei schon auf der Anfahrt verständigen sollen, ging ihm durch den Kopf.

»Jetzt hör mal zu«, stemmte Russ die Hände in die Hüften. »Ich hab keine Ahnung, was für ein Theater du da abziehst. Aber lass mich bei der Sache aus dem Kraut. Ich habe mit der ganzen Scheiße nichts zu tun.«

»Dann ist es ja gut«, antwortete Alois. »Wenn Sie nichts mit der Sache zu tun haben, dann gehen Sie ins Wohnzimmer zurück und lassen uns hier Ihre Lebensgefährtin versorgen.«

Russ sah ihn böse an, dann seine verletzte Freundin. Schließlich wandte er sich ab und verschwand.

»Ich würde vorschlagen, ich rufe erst im Rettungswagen an«, hielt Alois sein Handy hoch. Frau Lueger nickte.

»Dann wollen wir. Können Sie zum Wagen gehen oder sollen wir einen Sessel holen?«

»Es geht, aber ich muss mir ein paar Sachen aus der Küche holen. Meine Geldbörse, die E-Card und so.«

»Natürlich.«

Julia schloss den Reißverschluss des Rettungsrucksackes, während Alois die Patientin begleitete. Russ saß auf dem Sofa und sah in die Glotze. Es lief irgendein Fußballspiel aus der Dritten Deutschen Bundesliga.

Michaela Lueger kramte in der Küche in den Laden herum. Dort, wo Alois Messer und Flaschenöffner vermutete, sollte die Geldbörse sein? Schließlich kam sie tatsächlich mit ihren Habseligkeiten ins Wohnzimmer zurück und öffnete die Vitrine neben dem Fernsehapparat. Da war ihre Handtasche verstaut.

»Ich weiß, was du getan hast«, begann sie plötzlich und funkelte Russ böse an.

»Halt die Klappe!«, murmelte dieser.

»Kommen Sie. Lassen Sie uns fahren«, versuchte Alois zu deeskalieren.

»Du wirst mich nie wieder sehen«, ließ sich Frau Lueger nicht beirren.

»Was Besseres kann mir nicht passieren, du Fotze«, schnaubte sie Russ an.

»Danke für alles, aber du kriegst lebenslänglich. Nur, dass du es weißt«, fuchtelte sie mit ihrer Handtasche durch die Luft.

Julia stand mit dem geschulterten Rucksack im Wohnzimmer. »Ich dachte, wir wollten ins Krankenhaus?«, wunderte sie sich.

»Ja, wollten wir«, packte Alois die Patientin am Arm.

»Haut einfach ab!«, schrie jetzt Russ. »Ihr seht ja, dass sie nichts hat. Sie ist fit genug, um mich blöd anzumachen.«

»So, Schluss jetzt!« Alois wollte Frau Lueger aus dem Wohnzimmer Richtung Wohnungstür zerren, aber sie riss sich los und stampfte wild mit einem Bein auf den Boden.

»Ich muss das noch loswerden.«

»Sie machen alles nur noch schlimmer«, versuchte sich Julia in psychologischer Kriegsführung. »Wir lassen jetzt Ihre Wunde nähen und später klären Sie den Rest!«

»Nein! Jetzt!«

»Also, lass es raus!«, hüpfte Russ auf. »Was weißt du, ha? Sag es vor denen da, wenn du meinst, dass es dir dann besser geht, du Schlampe!«

Alois versuchte sich wieder als Schutzschild zwischen den beiden. »So, ich rufe jetzt die Polizei. Mir wird das hier zu bunt.« Er zerrte sein Telefon aus der Hosentasche. Dabei fiel ihm das Handfunkgerät aus der Tasche und polterte auf den Teppichboden. Alois bückte sich danach.

»Niemanden wirst du anrufen, Bürschchen«, schubste Russ ihn um. Alois landete unsanft am Boden.

»He, was soll das?«, schrie Julia auf und eilte zu ihrem Kollegen. Russ fegte die junge Sanitäterin mit einem gezielten Schlag mit dem Handrücken von den Beinen. Julia wurde über den Fernsehstuhl katapultiert und landete kopfüber unsanft am Rücken. Sie blutete aus der Nase. Russ hatte ihr mit seinem protzigen Ring eine Schramme an der Schläfe zugefügt, aus der ebenfalls Blut quoll.

»Bringst du jetzt auch noch unschuldige Sanitäter um, du Irrer?«, schrie Michaela Lueger. »Und mich dazu?«

Russ flippte endgültig aus. Mit einem Urschrei stürzte er sich auf seine Lebensgefährtin und krachte mit ihr gegen die Vitrine. Alle Möbel zitterten, der Fernsehapparat wackelte gefährlich, konnte aber das Gleichgewicht halten.

»Du verdammter Mörder!«, schrie Lueger.

»Halt's Maul, du blöde Kuh!«, reagierte Russ und knallte ihr die Rechte ins Gesicht. Michaela glaubte, ihr Kopf würde platzen. Sie landete im Eck beim Fenster und rollte sich wie ein Igel ein. Russ sprang auf und eilte ins Vorzimmer. Julia half ihrem Kollegen auf.

»Er wird den Schläger nicht finden«, flüsterte Alois und drückte den roten Knopf auf seinem Handfunkgerät, ehe er es wieder an den Gürtel steckte. Im nächsten Moment hörte er eine Schuhschachtel auf den Boden krachen und Russ kehrte mit einer Pistole in der Hand zurück.

»So. Jetzt tun mal alle das, was ich sage. Habt ihr verstanden?«, fuchtelte er mit der Waffe herum.

»Ho, ho, ho. Machen Sie keinen Fehler. Wir haben Ihnen nichts getan«, versuchte Alois die Nerven zu bewahren.

»Halt die Klappe und mach die Lade unter dem Fernseher auf«, deutete Russ mit der Waffe auf die angegebene Stelle.

Alois drehte sich langsam um und gehorchte. Verschiedene Utensilien wie Klebstoff, Zangen, Batterien und vieles mehr kamen zum Vorschein.

»Da müssen Kabelbinder drin sein«, nickte Russ.

»Stimmt.«

»Hol sie raus und mach damit deine Freundin beim Heizkörper fest«, befahl Russ.

»Aber …«

»Nichts aber. Mach!«

Alois blickte Julia verzweifelt an.

»Herr Russ«, versuchte es Julia mit ruhiger Stimme. »Ich mache Ihnen einen Vorschlag. Wir zwei verlassen einfach die Wohnung und fahren zur Dienststelle zurück. Und Sie beruhigen sich wieder und wir tun alle so, als sei das alles hier nie geschehen. Was halten Sie davon?«

»Du Schlampe denkst wohl, ich kann nicht bis drei zählen. Ihr haltet mich alle für total bescheuert«, tippte er sich mit der Pistole selber an die Stirn.

»Nein, absolut nicht«, blieb Julia hartnäckig. »Und weil Sie ein cleverer Kerl sind, werden Sie, sobald Sie ein bisschen runterkommen und durchatmen, draufkommen, dass ein Amoklauf oder eine Geiselnahme, oder ich weiß nicht, was das werden soll, null Sinn macht und Ihnen nicht weiterhilft.«

»Verdammte Scheiße, halt einfach deine Fresse!«

»Meine Kollegin hat recht. Im schlimmsten Fall werden wir

alle draufgehen, im besten Fall wandern Sie für lange Zeit in den Bau«, kam Alois ihr zu Hilfe.

Frau Lueger kauerte in der Ecke und wimmerte. Jetzt hatten sie den Beweis, dass er sie schlug. Das würden sie auch später der Polizei zu Protokoll geben. Zuvor mussten sie aber aus dieser brenzligen Situation heil herauskommen.

Russ dachte einen Moment nach. Er war in einer Sackgasse angelangt, aus der es kein Entrinnen mehr gab.

»Ich sag es jetzt ein letztes Mal. Wer mir noch einmal blöd kommt, den knalle ich ab. Mach sie jetzt fest!«, fuchtelte er wieder bedrohlich mit seiner Waffe durch die Luft.

»Okay«, hob Alois resignierend die Hände. Julia nahm den Rucksack von den Schultern und setzte sich neben dem Heizkörper auf den Boden. Alois fesselte sie an dem kalten Rohr, das aus dem Boden herausführte.

»Gut, und jetzt sie«, nickte er zu seiner Lebensgefährtin. »Mach sie auf der anderen Seite fest.«

Alois befolgte seine Anweisungen.

»Die Beine auch!«, befahl Russ.

»Gut. Und jetzt holst du so Mullbinden oder so ein Zeug aus dem Rucksack und stopfst den beiden Ziegen das Maul.«

»Aber …!«

»Kein Aber. Mach einfach!«

Alois tat, wie ihm befohlen. Er schob ihnen eine Mullbinde in den Mund und musste diese mit einer Fixierbinde befestigen. So brachten die beiden keine Silbe mehr heraus.

»Komm jetzt! Wir gehen.«

»Wie jetzt?«

»Du fährst!«

Er schob Alois vor sich aus dem Wohnzimmer, ließ ihm die Sporttasche mit dem Geld oben aus dem Kasten holen. Dann verließen die beiden die Wohnung. Russ blickte in den Hof hinunter. Weit und breit war keine Polizei zu sehen. Gut so.

Alois klemmte sich hinters Lenkrad. Russ nahm am Beifahrersitz des Rettungswagens Platz, die Tasche zu seinen Füßen, und steckte die Pistole in den Gürtel.

»Fahr los!«, krächzte er aufgeregt.

»Wo soll es hingehen?«

»Weiß nicht. Fahr einfach!«

Alois schüttelte den Kopf und stellte auf Drive. »Mann, du hast keinen Plan«, duzte er den Geiselnehmer jetzt ebenfalls. »Schalt endlich deinen Kopf ein. Das macht alles keinen Sinn.«

»Du sollst nicht quatschen. Bist du ein verdammter Psychologe?«

»Nein, ein alter Mann, der auch schon viel Blödsinn gemacht hat.«

»Pfff!«, pfiff Russ durch die Zähne. »Blödsinn gemacht. Du hast keine Ahnung, was das bedeutet. Meine Frau hat mich verlassen und mich bei der Scheidung bis auf die Unterhose ausgezogen.«

»Ich wohne auch in einer Zwei-Zimmer-Wohnung und meine Frau in dem Haus, das ich mit eigenen Händen gemauert habe«, konterte Alois. Er kurvte den Wagen instinktiv Richtung Innenstadt, da er keine klare Order erhalten hatte.

»Und dann wurde mir noch mein Kredit gekündigt!« Anscheinend wollte sich Russ endlich jemandem anvertrauen. »Ich sollte innerhalb von wenigen Tagen über 20.000 Euro aufbringen. Wie soll das gehen, nachdem ich nach der Scheidung auch meinen Job verloren habe? Die Anwaltskosten haben mich ruiniert. Ich lebe von der Notstandshilfe.«

Alois verzog sein Gesicht. Er wusste, dass er Glück gehabt hatte, seinen Job nicht verloren zu haben. Ohne Job würde er mittlerweile in der Gosse leben, auf irgendeiner verwitterten Parkbank schlafen und darauf warten, dass er eines nachts für immer einschlafen würde.

»Das klingt alles scheiße«, erwiderte er. »Aber es rechtfertigt nicht, die neue Freundin, die dich aufgenommen hat und dank derer du nicht obdachlos bist, regelmäßig zu verprügeln.«

»Verprügeln? So ein Schwachsinn. Die ist krank, die erzählt nur Unsinn!«

»Ich war live dabei, wie du sie geschlagen hast«, schüttelte Alois den Kopf.

»Das eben? Das war eine Ohrfeige. Das nennst du verprügeln?«

»Und die klaffende Kopfwunde?«

»Das war ich nicht. Michaela verletzt sich selber!«

»Na sicher«, schüttelte Alois verständnislos den Kopf. Immer dieselbe Leier. Er setzte den Blinker und bog links ab. Er brauchte einen Plan. Sollte er zur nächsten Polizeidienststelle fahren? Oder ins Shoppingcenter? Wohl kaum.

»Wie dem auch sei«, ergriff er wieder das Wort. »Auf jeden Fall hast du neuerdings Freiheitsberaubung, Kidnapping und wie es aussieht Banküberfälle zu deinem neuen Hobby gemacht«, nickte er mit dem Kopf auf die prall gefüllte Sporttasche hin.

»Halt die Klappe und schau, dass du nirgends dagegen krachst«, deutete Russ zur Windschutzscheibe hinaus.

»Wo soll es jetzt eigentlich hingehen?«

»Fahr auf den Zubringer und dann auf die Bundesstraße Richtung Westen«, kam endlich eine klare Anweisung.

Alois bog also rechts ab auf den Zubringer.

»Hast du den Bankdirektor erschossen?«, fragte Alois und bereute die Frage im selben Moment.

»Ja, verdammt!«

»Wieso machst du sowas?«

»Er wollte das Geld nicht rausrücken. Wollte mir die Waffe aus der Hand reißen. Das war ein Unfall!«

»Na gut. Mit einer geladenen Waffe in eine Bank zu rennen, ist kein Unfall, sondern Dummheit.«

»Willst du auch eine Kugel in deinen kranken Schädel?« Russ

zog die Waffe aus dem Gürtel und fuchtelte erneut nervös damit herum.

»Du kannst mir keine Angst machen. Ich bin als Alkoholiker schon so oft durch die Hölle gegangen. Du würdest mir einen Gefallen tun«, grinste Alois und verzog sein Gesicht.

Er hoffte, dass Russ trotz dieser Ausnahmesituation noch einen Funken Restverstand in sich trug. Er wollte noch nicht sterben und hatte keine Lust, dass es so enden sollte.

»Außerdem ist es sowieso egal«, steckte Russ die Waffe wieder weg.

»Wieso?«

»Weil ich den verfluchten Anwalt und den Schuldirektor, dieses kranke Etwas, auch schon kalt gemacht habe«, entfuhr Russ.

»Was?«

»Da staunst du, was? Vielleicht nimmst du mich jetzt endlich ernst.«

»Ich nehm dich schon die ganze Zeit ernst. Für mich ist das kein Spaß hier. Ich werde nicht jeden Tag mit einer Waffe bedroht.« Normalerweise werde ich nur mit Gehstöcken und Damenhandtaschen malträtiert, wollte Alois hinzufügen, konnte sich diese zynische Bemerkung aber gerade noch verkneifen.

»Was haben dir diese Typen getan?«, fragte er stattdessen.

»Dieser Brunnmeier ist der beste Scheidungsanwalt weit und breit. Er hat mich ausbluten lassen. Meine Ex hat alles bekommen, vor allem das alleinige Sorgerecht für meine zwei Jungs. Und das, obwohl SIE fremdgegangen ist«, boxte Russ wutentbrannt gegen das Armaturenbrett.

Alois fuhr auf die Bundesstraße auf und klappte die Sonnenblende herunter. Die grelle Sonne blendete ihn, seine Sonnenbrille lag aber in der Wohnung seines Geiselnehmers. Er musste sie bei seinem Sturz verloren haben.

»Das ist scheiße«, murmelte Alois. Aber wahrscheinlich hast du deine Ex auch geschlagen und deine Kinder bedroht, wollte

Alois nachfragen, ließ es aber bleiben. Er wollte seinen Geiselnehmer nicht provozieren. Stattdessen wollte er die Situation nutzen, in der Russ so gesprächig war.

»Und der Schuldirektor?«

»Bei der Urteilsverkündung hab ich dann erst gecheckt, dass meine Ex längst einen Neuen hatte.«

»Direktor Lemmerer?«

»Genau. Ein paar Wochen später ist dann meine Ex heulend zu mir gekommen.«

»Wieso?«

»Sie hat mich um Verzeihung gebeten und mir erzählt, wie dumm sie war. Sie ist dahintergekommen, dass er lauter Schweinereien auf seinem Laptop gebunkert hat.«

»Schweinereien?«

»Fotos von jungen Mädchen, Videos, in denen junge, sehr junge Frauen vergewaltigt werden. So ein Zeug.«

»Und das hat er ihr gezeigt, oder wie soll ich das verstehen?«

»Er hat seinen Laptop mal versehentlich nicht ausgeschaltet. Gerti, meine Ex, ist mit dem Staubsauger gegen das Tischbein geknallt und der Laptop ist aus dem Standby-Modus erwacht. Da hat sie alles entdeckt.«

»Und warum hat sie ihn nicht angezeigt?«

»Den angesehenen Herrn Schuldirektor? Dessen bester Freund ein honoriger Anwalt ist?«

»Honorig hin oder her. Beweise sind Beweise!«

»Die hat er sicher längst verschwinden lassen, nachdem sie ihn zur Rede gestellt und anschließend seine Bude verlassen hat.«

»Puh!«, musste Alois durchschnaufen.

Ein LKW kroch mit achtzig Stundenkilometern dahin, Alois aktivierte den Tempomat und bummelte langsam westwärts. Die Sonne stand hoch am Horizont und brannte unbarmherzig herunter, die Klimaanlage kam mit dem Kühlen nicht nach. Alois merkte, wie ihm der Schweiß über die Stirn tropfte und seine Uniform am Körper klebte. Vielleicht lag das aber auch an der Panik, die sich gerade breitmachte.

Julia versuchte verzweifelt, die Fesseln zu lösen oder wenigstens den Knebel aus dem Mund zu bekommen. Die Mullbinde hatte sich mit ihrem Speichel vollgesogen und klebte wie stinkender Abfall am Gaumen. Der Kabelbinder schnürte ihre Handgelenke ein und scheuerte sie wund.

Mit den Beinen versuchte sie, den Couchtisch zu erreichen. Vielleicht befand sich da ja ein Werkzeug, um die Fesseln zu lösen. Allerdings fehlte eine Handbreite bis zum ersten Tischbein. Sie bedeutete der Mitgefangenen, es zu probieren. Schließlich war Michaela Lueger näher dran. Doch die hing mit fast geschlossenen Augen apathisch am Radiator und summte ein Kinderlied vor sich hin.

Ist die jetzt völlig übergeschnappt? Dr. Gruber, ihr Hausarzt, hatte ihnen ja unlängst gesagt, dass die Patientin psychisch labil war. Ganz offensichtlich schien sich das zu bewahrheiten. Verdammte Scheiße.

Julia hielt inne. Plötzlich war ihr, als hätte sie ein verdächtiges Geräusch vernommen. Kamen Gerald Russ und Alois zurück? Und wenn ja, warum? Julia lehnte sich an den Heizkörper. Sie wollte nicht beim Versuch, sich zu befreien, erwischt werden.

Plötzlich wurde die Wohnungstür eingeschlagen und mehrere Männer trampelten mit Höllenlärm in die Wohnung. Es waren vermummte und mit Schutzhelmen versehene Polizisten. Das musste das Sondereinsatzkommando sein, dachte Julia.

»Gesichert!«, schrie einer der bis zur Unkenntlichkeit maskierten Polizisten.

Der Nächste stürmte in die Küche. »Gesichert!«

Ein weiterer riss die Tür zum Schlafzimmer auf. »Gesichert!«

Schließlich drangen die Männer auch in die Nasszelle vor. »Gesichert!«

Ein hochdekorierter Uniformierter baute sich vor Julia und ihrer Mitgefangenen auf. Mit einem kleinen Wink beauftragte er zwei SEKler, die Opfer von ihren Fesseln zu befreien. Dann griff er zu seinem Handfunkgerät.

»Der Notarzt kann reinkommen. Der Tatort ist gesichert.«

»Was? Warum? Wie kommt ihr hierher?«, stammelte Julia.

»Ihr habt doch den Notfallknopf ausgelöst«, wunderte sich der Kommandant über die Frage.

»Alois, du Ass!«, machte Julia große Augen.

»Wo ist Ihr Kollege?«

»Den hat ihr Lebensgefährte als Geisel genommen«, erklärte Julia und merkte, wie ihr Tränen in die Augen stiegen. Panik machte sich breit. Ein Gemisch aus Freude, Erleichterung, Wut und Angst entlud sich in einem Gefühlscocktail, den sie nicht kontrollieren konnte.

»Alles ist gut«, wurde sie in den Arm genommen. Julia blinzelte.

»Ich bin's«, erkannte sie Natascha. Die junge Sanitäterin hatte sich auf den Boden gehockt und drückte das Häufchen Elend an die Brust.

»Wieso überholst du diesen Kriecher nicht?«, fragte Russ.

»Ich bin Rettungsfahrer. Was glaubst du, wie oft wir zu Verkehrsunfällen gerufen werden, die wegen Raserei und unüberlegten Überholmanövern passieren?«

»Aber es gibt ja keinen Gegenverkehr«, deutete Russ auf die leere Straße vor ihnen.

Stimmt, wollte Alois sagen und wunderte sich, dass schon seit ein, zwei Minuten kein einziges Fahrzeug ihren Weg gekreuzt hatte. Im selben Augenblick preschte eine schwarze Limousine an ihnen vorbei und zwängte sich in die kleine Lücke zwischen LKW und Rettungswagen. Alois stieg in die Eisen und verhinderte mit einer Vollbremsung einen Auffahrunfall.

»Du Vollidiot!«, schrie Alois und gestikulierte wild mit seiner Rechten.

Russ wurde in den Gurt gedrückt und verhinderte nur mit Mühe, dass er mit dem Kopf am Armaturenbrett landete.

Die Limousine hatte abgedunkelte Scheiben und zuckelte jetzt gemächlich hinter dem LKW her. Im Rückspiegel sah Alois noch einen ähnlichen Wagen. Was konnte das bedeuten? Im nächsten Moment sah er die Bremslichter vor sich und bemerkte, dass die Limousine quer zur Fahrbahn anhielt.

Alois stoppte den Rettungswagen.

»Was?«, ging ihm langsam ein Licht auf.

»Was soll der Scheiß? Fahr weiter!«, fluchte Gerald Russ.

»Soll ich wie ein Panzer den Wagen überrollen, oder was?«

»Das ist mir scheißegal. Fahr!«

Im nächsten Moment stand ein schwer bewaffneter Cobra-Polizist an der Fahrerseite, eine vollautomatische Maschinenpistole im Anschlag. Er deutete mit der freien Hand, dass Alois das Seitenfenster öffnen sollte. Langsam ließ er die Scheiben hinunter.

»Lass das!«, befahl Russ und zog seine Waffe, hielt sie Alois an die Schläfe.

Alois stellte den Ganghebel in die Parkposition.

»Gib auf, Alter! Es hat keinen Sinn!«

»Dir ist wohl nicht bewusst, dass ich dir gleich dein Leben ausknipse. Ich hab nichts mehr zu verlieren!«

»Dann tu es, wenn du meinst«, zuckte Alois mit den Schultern, zog den Autoschlüssel ab und warf ihn in hohem Bogen aus dem Seitenfenster.

»Was tust du da, verdammt?«

»Lassen Sie die Waffe fallen. Es ist vorbei!«, hörten sie eine andere Stimme.

Ein weiterer SEK-Mann, der an der Beifahrerseite aufgetaucht war, hielt nun seinerseits Russ eine Waffe an den Kopf.

»Ich knall ihn ab. Hört ihr! Ich knall ihn ab!« Seine Stimme bebte und seine Hand zitterte.

»Lass es gut sein. Du hast zwei Jungs, hast du gesagt. Sollen die dich so in Erinnerung behalten?«

»Ich bin sowieso schon ein Mörder und Versager!«

»Du hast die Möglichkeit, deine Geschichte zu erzählen. Von Brunnmeier und Lemmerer und deiner Ex. Dann werden dich viele verstehen. Wenn du jetzt abdrückst, bleibst du als brutales Monster in Erinnerung.«

Russ dachte nach. Die wenigen Sekunden dauerten eine Ewigkeit. Dann ließ Russ die Waffe sinken und legte sie auf das Armaturenbrett. Alois Perger sprang aus dem Wagen und kotzte sich am Straßenrand die Seele aus dem Leib.

»Sind Sie wahnsinnig?«, blaffte ihn Krammer an.

»Was?«

»Das SEK hat mir gesagt, dass Sie den Geiselnehmer provoziert und den Autoschlüssel zum Fenster hinausgeschmissen haben«, schüttelte der Ermittler den Kopf.

»Damit hab ich Russ gezwungen, entweder zu Fuß zu flüchten oder aufzugeben.«

»Er hätte Sie um ein Haar erschossen!«

»Seine einzige Geisel erschießen? Das macht doch keinen Sinn.«

»Sie sollten weniger schlechte Krimis schauen«, ließ sich Krammer nicht beruhigen. »Kriminelle reagieren nicht rational. Schon gar nicht in solchen Extremsituationen.«

»Und Sie meinen, dass das für mich keine Extremsituation war?«, blickte Alois sein Gegenüber herausfordernd an.

Krammer verzog das Gesicht. »Da haben Sie auch wieder recht!«

»Wie geht es Julia? Habt ihr sie schon befreien können?«, wollte Alois wissen.

»Es geht ihr gut. Sie und Frau Lueger wurden zum Durchchecken ins Krankenhaus gebracht. Aber es ist alles okay«, konnte Krammer Entwarnung geben. »Das mit dem Alarmknopf war eine geniale Idee«, kam nun Lob aus Krammers Mund.

»Genau dafür haben wir ihn doch, oder?«, legte Alois sein Handfunkgerät auf die Motorhaube von Krammers Dienstfahrzeug und kramte nach seinen Zigaretten. »Bei der Rangelei in der Wohnung ist es zu Boden gefallen. Da ist mir der Gedanke gekommen, dass wir eine rote Notruftaste an unserem Handfunkgerät haben, mit der wir einen Alarm auslösen können. Aber es freut mich, dass ihr so gut reagiert und mein Fahrzeug so schnell über GPS gefunden habt.«

»Das war technisch ein Klacks. Fühlen Sie sich physisch und psychisch in der Lage, mit aufs Präsidium zu kommen und eine Aussage zu machen?«

»Klar doch. Wenn ihr dort einen guten Kaffee habt.« Er zündete sich eine Zigarette an und inhalierte einen tiefen Zug.

»Das sollte möglich sein«, lachte der Chefinspektor und winkte seinen Assistenten herbei.

19

Alois war schon einmal in diesem Verhörraum gesessen. Er rückte nervös von einer Arschbacke auf die andere. Er hatte sich eine Zigarette gedreht und ließ diese durch die Finger gleiten. Wenn der Chefinspektor noch lange auf sich warten ließe, dann würde er einfach aufstehen und gehen. Der Becher Kaffee, den man ihm hingestellt hatte, war längst leer. Die nassgeschwitzte Uniform klebte an seinem Körper. Er roch grässlich, es ekelte ihm vor sich selbst.

Endlich öffnete sich die Tür und brachte einen Schwall frischer Luft. Eine Stenotypistin kam mit ihrer handlichen Maschine in den Raum und nahm an einem kleinen quadratischen Tisch im hintersten Eck Platz. Die Tür in den Gang ließ sie offen. Krammer diskutierte mit Holubek.

»Wo ist dieser Obauf?«

»Den hab ich nach Hause geschickt. Wir haben den Mörder ja. Er muss sich nicht länger Sorgen machen, oder?«

»Ja, schon. Ich hätte trotzdem noch gerne mit ihm gesprochen.«

»Sorry.«

»Schon gut. Ich kann das nachholen.«

Holubeks Magen knurrte so laut, dass es Alois mehrere Meter entfernt noch hören konnte.

»Und hören Sie mit dieser verdammten Diät auf, das nervt«, wandte sich Krammer ab und betrat den Verhörraum.

Er nahm Alois gegenüber Platz.

»So!«

Alois musste schmunzeln. Dieses So war ein beliebter Platzhalter, den er immer wieder hörte.

»Was wollen Sie von mir noch wissen?«, fragte er ungeduldig.

»Ich brauche eine ordentliche Zeugenaussage. Was hat Russ gesagt? Hat er etwas gestanden?«

»Alles.«

»Wie? Alles?«

»Er hat alle drei Morde gestanden«, berichtete Alois dem Chefinspektor. Dann schilderte er die ganze Geschichte, die ihm Russ erzählt hatte. Der Kriminalist nickte erfreut und stellte einige Zwischenfragen. Schließlich schloss er seine Aktenmappe und warf der Stenotypistin einen aufmunternden Blick zu. Der Fall war geklärt. Er, die Polizei, die ganze Stadt, alle konnten aufatmen.

Die Dämmerung war bereits über dem Land hereingebrochen, als Alois von einem Streifenwagen auf der Dienststelle abgeliefert wurde. Erschöpft, verschwitzt und stinkend ließ er sich auf die Sitzbank in der Garderobe fallen. Was war das für ein Tag gewesen?

Jetzt plötzlich fiel die ganze Last, der ganze Druck ab, schoss das Adrenalin erst so richtig ein. Seine Beine schlotterten und der Schweiß trat aus allen Poren. Das Blut pochte heftig in den Adern und verursachte Kopfschmerzen. Mit geschlossenen Augen ließ er seinen Kopf gegen das kühle Metall seines Spinds sinken. Er beschloss, sich unter die Dusche zu stellen und die Erlebnisse und Ereignisse des Tages wegzuspülen.

Zwanzig Minuten später sperrte er seinen Wagen auf und blickte gedankenverloren auf Julias Gefährt zwei Plätze weiter. Wo war Julia, ging ihm durch den Kopf. Er schrieb eine SMS und bekam nur Augenblicke später eine Antwort. Sie harrte noch immer in der Erstversorgung der Unfallstation aus.

Soll ich dich holen und nach Hause bringen, schrieb er. *Das wäre cool. Danke*, erhielt er als Antwort. Also startete er seinen Boliden und kurvte ins Unfallkrankenhaus, um seine Kollegin abzuholen und ihr kameradschaftlich beizustehen.

Etwas mehr als ein halbes Dutzend Patienten bevölkerte den langgezogenen Wartebereich. Julia und Michaela Lueger saßen

Rücken an Rücken. Julia scrollte durch ihr Handy, Frau Lueger starrte auf den Bildschirm an der Wand, auf dem Tipps gesendet wurden, wie man Arbeits-, Freizeit- und Haushaltsunfälle vermeiden konnte.

Alois nickte Frau Lueger kurz zu und nahm neben Julia Platz. »Was geht?«

»Nichts«, seufzte sie. Ihre Kopfwunde war genäht worden.

»Der Verband steht dir gut«, versuchte Alois die Stimmung zu heben.

»Hab schon mehr gelacht.«

»Worauf musst du warten?«

Im nächsten Moment ging eine der Türen auf und ein großer, schlanker Arzt mit dichtem Vollbart kam heraus. Er steuerte direkt auf Julia zu.

»Das CT ist unauffällig, alles in Ordnung«, legte er seine Hand väterlich auf ihre Schulter.

»Also kann ich nach Hause?«, erkundigte sie sich.

»So ist es.«

Er nickte aufmunternd und verschwand wieder.

»Das nenne ich Timing!«, sprang Alois auf.

»Ja, ähm!«

»Was?«

»Tja, wie soll ich es sagen?«

»Was willst du mir sagen? Spuck es aus!«

»Also, Konsti … Konstantin ist, kurz nachdem du weggefahren bist, einfach so vor mir gestanden. Er ist gerade draußen eine rauchen.«

Konstantin war jener Zivi, den Alois dieser Tage im Zungen-Infight mit Julia erwischt hatte.

»Bist du mir böse, wenn ich …?«

»Kein Ding. Lass dich verwöhnen«, drückte Alois seiner Kollegin einen Kuss auf die Wange und stieß sie von sich weg.

»Okay, dann bin ich mal weg. Nichts für ungut.«

Dann trabte sie davon und ließ Alois stehen. Er sank auf den Kunststoffsitz und verzog sein Gesicht. Mann, da bist du ordentlich verarscht worden, dachte er und seufzte laut.

»Beschissen gelaufen?«, hörte er Michaela Lueger fragen, die alles mit angehört hatte.

»Was soll ich sagen. Die jungen Dinger!«

»Da können wir Alten nicht mit«, nickte sie.

Alois ging um den Sesselblock und setzte sich neben Frau Lueger, ließ dabei aber einen Platz frei.

»Und Sie?«

»Beschissen gelaufen ist bei mir ein Hilfsausdruck«, versuchte sie trotz ihrer Beulen und Verbände ansatzweise zu lächeln.

Verschwitzt und außer Atem ließ er sich neben ihr ins Linnen fallen. Mann, hatte er das genossen wie schon lange nicht.

»Hab ich dir wehgetan?«, fragte er und betrachtete im Zwielicht ihre Schwellungen im Gesicht.

»Nein, gar nicht. Du warst super vorsichtig. Keine Ahnung, wann ich zum letzten Mal so tollen Sex hatte«, drehte sie sich zur Seite und küsste seine rechte Brustwarze. Ihr Körper glitzerte verschwitzt im Halbdunkel. Das Licht einer Straßenlaterne schimmerte durch einen Spalt der schlampig zugezogenen Vorhänge. Die Rollläden hatten sie in der Eile nicht mehr geschlossen.

»Ich mach sowas normalerweise nicht«, fing er an, ohne zu wissen, wohin das führen sollte.

»Was?«

»Patientinnen abschleppen!«

»Eigentlich hab ich dich abgeschleppt«, zeigte sie mit einer ausladenden Geste durch ihr Schlafzimmer.

»Touché!«

Alois zündete sich eine Zigarette an und hielt sie Michaela hin. Sie lehnte ab.

»Was war das mit deiner Kollegin? Stehst du auf sie?«

»Unsinn. Ich könnte ihr Vater sein.«

»Ist das für euch Männer ein Argument?«

»Ich bin schon realistisch genug, was geht und was nicht geht«, ließ Alois den Rauch durch die Nase entweichen.

»Aber sie gefällt dir?«, hakte Michaela nach.

»Klar.«

»Was ist das bei euch Männern?«

»Ein Gendefekt«, schmunzelte Alois.

»Wie?«

»Das steckt tief in uns drin, da können wir uns gar nicht dagegen wehren«, erklärte er. »Sobald ich eine Frau sehe, dann wird sie abgecheckt und kategorisiert: hübsch oder nicht, sexy oder abtörnend, geheimnisvoll oder offenherzig. So was in der Art«, gab Alois ehrlich zu.

»Alles klar. Und in welche Kategorie falle ich?« Sie schlug die Bettdecke zur Seite und präsentierte ihren geschundenen und in die Jahre gekommenen nackten Körper.

»Vom Leben mitgenommen«, küsste er ihre linke Brustwarze und arbeitete sich abwärts.

Sie drückte ihn weg. »Lenk nicht vom Thema ab!«

»Sexy und geheimnisvoll, aber mit einem Hang zur Melancholie. Du hast auf jeden Fall ein Händchen dafür, dich in absolute Loser zu verknallen«, lachte er und zog ihr Kinn heran, um sie zu küssen.

»Findest du?«

»Absolut. Russ ist ein Loser und ich bin ebenfalls einer.«

»Wer behauptet, dass ich mich in dich verknallen könnte?«, schüttelte sie amüsiert den Kopf.

»Du bist mir schon längst verfallen. Gib's zu!«

»Du träumst ja!«, drängte sie ihn weg und stand auf. Erst jetzt entdeckte Alois ihr riesiges Tattoo am Rücken, das die Fratze eines grauenhaften Dämons zeigte.

IV. Abschnitt

20

In der Nacht war ein Gewitter niedergegangen und hatte die Luft reingewaschen. Jetzt war es mild und angenehm, man roch wieder das Grün der Pflanzen. Am Nachmittag sollte aber die nächste Hitzewelle übers Land ziehen.

»Du warst gestern noch einmal bei der Polizei?«, fragte Julia, als sie neben Alois Platz nahm. Ungeduldig rüttelte sie am Gurt.

»Der Inspektor wollte meine Zeugenaussage noch einmal durchgehen.«

»Wieso?«

»Weil der Russ sein Geständnis zurückgezogen hat. Er leugnet, mir gegenüber etwas zugegeben zu haben.«

»Echt?«

»Den Banküberfall gibt er schon zu. Dass der Bankdirektor erschossen wurde auch. Aber Reifeltshammer soll ihm die Waffe aus der Hand gerissen haben. Dabei hat sich ein Schuss gelöst. Sie haben im Moment nur bewaffneten Raubüberfall und fahrlässige Tötung gegen ihn in der Hand. Die anderen beiden Morde bestreitet er.«

»Das reicht doch, um ihn hinter Gitter zu bringen, oder?«

»Ja. Laut Chefinspektor Krammer sind das zehn Jahre. Aber das ist nichts im Vergleich zu mehrfachem Mord. Dann gäbe es für Russ lebenslänglich!«

»Und was wollte er von dir?«

»Ob ich bei meiner Aussage bleibe und ob ich mir sicher bin, wollte er wissen.«

»Und bist du dir sicher?«

»So was von!«

»Na dann. Es spricht doch alles gegen Russ, oder? Ich mein, er hat dir doch seine Motive erzählt und Alibi hat er auch keins«, wunderte sich Julia und gurtete sich ab. Sie hatten die kurze Strecke zum Seniorenheim schnell zurückgelegt.

Alois stellte den Wagen ab. »Michaela gibt ihm plötzlich ein Alibi.«

»Michaela?«

»Frau Lueger, seine Lebensgefährtin.«

»Was? Sie hat uns gegenüber doch gesagt, er sei in der Nachtschicht gewesen. Und das, obwohl er ohne Job war.«

»Eh. Aber jetzt sagt sie, er sei doch bei ihr zuhause gewesen.«

»Alter, geht's noch?«, schüttelte Julia den Kopf. Sie bändigte ihre Haare mit einem Haargummi. »Die ist echt eine chronische Lügnerin. Wie hat das der Doc genannt? Pseudologin?«

»So ein Unsinn!«

Alois stellte sich neben sein Gefährt und drehte sich eine Zigarette. Julia stellte sich dazu und nahm ihr Telefon in die Hand. Plötzlich steckte sie es wieder weg.

»Wieso nennst du sie Michaela? Sag bloß?«

Alois verzog sein Gesicht. »Wieso nicht?«

»Diese Verrückte?«

»Dann passen wir doch perfekt zusammen«, zuckte er mit den Achseln.

»Alter Schwede!«

Bei ihrem letzten Date vor zwei Tagen hatte sie ihm ihre ganze Lebensgeschichte erzählt. Von ihrer unbekümmerten Jugend, ihren vielen Freunden und Freundinnen, von der schönen Schulzeit und schließlich von ihrer Maturareise.

»An einem siebzehnten Juni endete mein unbeschwertes Leben. Achtzehn Jahre lang war ich ein munteres, lebensfrohes Mädchen. Die Matura mit lauter Einsen bestanden, die Aufnahme fürs Studium bereits in der Tasche. Mit Caro, meiner besten Freundin seit dem Kindergarten, hängten wir an die Maturareise noch eine Woche Urlaub zu zweit dran. Wir hatten Spaß, das Leben war perfekt. An jenem siebzehnten Juni waren wir den Tag über am Meer gelegen. Abends suchten wir eine Bar auf und trafen dort einige coole Jungs. Wir hatten richtig Spaß. Lauter nette Burschen aus gutem Haus«, gedankenverloren fuhr sie sich mit der Hand durchs Haar, strich sich eine Strähne aus dem Gesicht.

Für einen Moment hellten sich ihre verhärmten Züge auf, kam dahinter dieses fröhliche, unbeschwerte Wesen zum Vorschein, das Michaela sonst immer gut zu verstecken wusste.

»Und dann?«, gab ihr Alois den Anstoß, um fortzufahren.

»Dann verließen wir die Bar. Der Anführer der Burschengruppe behauptete, unten am Strand ein Boot gemietet zu haben. Er lud uns alle auf seinen Kahn ein. Caro war diesem angehenden Juristen bereits verfallen, flüsterte mir am Weg zum Meer zu, ich könne sie schon mal Frau Doktor nennen, denn sie ließe den Kerl nicht mehr von der Angel. Wir hatten schon ordentlich getankt und waren auch ziemlich bekifft. Mir gefiel der rotblonde Junge, der schweigsamste von den fünf. Sie nannten ihn Picasso, weil er auf die Kunsthochschule gehen wollte. Unten am Strand war weit und breit kein Boot, geschweige denn eine Yacht, zu sehen. Stattdessen lagen zwei hölzerne Ruderboote am Strand, mit dem Rumpf nach oben. Plötzlich schlug die Stimmung um. Einer von den Burschen meinte, sie wollten uns Mädels jetzt mal zeigen, was Kielholen bedeutet.«

»Kielholen?«, fragte Alois.

»Das hat Caro auch gefragt. Im nächsten Moment lag sie schon, mit dem Bauch nach unten, auf dem schmutzigen, feuchten Boot und ihr Traummann riss ihr die Kleider vom Körper. Wir rutschen jetzt so oft über dich drüber, bis du dir wünschst, nie geboren worden zu sein, lachte der Kerl und zeigte auf einmal seineböseste Fratze. Zwei andere hielten Caro fest und ich wurde von den übrigen beiden zu Boden gedrückt, sodass ich ihr nicht zu Hilfe eilen konnte. Ich lag flennend im Sand und musste mitansehen, wie Caro brutal vergewaltigt wurde.«

»Oh, mein Gott«, hielt sich Alois eine Hand vor den Mund.

»Von wegen Gott. Ich machte meine Augen zu und versuchte mich ruhig zu verhalten. Lieber Gott, betete ich stumm. Mach, dass das eine Ende nimmt.«

Tränen quollen ihr aus den Augen und Alois konnte sie nicht mehr ansehen. Er kämpfte selber mit den Tränen und starrte zum Fenster hinaus.

»Aber das war nicht das Ende, das war erst der Anfang. Nachdem Caro nur noch wimmernd auf dem Bootsrumpf lag, riss mich einer von den fünf an den Haaren hoch und warf mich gegen die Holzplanken, dass ich glaubte, alle Rippen in meinem Körper seien gebrochen. Während ich noch versuchte, Luft zu bekommen, war schon der Erste über mir.

Einer nach dem anderen drangen sie mit Gewalt in mich ein und fickten mich so heftig, dass ich merkte, wie meine Schenkel und mein Bauch am rauen Holz wundgescheuert wurden.«

Alois starrte betreten zu Boden. Er hatte in seinem ganzen Leben noch keine derart schreckliche Geschichte gehört und wusste nicht, wie ihm geschah.

»Als ich aufwachte, hörte ich nur die Brandung der Wellen. Die Flut war gekommen und das Boot, auf dem ich kauerte, wurde von den ersten Wellen umspült. Irgendwie konnte ich mich aufraffen, obwohl jede Faser meines Körpers schmerzte.

Ich sah Caro, deren Füße bereits im kalten Meerwasser hingen. Man hatte sie noch schlimmer zugerichtet als mich. Ihr Gesicht war geschwollen und blutverschmiert.

Ich zog Caro auf den Rumpf des Bootes und schmiegte mich ganz eng an sie, damit wir uns gegenseitig wärmen konnten. So verbrachten wie den Rest der Nacht gemeinsam auf diesem gottverdammten Stück Holz, bis uns Touristen beim morgendlichen Joggen entdeckten und die Rettung riefen.«

»Was ist aus deiner Freundin geworden?«

»Sie war mehrmals in der Klapse und hat sich ein paar Jahre danach mit einer Packung Schlaftabletten das Leben genommen. Sie hat mich einfach allein zurückgelassen.« Michaela hatte Tränen in den Augen.

Alois kramte seinen Tabak hervor und drehte sich mit zittrigen Fingern eine Zigarette. Was waren seine Albträume gegen das Martyrium, das diese beiden armen Mädchen erlebt haben mussten. Es grenzte an ein Wunder, dass sie diese Nacht überlebt hatten und in der Lage gewesen waren weiterzumachen.

»Ich hab das noch nie jemandem erzählt!«, flüsterte Michaela, wischte sich die Tränen aus dem Gesicht und zog an seiner Zigarette.

Auch das noch. Wieso passierte das immer ihm? Wieso hatte Michaela Lueger ausgerechnet ihn ausgewählt, um ihm ihre Story zu erzählen? Stand auf seinem Hirn eine Einladung, dass jeder seinen Seelenmüll bei ihm abladen durfte?

Alois schnappte sich die Zigarette und inhalierte, bis es weh tat. Dafür belohnte ihn sein geschundener Körper mit einem minutenlangen Hustenanfall. Er eilte zur Toilette, gelblich-grüner Schleim landete im Waschbecken. Und wenn er sich nicht täuschte, war auch Blut dabei gewesen.

Sie warteten zu sechst im Bereitschaftsraum. Drei Zivildiener, Julia und Natascha saßen im Raum verteilt und starrten in ihre Smartphones.

Diese kleinen, handlichen Dinger waren das Tor zur großen, weiten Welt und machten die unheimliche Stille für manche erträglicher, musste Alois bei diesem Anblick denken.

Konstantin flüsterte mit einem der anderen Jungs. Julia beachtete ihn mit keinem Blick. Das Feuer der ersten Liebe war schon wieder erloschen. Überraschung!

Der Kühlschrank surrte leise. Die schwüle Hitze stand zum Schneiden dick in der Luft. Eine Fliege summte und versuchte vom angeschnittenen Gugelhupf zu naschen. Ein leichter Windhauch rüttelte an den Jalousien.

Alois hatte die Augen geschlossen und atmete schwer. Seine Gedanken kreisten um Michaela. Er wurde aus ihr nicht schlau. Immer wieder entdeckte er neue Facetten an ihr. Andererseits war das Zusammensein mit ihr so unerwartet unkompliziert. Sie klammerte nicht, sie forderte nicht. Wenn sie zusammen waren, war es gut. Und wenn er lieber in seiner kleinen, schmutzigen Wohnung abhängen wollte, war es auch gut. Dieses Arrangement war zu perfekt, um wahr zu sein.

Der Einsatzruf seines Pagers riss ihn aus seinen komplizierten Gedanken. Vier Pager lärmten im Takt. Zwei Mannschaften gleichzeitig, das verhieß nichts Gutes. Während die Zivildiener zum Auto hetzten, holte Alois seine Einsatzstiefel hinter der Sitzbank hervor und schnürte sie schwer schnaufend zu. Mann, ich werde langsam zu alt für diesen Scheiß, ging ihm durch den Kopf. Dann folgte er Julia, die ihre Jacke vom Haken gefischt und losgerannt war.

Der Einsatzort präsentierte sich als Schlachtfeld. Ein goldgelbes Sportcoupé war am Dach gelandet, ein graublauer Kleinwagen hing verbeult und verkeilt in der Böschung. Die Motorhauben dampften, Blechteile lagen überall verstreut. Ein kilometerlanger Stau hatte sich sofort gebildet.

Julia parkte den Einsatzwagen parallel zu dem der beiden Zivis, die sie trotz ihrer Bemühungen nicht mehr eingeholt hatte. Ein böser Blick traf Alois, weil er so lange getrödelt hatte. Bei der Anfahrt war er von der Leitstelle als Dienstältester mit der Einsatzleitung betraut worden. Trotzdem schnappte er den Notfallrucksack aus dem Wagen und hetzte hinter seiner jungen Kollegin her.

Die Burschen kümmerten sich um die Passagiere des zerknautschten Vehikels, das in der Böschung baumelte. Julia hockte sich neben dem Sportwagen auf die Straße. Zahlreiche Autofahrer hatten ihre Fahrzeuge verlassen und standen unnütz im Weg.

»Gehen Sie zurück zu Ihrem Fahrzeug«, schnauzte Alois den Erstbesten an.

Zögernd wich dieser zurück. Die Exekutive kündigte in einiger Entfernung ihr Kommen an. Bis dahin mussten sie sich selber den entsprechenden Platz verschaffen. Am Heck des Wagens bildete sich bereits ein Ölfleck. Der beißende Geruch stieg ihm bereits in die Nase.

»Was haben wir?«, fragte er Julia und war schon jetzt außer Atem.

»Eine eingeklemmte Person!«, bekam er zur Antwort. »Sieht nicht gut aus!«

Alois stand der Schweiß auf der Stirn, obwohl er statt der heißen Einsatzjacke nur den dünnen Einsatzleiterlatz übergezogen hatte.

»Was brauchst du?«

»Bis die Feuerwehr da ist, können wir nichts tun«, rief sie verzweifelt. »Schau mal zu den Jungs!«

Alois stellte den Rettungsrucksack neben dem Defibrillator und dem Absauggerät ab und eilte zurück zum Einsatzwagen. Unter dem Beifahrersitz war ein Handfeuerlöscher montiert. Er öffnete den Schnellverschluss und postierte das Gerät neben dem Rucksack auf der Straße, für den Fall, dass das Gefährt tatsächlich Feuer fangen sollte.

Dann kletterte er über die Böschung zu den Jungs.

»Was habt ihr da? Kann ich euch helfen?«, fragte er mit heiserer Stimme. Er hörte ein Stöhnen aus dem Wagen, der zwischen zwei Bäumen und dem Wildzaun, der verhindern sollte, dass Tiere auf die Bundesstraße sprangen, eingekeilt in der Böschung hing.

Einer der Zivis hockte an der Beifahrertür, der andere kauerte neben der Fahrertür. Der Notfallrucksack der Burschen hatte sich selbstständig gemacht und hing in den Maschen des Wildzaunes.

»Eine weibliche Person, ansprechbar, aber eingeklemmt. Wir brauchen die Feuerwehr!«

»Okay. Die sind alarmiert. Werden sicher gleich da sein. Lass mich mal«, schob er den Jungen zur Seite.

Alois konnte die Fahrerin nicht erkennen. Der Airbag hatte ausgelöst, das Dach war eingedrückt und begrub die Fahrerin fast gänzlich unter sich. Die A-Säule, die seitlich der Windschutzscheibe das Dach mit dem Karosserieunterbau verband, war abgerissen und hatte sich nach innen gewunden. Wenn die Fahrerin Pech hatte, dann hatte sie dadurch eine Pfählungsverletzung erlitten und würde innerhalb weniger Minuten verbluten.

»Gut. Ihr müsst dafür sorgen, dass sie bei Bewusstsein bleibt, bis der Notarzt da ist. Hört ihr!«, schrie er die Burschen fast an. »Redet mit ihr!«

»Ja, wir tun unser Bestes!«

Alois kletterte wieder die Böschung hoch und griff zu seinem Handy, um die Leitstelle zu kontaktieren. Ein heftiger Hustenanfall beutelte ihn. Verdammt! Nur ein paar Schritte, schon war er außer Atem.

Als er den Schleim abgehustet hatte und wieder Luft zum Atmen bekam, wählte er die Nummer zum Disponenten. Während er auf das Freizeichen wartete, gab er den soeben eintreffenden Polizisten ein Zeichen, dass er sie dringend sprechen wollte. Schwere Gewitterwolken waren aufgezogen, in weiter Ferne war Donnergrollen zu vernehmen.

»Sie sind der Einsatzleiter?«, fragte der Polizist, der nun neben ihm stand.

»Ja. Bitte sorgt dafür, dass die Gaffer und Schaulustigen verschwinden und dass die Feuerwehr möglichst nah an den Unfallort herankann«, deutete Alois auf das Durcheinander, das sich am Einsatzort gebildet hatte. Unzählige Autofahrer liefen zwischen den Autos hin und her und machten ein Arbeiten fast unmöglich.

Die ersten beiden Einsatzfahrzeuge der Feuerwehr waren mit großem Tamtam eingetroffen. Der Kommandant sprang aus seinem Kommandofahrzeug. Alois winkte ihm zu und beorderte die erste Partie Richtung Böschung.

»Wir brauchen euren hydraulischen Spreizer, schnell!«

Der Kommandant gab schroffe Befehle, alles lief wie am Schnürchen.

»Und ein zweites Team brauche ich beim zweiten Wagen«, deutete Alois zu dem am Dach liegenden Fahrzeug. Dann suchte er Julia auf, um sie zu unterstützen. Sie hatte den Inhalt des Notfallrucksackes neben dem Fahrzeug auf dem Asphalt verteilt, es sah wie ein Schlachtfeld im Schlachtfeld aus.

Es würde noch dauern, bis weitere Unterstützung kommen würde, erfuhr er von der Leitstelle. Der Notarzt wurde gerade am anderen Ende des Bezirkes gebraucht. Shit happens, dachte Alois und fluchte innerlich. Warum erwischte es immer ihn?

Der OVD, der Offizier vom Dienst, riss ihn aus seinen Gedanken. Bei größeren Einsatzgeschehen machte sich ein speziell ausgebildeter Führungsoffizier auf den Weg, um die Einsatzleitung zu übernehmen. Alois war dankbar dafür, die Verantwortung abgeben zu dürfen.

Er teilte seinem Chef alles mit, was er bislang an Informationen zusammengetragen hatte. In der Zwischenzeit war auch eine dritte Rettungsmannschaft am Einsatzort eingetroffen und Julia zu Hilfe gekommen.

»Ich kämpf mich mal in die Büsche«, deutete Alois auf den Wagen in der Böschung. Der OVD nickte.

»Wie schaut's aus?«, fragte Alois, als er sich keuchend die paar Schritte hinunter gekämpft hatte.

»Wir müssen auf einen zusätzlichen hydraulischen Spreizer warten, um das Dach an beiden Seiten gleichzeitig anheben zu können«, legte der angesprochene Feuerwehrmann den Kopf zur Seite.

»Gibt es keine Möglichkeit, von der Rückseite, etwa durch die Heckscheibe reinzukommen?«, blickte Alois auf den zerbeulten Dreitürer.

»Wir können die Scheibe nach innen eintreten«, zuckte der Florianijünger mit den Schultern.

»Dann macht das!«, forderte er ihn auf.

»Auf deine Verantwortung.«

»Ja, natürlich! Was soll bei der Karre noch passieren, Alter?«

»Dann machen wir das!«, gab der Feuerwehrkommandant ein Zeichen an seine Leute.

»Jungs, holt mal ein paar Decken«, scheuchte Alois die beiden Zivildiener auf.

Die Decken wurden über die Heckscheibe gelegt, dann wurde das Glas auf ein gemeinsames Kommando eingeschlagen. Alois kletterte durch die Öffnung ins Innere des Fahrzeuges. Überall lagen Splitter herum. Er konnte nicht genug aufpassen, um nicht in eine Glasscherbe zu greifen und sich zu verletzen.

Er hatte gehofft, den Fahrersitz nach hinten verschieben und annähernd in eine Liegeposition bringen zu können. Doch der Anblick der verfahrenen Situation machte seine Pläne zunichte. Die A-Säule hatte sich tatsächlich wie befürchtet in die Bauchdecke der Fahrerin gebohrt. Jede Manipulation der Sitzeinstellung konnte eine Arterie aufreißen oder ein Organ aufspießen. Im Moment schien die Patientin noch einigermaßen stabil. Daher wollte er nichts riskieren.

Stattdessen kurbelte er am Beifahrersitz herum, um bessere Sicht auf die Verletzte zu haben. Einen Augenblick später blieb ihm fast das Herz stehen.

Die Feuerwehrkameraden des zweiten Trupps konnten das am Dach liegende Fahrzeug auf Kommando drehen. Mit einem lauten Krachen landete es auf den Rädern. Kaum eine Scheibe war heil geblieben. Augenblicke später gelang es Julia mit ihren

Kollegen, den Fahrer aus dem Wagen zu ziehen. Er war nicht angegurtet gewesen und hatte offensichtlich schwerste Kopfverletzungen davongetragen. Der seltsam verrenkte Kopf ließ darauf schließen, dass der Lenker einen Genickbruch erlitten hatte. Natascha deutete stumm auf das offene Handschuhfach, in dem eine Pistole zum Vorschein kam.

»Michaela?«, erkannte Alois erst jetzt die Lenkerin. Sie hing kraftlos im Gurt und hatte die Augen geschlossen.

»Ich hatte gehofft, dass du kommst«, flüsterte sie.

Michaela Lueger wirkte blass und blutleer. Offensichtlich hatte sie bereits viel Blut verloren und in den Bauchraum hinein geblutet.

»Was ist passiert?«, wollte Alois wissen und drückte ihre Hand. Erschrocken musste er feststellen, dass sie eiskalt war.

»Was ist mit ihm?«, kam als Gegenfrage.

»Wen meinst du?«

»Den anderen.«

»Keine Ahnung. Ich kümmere mich jetzt um dich. Alles andere ist unwichtig.«

»Aber nicht für mich«, blieb Michaela dabei.

»Wieso?«

»Es tut mir leid«, erwiderte sie.

Alois war verwirrt. Plötzlich schoss es ihm ein. Der Sportwagen, das goldgelbe Sportcoupé, das er vor Doktor Grubers Ordination verparkt hatte. Natürlich, im anderen Unfallwagen saß Andreas Obauf, der vierte Mann der Viererbande.

»Wieso? … Was? … Ich versteh das nicht …!«

»Die Kerle, die mich …«, brachte sie heraus, ehe sie husten musste.

Alois erkannte, dass Blut dabei war.

»Psst! Spar deine Kräfte.«

»Ich muss das noch loswerden«, insistierte Michaela.

»Was?«

»Es tut mir leid, dass ich dich belogen habe.«

»Inwiefern hast du mich belogen?«, rätselte Alois.

»Wie sieht es aus, Alois?«, tauchte der OVD bei der eingeschlagenen Heckscheibe auf.

»Wir brauchen dringend einen zweiten Spreizer und noch dringender einen Notarzt. Sie verblutet hier drin!«, schrie Alois hysterisch.

»Notarzt ist unterwegs. War ein Fehleinsatz, sind schon auf dem Rückweg«, erfuhr er.

Michaela Lueger lächelte schwach.

»Gut, dass du lächelst. Das sind gute Nachrichten. Der Notarzt ist gleich da«, versuchte er sie zu beruhigen.

»Er wird zu spät kommen«, überraschte sie ihn.

»Wie? … Was meinst du?«

»Ich habe ihn auf einen Fehleinsatz ans andere Ende des Bezirkes geschickt«, lächelte sie wieder und hustete Blut. »Regloser Patient, blau angelaufen. Er atmet nicht mehr. Hilfe, mein Mann stirbt, wenn ihr nicht schnell macht!«, imitierte sie den Notruf, den sie kurz vor dem Unfall abgesetzt hatte.

»Aber wieso?«

»Es soll hier und jetzt enden.«

»Was soll hier enden?«

»Alles!«

Alois raufte sich die Haare. Seine Hände schwitzten in den Einmalhandschuhen. Er zog sie aus und warf sie in ein Eck des demolierten Wagens.

»Konstantin?«, rief er. »Ich brauche einen Venflon, um einen Zugang zu legen. Bereite alles für eine Infusion vor«, ordnete Alois an. Er war fest entschlossen, nicht bis zum Eintreffen des Notarztes zu warten, sondern um Michaelas Leben zu kämpfen.

»Verdammt, was hast du getan?«, konzentrierte er sich wieder auf Michaela.

»Ich habe es zu Ende gebracht. Die vier, du weißt noch? Ich hatte sie, so gut es ging, aus meinen Gedanken und meinem Leben verdrängt, bis ich Gerald in der Selbsthilfegruppe getroffen habe und er erzählt hat, dass er auf dieselben Männer einen abgrundtiefen Hass hegt«, erklärte Michaela, die plötzlich ganz klar wirkte.

»Die vier sind deine Peiniger von damals?«

»Genau. Ich habe so lange auf diesen Augenblick gewartet und Gerald hat mir geholfen, meinen Racheplan umzusetzen. Er war so leicht zu manipulieren.«

»Verdammte Scheiße! Was erzählst du da?«

»Die Wahrheit. Ausnahmsweise die Wahrheit«, lächelte sie.

»Ich will das alles nicht hören. Das kannst du mir irgendwann später erklären. Ich will, dass du kämpfst. Für dich und für mich«, merkte Alois, dass ihm die Tränen kamen.

»Es gibt kein Dich und Mich! Ich hatte eine Mission und die habe ich heute …«, brach ihre Stimme. Die Bluse hatte sich unterhalb der Pfählung mit Blut durchtränkt.

»Michaela, halt durch! Der Notarzt ist unterwegs!«, stammelte Alois.

»Lass es gut sein!«, flüsterte Michaela Lueger. »Du musst mit dem Polizisten reden!«

»Wieso?«

»Gerald ist unschuldig. Er hat nur den Banktypen …«, stöhnte sie. Die Schmerzen beutelten ihren Körper.

»Komm, halt durch!«, machte er ihr Mut.

»Wo verdammt …«, wollte Alois seinen Zivi verteufeln.

»Der Notarzt ist eingetroffen und der zweite Spreizer ist auch gleich da!«, hörte Alois im nächsten Moment.

»Jetzt wird alles gut«, flüsterte Alois und hielt ihre Hand. Sie war eiskalt und weiß wie Kalk. Der Körper hatte sich längst zentralisiert und pumpte das wenige verbliebene Blut zu den lebenswichtigen Organen.

»Was ist mit dem Scheißkerl?«, wollte sie noch einmal wissen.

»Was ist mit dem anderen?«, fragte er daher Konstantin.

Der zeigte mit dem Daumen nach unten. Gleichzeitig kämpfte sich der übergewichtige Notarzt Dr. Dyck die Böschung hinunter und kletterte durch die Heckscheibe zu Alois ins Wageninnere.

»Scheiße!«, fluchte der, als er in eine Glasscherbe gegriffen hatte und sofort Blut aus seiner Hand quoll. Alois drückte ihm Zellstoff auf die Handfläche und half dem Mediziner, sich ein weiteres Paar Handschuhe darüber zu ziehen.

Dann begann der Notarzt, einen Zentralvenenkatheter in die *Vena jugularis interna*, eine große Vene am Hals, zu legen, um der schockierten Patientin möglichst schnell und effektiv viel Volumen zuzuführen. Alois begann gleichzeitig, eine Infusion vorzubereiten. Konstantin hatte ihm endlich das nötige Infusionsbesteck gereicht.

Draußen öffneten sich im selben Augenblick die Schleusen und ein Wolkenbruch ging genau über der Unfallstelle nieder. Der Regen prasselte auf das Autodach nieder, so laut, als ob eine Percussiongruppe losgelegt hätte. Alois reichte dem Arzt einen Streifen Leukoplast und hielt die Infusion in die Höhe, soweit das in dem Auto möglich war.

Dr. Dyck nickte zufrieden. Die klare, durchsichtige Flüssigkeit tropfte wie wild durch den Schlauch.

»Michaela! Jetzt wird alles gut«, strich Alois ihr sanft durchs Haar.

»Verzeih mir!«, flüsterte sie. Hellrotes Blut rann ihr aus dem Mundwinkel.

»Kämpf weiter … für mich!«, forderte Alois sie auf, aber er bekam keine Antwort mehr.

Einmal strich er ihr noch sanft über die Stirn und schloss dabei ihre Augenlider.

Maistrich

Der 4. Fall für Mörderisch & Fesch

von

Lisa Gallauner

Eigentlich freut sich der Sankt Lindenbaumer Polizeibeamte Friedrich Fesch schon seit Wochen auf ein beschauliches Maifest mit seiner Sissi. Doch dann ist da dieser vermaledeite Maistrich vor der Feschen Haustür, der zu etwas äußerst Unschönem führt. Mit einem Mal überrollt ihn seine behutsam verdrängte Vergangenheit, und keiner weiß mehr, wer hier gut und wer böse ist - nicht einmal die Michi Mörderisch.

978-3-99074-222-8